RHYS FORD
AMANTS ET VOLEURS

RHYS FORD

AMANTS ET VOLEURS

Publié par
DREAMSPINNER PRESS

5032 Capital Circle SW, Suite 2, PMB# 279, Tallahassee, FL 32305-7886 USA
www.dreamspinnerpress.com

Amants et voleurs
Copyright de l'édition française © 2018 Dreamspinner Press.
Titre original : Tramps and Thieves
© 2017 Rhys Ford.
Première édition : septembre 2017
Traduit de l'anglais par Anne Solo.

Illustration de la couverture :
© 2018 Reece Notley.
reece@vitaenoir.com
Les éléments de la couverture ne sont utilisés qu'à des fins d'illustration et toute personne qui y est représentée est un modèle

Édition e-book en français : 978-1-64405-305-8
Édition imprimée en français : 978-1-64405-306-5
Première édition française : décembre 2018
v 1.0

Édité aux États-Unis d'Amérique.

Ce livre est dédié à Sadonna Swann, qui m'a si follement fait confiance en acceptant que je fasse d'elle un des personnages de ce roman. Oh, quelle idée ! J'espère que tu te plairas.

Je remercie aussi vivement la *San Diego Crewe*, qui doit me supporter quand je cherche fébrilement de nouvelles façons de commettre un meurtre.

REMERCIEMENTS

J'AIME INFINIMENT les Cinq, mes sœurs de cœur : Lea, Penn, Tamm et Jenn. Et les autres sœurs qui m'aident à maintenir ma santé mentale, Ren, Mary, Lisa, et bien sûr, la précieuse Ree.

Un grand merci à Elizabeth, Lynn, Grace, Naomi et tout le personnel de Dreamspinner Press pour leur travail acharné et leur foi. Une page ne suffirait pas pour nommer tout le monde, mais sachez que je vous suis très reconnaissante à tous.

Enfin, un grand merci aux habitants de Los Angeles qui ont accepté de répondre à mes questions pendant que je hantais les rues et les quartiers pour absorber l'ambiance de la cité.

GLOSSAIRE DES MOTS ESPAGNOLS DU TEXTE

Abuelita : mémé, mamie (de abuela, grand-mère)
Arroz con coco : riz à la noix de coco
Calavera : crâne emblématique du Jour des morts dans la culture mexicaine.
Carne asada : viande rôtie
Concha : beignet (littéralement « coquille »)
Cuervo : corbeau *(« Rook » signifie aussi « corbeau » en anglais)*
Dios : Dieu
Fabuloso : fabuleux.
Fútbol : football
Hola : salut, allô…
Horchata : boisson mexicaine de riz
Mama : maman
Mi cielo : terme affectueux, mon chou, mon cœur (littéralement, « mon ciel »)
Mijo (contraction de mi hijo) : mon fils, terme d'affection
Nachos : plat tex-mex
Pendejo : insulte mexicaine (littéralement « poil pubien »)
Quesadilla : crêpes fourrées au fromage fondu
Querido : chéri
Te amo : je t'aime
Telenovela : feuilleton télévisé
Tío : oncle
Tortillas : crêpes mexicaines

I

ROOK AGITA les doigts, savourant le contact de la bande de tissu au dos de sa main. Sous ses gants, ses terminaisons nerveuses crépitaient d'anticipation. Cela faisait bien trop longtemps qu'il n'utilisait plus ses dons ! Merde quoi, des années s'étaient écoulées depuis la dernière fois où il avait forcé une serrure et vidé un coffre ! L'excitation lui donnait mal aux dents.

Après le sexe – et encore, Rook aurait presque pu démontrer que le sexe passait en second –, la cambriole était une des meilleures voies pour atteindre le nirvana. Du moins, c'était le cas avant l'arrivée dans sa vie de l'inspecteur Dante Montoya.

Mais mieux valait ne pas penser au beau Mexico-cubain. Dante était si sexy qu'il représentait une distraction, dangereuse en temps normal, mortelle alors que Rook tentait d'accomplir un travail délicat. Ces deux derniers mois, sa vie émotionnelle ressemblait plus à une virée en grand huit qu'à un paisible tour de manège. Rook avait commencé à perdre le contrôle de la situation. Primo, Manny, l'oncle de Dante, travaillait désormais avec lui à *Potter's Field*, sa boutique dédiée aux collectionneurs et fans du cinéma – il avait pu rouvrir après la fusillade policière. Secundo, Rook avait dans son lit une présence constante, surprenante, mais bienvenue. Un aussi bel homme aux yeux de feu et à la voix séduisante avait déjà de quoi lui faire perdre la tête, mais quand Rook pensait en plus à sa décision aberrante de se séparer de son sac de bijoux, le stress lui donnait envie de s'arracher les cheveux.

Ce soir, il avait une tâche à accomplir.

Ne plus travailler lui avait manqué. Il aimait accéder aux biens d'autrui et y faire son choix. Se glisser dans l'obscurité, pénétrer dans la vie des autres et mettre la main sur leurs trésors les mieux gardés, c'était la chasse ultime.

Contourner les mesures de sécurité, séduire les serrures d'un bâtiment, personnel ou professionnel, entrer et tomber sur un butin qui n'attendait que lui avaient une connotation sexuelle. Les portes lui cédaient toujours, même si elles se faisaient parfois un peu prier, pour le principe.

La demeure dans laquelle il se trouvait ce soir ne lui avait réclamé que peu d'effort. Vraiment. Quatre semaines durant, Rook avait préparé son coup, s'entraînant dur pour retrouver la souplesse perdue depuis sa « retraite ». Pour se glisser dans des espaces restreints, il lui fallait être particulièrement désarticulé, mais il avait cru pouvoir s'en passer en changeant de vie.

Un début de crampe à la cuisse droite lui rappela douloureusement qu'il s'était laissé aller. Oh, il n'avait rien perdu de sa masse musculaire et sa force intérieure, mais sa flexibilité ne valait plus tripette. Après quatre semaines d'étirements contrôlés et de yoga intensif, il avait *presque* retrouvé ses anciennes marques, mais il commençait à se demander si « presque » serait suffisant.

La maison à deux niveaux, très moderne, avait des volumes géométriques. Toute en verre, lambris de bois gris et poli, murs blancs étincelants, elle était solidement perchée au bord de la falaise. Le vaste jardin s'organisait en différentes terrasses de verdure parsemées d'étranges statues. Les murs vitrés orientés à l'ouest offraient une vue imprenable, sans doute à couper le souffle. Tout comme le prix de la propriété. Ainsi que la plupart des demeures de ce quartier rupin, la maison était jalousement protégée du vulgum pecus par de hauts murs et une impénétrable barrière d'épineux. Sa situation au bord de la falaise la défendait de ce côté-là, du moins un imbécile le pensait-il, car il n'y avait pas de mur à l'arrière. Bien sûr, la vue sur la ville étalée en dessous était plus agréable sans le plexiglas transparent qu'avaient choisi la plupart des villas environnantes.

Rook trouvait la maison affreuse. Elle évoquait pour lui de gros morceaux de sucre tombés du ciel, échappés de la main d'un dieu se préparant un café matinal.

Rook était impatient d'ouvrir la porte du fond et d'accomplir la tâche pour laquelle il était venu. S'il mettait le pied à l'intérieur, il retrouverait son ancienne vie. Le risque en valait-il la peine ? Rook n'en savait rien. La situation risquait de lui exploser au visage. Ensuite, il n'aurait plus qu'à ramasser les morceaux de… de quoi ? Il l'ignorait également. De… *quelque chose*. Son estomac se contracta d'anticipation et d'effroi. Ses nerfs se tendirent, l'enjoignant de prendre une décision : revenir à son ancienne vie ou tourner les talons et continuer la voie qu'il s'était récemment tracée.

Le problème, c'était que la vacuité de l'Arche d'Alliance, un accessoire cinématographique de son entrepôt de West Hollywood, se fichait de lui. Pourquoi avait-il rendu son butin ? Cela lui serait vital en cas d'ennuis inattendus. Si sa vie déraillait, Rook ne pourrait compter que sur lui. Il n'aurait personne d'autre. Avec Dante, c'était encore trop récent. D'ailleurs, peut-être n'aurait-il jamais totalement confiance en... *personne*.

Il lui *fallait* une assurance-vie.

Outre son ample connaissance de la culture pop et des films hollywoodiens, Rook n'avait qu'un seul autre talent : la cambriole. Aussi devait-il retourner à ses racines. En quelques coups discrets, son pécule serait remplumé et personne n'en saurait rien, Montoya y compris. Ce premier vol, en revanche, était d'ordre différent. Rook y tenait pour des raisons personnelles ; il tenait à ressentir à nouveau le frisson de l'adrénaline et de l'interdit.

Oubliant la chair de poule qui lui hérissait la poitrine et les épaules, il étudia la porte.

— Par Dieu, c'était vrai ! Juste un verrou standard. C'est comme déterrer un dinosaure !

Le verrou du patio arrière était si pitoyable que cela en devenait risible. Un modèle onéreux, certes, mais simpliste. On le trouvait dans toutes les quincailleries de quartier. Certaines entreprises de sécurité ne se foulaient vraiment pas ! Rook hésita à ouvrir la porte d'un coup de pied, juste pour le plaisir de voir sauter le verrou, puis se ravisa. En général, après un cambriolage, les gens étaient encore plus furieux si leurs biens étaient endommagés, la rage les poussant parfois à une vindicte excessive et un profond désir d'obtenir justice.

Rook baissa les yeux sur ses mains : le contact de ses gants, rare mélange de latex et de microfibre, lui était aussi familier que sa peau. Il les avait obtenus d'une vieille Chinoise à Singapour.

Il prit le temps de respirer pour se détendre, ce qui calma les crispations de son ventre, puis il déploya sa trousse à outils. Cela faisait un bail qu'il n'avait plus touché à ses instruments, sauf à titre nostalgique, pour garder la main en quelque sorte. Les avoir pour un véritable travail était tout à fait différent. Et cette serrure, aussi merdique soit-elle, était un obstacle.

Or Rook détestait qu'un obstacle se dresse entre lui et ce qui l'intéressait.

Il aurait voulu prendre son temps pour séduire la maison, mais il était plutôt pressé, aussi décida-t-il qu'une effraction, même rapide, devrait suffire à satisfaire son addiction, entrer dans des endroits où il n'était pas censé se trouver. Il sortit deux minces tiges métalliques, longues et recourbées, qui l'aideraient à ouvrir la porte.

Soudain, il se figea et renifla l'air glacé de la nuit.

— Merde, je bande.

Oui, le sexe passait en second : avec une effraction, il n'avait pas besoin de préliminaires pour obtenir une érection.

Il savoura la douleur musculaire qu'il ressentait au bas du dos, une agréable crampe après une position particulièrement acrobatique au lit la nuit passée… Des images éclatèrent dans sa tête, des sensations : une bouche chaude mordillant sa peau, des chuchotements en espagnol lui promettant toutes sortes de choses délicieuses. En réponse, son corps se raidit. Rook évoqua alors des paumes calleuses glissant sur son dos et ses cuisses, des pouces s'enfonçant dans la chair de ses fesses, des doigts fermes pétrissant ses globes, puis…

Il avait reçu une forte claque pour lui indiquer qu'il était l'heure de se lever.

— D'accord, reconnut-il à mi-voix, le sexe avec Montoya a changé mon échelle des valeurs. Une chance que je puisse encore marcher !

Il grommela entre ses dents, repoussa le souvenir du corps de son flic pesant sur le sien et se pencha sur la serrure.

— Allons-y, ajouta-t-il. Voyons un peu ce que nous cache ce cher Harold.

Cela faisait un bail qu'il n'avait pas œuvré sur une serrure aussi basique. Pourtant, il prit son temps et apprécia les émotions qui se bousculaient en lui. Cela ressemblait vraiment au sexe !

Un grincement de métal sur métal, quelques va-et-vient et la porte céda avec un soupir d'abandon qu'il sentit presque sur sa langue. Une vague de chaleur lui empourprant la peau, Rook sombra dans un plaisir mélancolique. Il dut fermer les yeux quand la sensation devint presque excessive.

Il caressa la serrure.

— Putain, ça me manquait vraiment ! Pourquoi *diable* y ai-je renoncé ?

— Rook, tu es là ?

La voix d'Alex crépitait. L'oreillette transformait le baryton habituel de son cousin préféré en raucité de fumeur de cigares, son qui perfora le cerveau de Rook. Le gadget électronique était hautement sophistiqué, très discret et efficace. Rook aurait bien apprécié bénéficier autrefois de cet atout technologique. Dommage qu'Alex aboie dedans comme un Viking chassant un lapin sur son destrier blanc.

— Tu parles tout seul, mec ? ajouta son cousin.

4

— Bien sûr ! railla Rook. J'en suis réduit à parler tout seul parce que j'ai un idiot au bout de la ligne.

Son euphorie se dissipait. Avec un soupir déçu, il se leva, prêt à désengager le système de sécurité à l'entrée du manoir. Un système enfantin, il le savait.

— Pourquoi tu me contactes, Alex ? demanda-t-il.

— Une voiture de police vient de passer. Et s'ils reviennent ?

Il semblait inquiet, c'était dans sa nature. Alex s'inquiétait toujours quand il commettait un délit. Il était du genre à rendre un dollar trouvé sur la plage, à payer les PV déposés sur son pare-brise, même s'ils portaient l'immatriculation d'un autre véhicule.

— Rook ? insista-t-il. Tu m'écoutes ? Qu'est-ce que je leur dis ?

— Alex, tu es blond, tu as vingt ans et la tête d'un geek à un hiéroglyphe près de découvrir comment ouvrir la porte des étoiles. De plus, tu es au volant d'une voiture de sport qui vaut plus cher que la maison d'un flic lambda.

Rook prit une profonde inspiration, ouvrit la porte et entra dans la maison. L'air était conditionné.

— Crois-moi, cousin, insista-t-il. Si les flics te parlent, ce sera juste pour te demander si tu es perdu

— Tu es sûr ? Et si…

Percevant la tension dans sa voix, Rook l'interrompit en ricanant :

— Oui, sûr et certain. D'ailleurs, s'ils vérifiaient tes plaques d'immatriculation, ils se demanderaient surtout comment le mari d'un flic peut s'offrir une voiture pareille. Maintenant, tiens-toi tranquille. Tu es mon chauffeur, pas ma conscience, je n'ai pas besoin d'un Jiminy cricket en chapeau haut de forme sur mon épaule.

— Mais…

— Alex, je t'adore, mais maintenant, j'ai du boulot.

Après ce rappel, Rook fit craquer ses jointures et sourit. Les murs chantaient, lui promettant une belle revanche pour compenser son ego meurtri.

— Coupe la ligne, Alex, ajouta-t-il. Attends que je te recontacte. Mets ta plus jolie robe et tiens-toi prête, parce que d'ici un quart d'heure, je compte sur toi pour aller danser. Nous filerons en quatrième vitesse.

L'APRÈS-MIDI TOUCHAIT à sa fin et le soleil couchant éclaboussait l'intérieur de la maison, côté ouest. Rook grinça des dents : c'était le quinzième salon – au moins – qu'il explorait ! Les pièces étaient meublées de façon spartiate, le design glacial. L'architecte d'intérieur privilégiait le verre et les murs blancs ; les seules touches de couleur venaient d'énormes fauteuils et canapés en cuir rouge sang et d'affreux tableaux d'art contemporain.

Rook comptait mentalement les minutes qu'il s'était accordées pour atteindre son objectif : les chambres à coucher. À son grand regret, il n'avait pas le temps d'examiner de plus près les toiles exposées sur les murs de la pièce.

— Ne reste pas planté là à te gausser de ces horreurs, Stevens, s'admonesta-t-il. Ces tableaux sont certainement sans valeur. Harold a dû les acheter au bord de la route ou dans un vide-grenier.

Il connaissait son cousin, un vantard sans goût ni cervelle. Un enfoiré prétentieux qui ne vivait que pour le clinquant, le paraître. Cette maison ne devait pas sa stérilité et ses lignes géométriques à la mode, c'était plus un hommage à une chaîne de magasins suédois. Pourtant, cet aspect aseptisé avait des fissures : des débris traînaient un peu partout, comme après un récent naufrage.

Une flûte à champagne vide gisait derrière un palmier, une trace de rouge à lèvres écarlate sur le rebord. Un peu plus loin brillait un bouton de manchette en or, à demi caché sous la frange d'un épais tapis blanc. Sur le comptoir du bar, dans des plateaux, des morceaux de fromage desséchés et craquelés s'alignaient à côté de salamis momifiés.

Puis Rook se souvint :

— Oh, c'est vrai ! Tu as organisé une fiesta vendredi soir, pas vrai, Harold ? Tu comptais impressionner je ne sais qui avec du vin et de la nourriture hipster. Ta femme de ménage est en congé jusqu'à lundi. Et toi, tu joues au golf. Franchement, tu aurais pu ranger un peu !

Un escalier montait derrière le bar, et Rook espéra qu'il conduisait aux chambres. Il resta cependant tétanisé à la vue des étrons canins odorants sur les marches.

— Merde, il a un chien ?

Quand Rook avait fouillé dans la vie de Harold, il n'avait pas trouvé d'animal de compagnie. Il pencha la tête et écouta s'il percevait un aboiement ou un bruit de pas sur le sol lisse. Il n'entendit rien.

— D'accord, il a peut-être emmené son chien. Bon, allons-y, il faut juste que je ne glisse pas dans ces merdes.

Parmi les forains autrefois, de nombreuses histoires circulaient. Rook avait entendu parler d'un gars qui s'était fait prendre à cause d'un poil de chat et de l'ADN du félin. Rook n'avait jamais été arrêté. Il préférait ne pas gâcher son score, mais si par hasard c'était le cas ce soir, autant que ce ne soit pas à cause d'un foutu clébard.

L'escalier présentait un virage serré sans doute destiné aux entrées spectaculaires. Les marches de marbre blanc étaient profondes, assez peut-être pour y baiser si le partenaire du dessous acceptait de se cogner la tête.

Rook monta vite et en silence. Une fois en haut des marches, il traversa le palier en quelques enjambées et se dirigea vers le bout du couloir.

Ayant vérifié les plans de la bâtisse, il savait que la suite principale occupait la moitié de l'étage, face à la falaise, avec de vastes baies vitrées destinées à offrir une vue panoramique. Depuis la cour, il avait vu Los Angeles étalée en dessous. Cela ressemblait à… une ville. Celle où il vivait. Celle où on pouvait commander une *carne asada* à trois heures du matin après avoir fait une partie de mini-golf à Sherman Oaks. C'était là qu'il avait fait ses meilleurs coups, volé des bijoux somptueux et baisé comme jamais.

Tu continueras à baiser, murmura son cerveau, *parce que Montoya n'a aucune intention de te quitter.*

Avant de connaître Dante, Rook avait constamment été abandonné.

Je n'ai pas de temps à perdre avec ces conneries.

Secouant sa mélancolie, il s'arrêta devant la porte de la chambre, un large panneau noir et brillant censé être verrouillé d'après les renseignements extirpés à ceux qui connaissaient la propriété et des habitudes de Harold.

À peine Rook avait-il effleuré la porte qu'elle s'entrebâilla et glissa sans bruit sur le côté.

— Merde !

L'inattendu le rendait nerveux. Ses gencives se recroquevillèrent autour de ses dents et un filet glacé remonta le long de sa moelle épinière. Cette porte ouverte, ce n'était pas normal, même si son cerveau reptilien s'empressa de lui trouver des explications rationnelles : Harold s'était montré négligent ou un autre cambrioleur était passé avant Rook.

La porte n'était qu'entrouverte. Quelques rayons de soleil rouge en émergeaient et traçaient un long rai de lumière dans le couloir obscur. Des sons émanaient aussi de la pièce, des gargouillements que Rook n'arrivait pas à interpréter. On aurait dit…

Il pencha la tête pour mieux écouter… un filtre d'aquarium peut-être, ou même une de ces machines que les gens laissent parfois tourner toute la journée. Le bruit de fond n'avait rien d'alarmant, il était simplement inhabituel. Cela pourrait être n'importe quoi, vraiment. Mais Rook ne le reconnaissait pas. Pourtant, l'atmosphère de la maison le… déstabilisait. La sensation de danger persistait. Quelque chose n'allait pas. Aussi Rook recula-t-il d'un pas, ses doigts gantés à quelques centimètres de la porte.

La lumière du soleil disparut, coupée par la silhouette sombre qui se rua hors de la pièce. Rook discerna brièvement une peau pâle, des vêtements noirs et des membres qui s'agitaient avec fébrilité. Par chance, il esquiva le premier coup. Sous l'effet de la surprise, il leva le bras. Un objet lourd le frappa de plein fouet, l'impact remontant de son avant-bras jusqu'à l'épaule, le déséquilibrant. Il s'écroula, mais il réagit d'instinct et roula suis lui-même pour accompagner sa chute. Il savait tomber, il avait des années d'entraînement acquises enfant, quand il suivait la foire et les saltimbanques. Il se releva en profitant de son élan et fonça sur son adversaire la tête en avant. Il l'atteignit à l'estomac.

Si le grognement qui s'ensuivit fut satisfaisant, l'autre était plus lourd qu'il y paraissait. Rook tenta d'entrer dans la pièce, mais sa hanche heurta le chambranle, le déstabilisant une fois encore. Le sol glissant ne lui permit pas de retrouver son équilibre. Aveuglé par la blancheur des murs et la vive lumière émanant des baies vitrées, il ne voyait plus rien. Un coup l'atteignit à la mâchoire.

Rook cligna des yeux. Il vit devant lui une silhouette à contrejour. L'inconnu portait une cagoule. Avec un ahanement sourd, il leva le bras, brandissant un objet lourd et bizarre qu'il tenait dans la main droite. Peu désireux de recevoir un autre coup, Rook se jeta en avant et essaya d'empoigner l'inconnu à la taille, ou aux bras, de s'enrouler autour de lui pour l'immobiliser. Usant le poids de son corps, il força l'autre à reculer et à dégager la porte.

Il avait appris le corps-à-corps étant enfant. Le monde des forains était dur, physique et violent, les escarmouches fréquentes et les rancunes tenaces. Rook connaissait le son des poings qui frappent chair et os, ce n'était pas un souvenir qu'on pouvait oublier. Pour se tirer d'affaire, il avait appris à user de ses poings bien avant de maîtriser l'art de forcer une serrure ou de charmer son entourage.

D'une poussée de jambes, il se propulsa en avant et s'écrasa contre son adversaire, espérant que passer à l'offensive lui donnerait une meilleure chance de contrôler le combat. Il lui fallait un espace plus dégagé que le couloir avec son palier dangereusement étroit et son escalier abrupt. Comme Rook tournait le dos aux marches, une simple poussée risquait de le faire basculer à la renverse. Dans ce cas, les merdes du chien qui l'attendaient en bas seraient le cadet de ses soucis. Il cogna aux côtes et suivit par un coup de genou, espérant déséquilibrer son adversaire. Au mieux, ce dernier laisserait tomber ce qu'il portait, au pire, il n'aurait pas le temps de riposter.

Rook continua à frapper vite et fort, plaçant habilement ses coups malgré les mouvements chaotiques de son adversaire. Si les côtes étaient stratégiquement un bon endroit, Rook préféra viser sous le nombril. Ses poings serrés s'enfoncèrent dans un bourrelet gras puis, profitant d'une ouverture, il plaça un crochet au visage, en plein sur la mâchoire cachée sous la cagoule. Rook regretta que la laine épaisse amortisse la force de l'impact. Dans la pénombre, il ne distinguait de l'inconnu que les yeux et une bande de peau pâle. Un coup sur son poignet lui indiqua que l'intrus se débattait toujours.

Finalement, ce fut le sol de la chambre qui scella sa défaite. Il était en pierre sombre, aussi lisse que les marches de l'escalier, aussi Rook ne remarqua-t-il pas la trace humide avant qu'il soit trop tard. Il glissa et son pied se tordit sous lui. Obligé de choisir entre continuer à se battre ou tenter d'amortir sa chute, il hésita une seconde de trop. Son instinct trancha pour lui. Rook pivota donc sur lui-même, préférant tomber sur le côté et protéger ses articulations. Il oublia son agresseur qui brandissait toujours un lourd objet vaguement cylindrique. Rook évita un atterrissage trop brutal, mais il ne pensa pas à protéger sa tête et, dans un geste plus désespéré que contrôlé, l'intrus le frappa de plein fouet.

Le choc fut suivi d'une vive douleur et d'une explosion d'étoiles lumineuses. Le crâne de Rook partit sur le côté, sa mâchoire lui parut se décrocher. Il tenta d'absorber une partie de l'impact en suivant le mouvement, mais vu sa position, il n'y réussit que partiellement. Son agresseur lâcha son arme improvisée qui s'envola et retomba plus loin avec un son mouillé des plus étranges.

Rook roula sur lui-même et haleta, la tempe douloureuse et enflée. Son cerveau paniqué lui hurlait des ordres, l'exhortant à se lever, à regagner du terrain avant que son attaquant puisse le frapper à nouveau, mais Rook n'écoutait pas. Il avait trop mal, ses yeux n'arrivaient plus à focaliser. Il sentit le goût du sang sur ses lèvres, sans trop savoir où et comment il s'était mordu. Rien que promener sa langue dans sa bouche lui parut un effort insurmontable.

Un instinct de survie le poussa enfin à se retourner. Il cligna des yeux et tenta de s'orienter dans la pièce. Ses mains étaient mouillées et les murs tournoyaient autour de lui. Rook finit par se remettre sur pieds. Il serra les poings et carra les épaules, prêt à continuer le combat. Aux aguets, il scruta la pièce : elle était vide et silencieuse. Il n'entendait plus que sa respiration haletante.

— Putain de *salopard* ! cracha-t-il.

Dégoûté, il faillit se lancer à la poursuite de son agresseur, mais après quelques pas, sa tête endolorie le força à s'arrêter. Il pressa sa main au milieu de son front, espérant ainsi apaiser sa migraine, et fit le point sur ses options. Il avait mis trop longtemps à se relever et l'autre enfoiré avait préféré filer que s'attarder en sa compagnie.

— Le fumier ! Il a sans doute déjà franchi la porte. Eh merde !

Rook s'accorda un moment pour reprendre son souffle, puis d'un coup de langue, il nettoya le sang qu'il avait sur les lèvres, dégoûté par le goût métallique qui s'attardait dans sa bouche. Pour une raison inconnue, l'odeur avait également envahi ses sinus. Lorsqu'il s'essuya le visage du dos de sa main, il fut surpris de voir des traces sombres sur le latex beige.

— C'est quoi cette connerie ?

Il cligna des yeux pour ajuster sa vision et tenta d'oublier les étoiles qui clignotaient encore dans son crâne. Sa migraine s'aggravait à chaque seconde qui passait. C'était comme si des serres acérées s'enfonçaient dans sa tempe ! Il effleura la zone douloureuse du bout des doigts, puis examina sa main : aucune trace de sang.

Alors, d'où venait cette odeur qui devenait insoutenable ?

— Je saigne, mais d'où, bon Dieu ?

Un discret cliquetis sur le sol de marbre attirant son attention, Rook se retourna et fut aveuglé par la lumière du soleil qui passait à travers les fenêtres orientées à l'ouest. Sa vision mit un moment à s'ajuster.

Un moment plus tard, une petite boule de poils émergea des ombres qui envahissaient le couloir. En voyant Rook, le chien lui offrit un sourire accueillant et s'approcha en battant la queue.

Mais Rook s'était figé. Il venait d'apercevoir un homme nu étalé au centre de la pièce, mort de toute évidence. Une statue aviaire étrangement familière se trouvait sur le ventre velu et gonflé.

De son vivant, Harold Archibald Barnsworth Martin avait été un homme à l'ego surdimensionné, condescendant et imbu de lui-même. Sa fatuité était alimentée par l'argent qu'il possédait et par le tempérament infantile dont il était doté. Mort, il n'était qu'un corps raidi, un tas de chair blafarde marbrée de sang séché. Sous l'estomac rougeaud, son sexe ressemblait à une nouille racornie.

Quand Rook se pencha pour récupérer l'oreillette Bluetooth qu'il avait laissé tomber durant le combat, le poméranien se frotta à ses jambes. Rook le caressa distraitement et remit son accessoire en place, espérant ne pas avoir perdu sa connexion avec Alex. Il tapota dessus, grimaça en entendant un sifflement suraigu, puis soupira, soulagé d'entendre son cousin crier à l'autre bout du fil.

— Alex, il faut que tu appelles les flics, annonça Rook.

Il ramassa le chien et le serra contre lui, malgré ses trémoussements, puis s'approcha prudemment du corps de Harold. Il avait peu d'espoir de trouver son cousin encore en vie, mais ce fut en voyant sa blessure béante à la tête qu'il comprit : il n'aurait plus jamais à supporter les insultes de ce foutu connard au cours d'un repas de famille.

Le Faucon Maltais – l'objet qu'il était venu voler – reposait encore sur le ventre de Harold, puis la gravité reprit ses droits et la sombre statue glissa sur la panse rebondie jusqu'au creux du bras replié. L'affreux oiseau en résine, témoin irrévocable de la mort de Harold, fixa sur Rook un œil dur plein de ressentiment.

Le chien geignit pour retrouver le sol. Malgré le boucan, Rook entendit la question d'Alex :

— Que se passe-t-il, Rook ? Pourquoi dois-je appeler les flics ?

Rook s'éloigna du cadavre immobile.

— Parce que notre con de cousin a été assassiné, marmonna-t-il. Et si tu veux mon avis, l'objet contondant est mon foutu volatile.

II

DERRIÈRE DANTE Montoya, Los Angeles scintillait d'ambre et de bleu, les hauts gratte-ciel se découpant au-delà des collines environnantes. L'air vif de la nuit promettait une matinée glaciale. Le crépuscule était tombé depuis peu, la nuit avait un goût de pluie, mêlé aux relents des graviers poussiéreux du canyon. Plus discrète, l'amertume de la sauge et des pins chatouilla le nez de l'inspecteur.

Nichés dans les canyons, les beaux quartiers d'Hollywood restaient loin de la brutalité bruyante des grands boulevards et du désespoir criard des endroits les plus connus. Pourtant, Los Angeles cherchait à se faire entendre, même dans les hauteurs. La ville était comme un long serpent d'ambre et d'ébène qui ondulait autour des collines, parsemé de pierres précieuses étincelantes, feux de circulation et néons des enseignes. Malgré le calme alentour, Los Angeles refusait de rester figée.

Afin de calmer son agitation, Dante avait descendu les vitres de sa voiture banalisée, laissant la ville entrer dans l'habitacle. Au loin résonnait la circulation des débuts de soirée, un bruit assourdi qui se mêlait au constant brouhaha urbain, ponctué parfois du coup de klaxon d'un chauffeur excédé. Quelque part en bas, une sirène arpentait les rues, une ambulance invisible hurlait son cri lugubre.

Ah, Dante avait bien besoin d'un long trajet vers le haut des collines s'il trouvait une étrange *zénitude* aux odeurs familières de sa voiture, mélange d'huile de fusil, de vieux équipements policiers et des restes du déjeuner de Hank cachés sous le siège avant.

Camden cassa l'ambiance :

— Merde, j'ai de la moutarde sur mon pantalon, grommela-t-il. En plus, ma femme vient juste de le laver. Si elle voit encore des taches, elle va me tuer.

— Tu n'as qu'à le laver sans qu'elle le sache.

Dante se redressa et le vieux siège de la voiture grinça sous lui. Hank, qui conduisait, marmonna d'une voix coupable. Dante jeta un coup d'œil à son partenaire, amusé par la rougeur qui lui marquait les joues.

— Tu sais faire une lessive, Camden ? demanda-t-il.

Le rouquin passa aux aveux :

— Euh, ma femme m'a interdit l'accès à la buanderie. Pour ma défense, j'essayais juste de l'aider. Comment voulais-tu que je sache que certains vêtements ne *doivent pas* passer au sèche-linge ? Sans le faire exprès, j'ai fichu en l'air un soutien-gorge neuf de cinquante dollars. Ce n'est pas juste ! Au bon vieux temps, il ne fallait pas un diplôme pour utiliser un appareil ménager !

— Camden, tu es irrécupérable. Je m'étonne toujours que Debra ait un jour souhaité t'épouser.

Professionnellement parlant, Hank Camden était le meilleur partenaire qu'un flic puisse souhaiter. Doté de gènes écossais et Viking, c'était un très grand homme dégingandé au teint rougeaud et aux cheveux cuivrés. Ses taches de rousseur se voyaient malgré le bronzage acquis en passant ses week-ends à tondre sa pelouse. Aimable et bon enfant, il avait le contact facile et savait aussi bien extirper aux vieilles dames et aux enfants un témoignage oculaire que faire ami-ami avec les criminels les plus endurcis. Souvent, il réussissait à les envoyer derrière les barreaux avant même qu'ils réalisent s'être laissé amadouer. Mais l'inspecteur cachait son jeu : outre son charme à la Charlie le Coq, il possédait un cerveau cartésien et analytique, et un taux de résolution dans ses enquêtes dont la plupart des flics ne faisaient que rêver.

Oui, en tombant sur Hank, Dante avait eu de la chance, bien plus qu'avec son premier partenaire. D'un autre côté, songeait-il souvent avec amertume, il lui aurait été difficile de faire pire qu'un vieil inspecteur en fin de course, bouffé par le cancer et obsédé par le désir de faire tomber un voleur dénommé Rook Stevens. Surpris à falsifier des preuves, Vince avait été mis sur la touche. Il était mort peu après. Quant à Dante, sa carrière et sa réputation avaient survécu à ce désastre, mais de justesse.

S'il appréciait tout particulièrement son partenariat avec Hank Camden, c'était surtout dû à la facilité de leur relation. Sur le papier, les deux hommes n'auraient pas dû être compatibles. Un Mexico-cubain gay de Laredo et un Américain issu d'une bonne famille de classe moyenne ? Hank Camden était un gros maladroit au sourire facile, il avait reçu une excellente éducation et épousé une femme avec laquelle il avait plusieurs enfants.

C'était aussi l'un des flics les plus fins que Dante Montoya ait connus de toute sa vie.

Au cours des années ayant suivi la mort de Vince, Rook Stevens s'était rangé – pas autant que Dante l'avait d'abord cru, mais bon... – et Hank s'était avéré un partenaire fiable. Il acceptait l'homosexualité de Dante et doutait de son bon sens concernant le choix de ses amants.

Leur amitié s'est solidifiée au cours des longues heures passées ensemble dans l'espace restreint d'une voiture de police à pister, parmi les millions d'habitants de Los Angeles, les rares affreux qui considéraient le meurtre comme un passe-temps décent. Hank avait été l'ancre dont Dante avait eu besoin après avoir constaté son attirance pour Rook, le voleur derrière lequel il avait couru pendant les premières années de sa carrière dans la police. Pris par des émotions conflictuelles, Dante peinait à oublier que les retombées de cette enquête ratée avaient bien failli lui coûter sa carrière. Aussi, quand Stevens avait refait surface, Dante avait-il été tenté de lui mettre le grappin dessus, une bonne fois pour toutes.

Au lieu de ça, il était tombé amoureux de ce fichu voleur.

Parfois, Dante doutait aussi de son bon sens concernant ses choix, mais quelque chose chez Rook, peut-être la souplesse élégante de ce corps élancé, le mettait dans tous ses états. Et puis, il y avait ces yeux étranges l'un vert, l'autre bleu, ces traits ciselés et parfaits... bref, Rook s'insinua peu à peu dans son cœur et finit par le conquérir, protestant tout du long que leur relation ne durerait pas. Chez Rook, le cœur généreux équilibrait la voix sarcastique et l'esprit caustique. Même s'il se donnait beaucoup de mal pour cacher sa véritable nature, il était évident qu'il avait bon fond.

Hank manœuvra habilement pour prendre une épingle à cheveux et s'engagea dans une ruelle sinueuse. Ensuite, il enchaîna :

— Bon Dieu, j'aimerais que les urbanistes créent de temps à autre une putain de ligne droite ! Nous avons intérêt à ce que le GPS fonctionne, sinon, nous allons nous perdre dans ce labyrinthe et finirons dévorés par le Minotaure. Tu devrais peut-être prier ?

Dante gloussa.

— Tes connaissances mythologiques m'impressionnent. J'ignorais qu'il existait des pornos sur la Grèce antique. On en apprend tous les jours.

Hank lui jeta un coup d'œil.

— Hé, à l'université, j'avais opté pour la littérature avant de décider que je préférais porter une arme. Bon, nous avons fini notre service dans... à peine une demi-heure. Il nous faudra plus longtemps que ça pour retourner au poste. Nous devrions bientôt passer devant une *taqueria*... si j'en crois ce panneau rose vif. Veux-tu que nous nous arrêtions prendre de quoi dîner avant de rentrer ? Tu préfères peut-être manger cubain. Après tout, tu es en partie cubain. Pourquoi diable ne mangeons-nous jamais cubain ?

Avant que Dante ait le temps de répondre, son téléphone sonna. Les deux inspecteurs échangèrent un regard. La journée avait été longue ! Après plus de dix heures passées à suivre des pistes sans issue, voilà qu'ils se retrouvaient dans les collines de LA où ils venaient d'interroger un ancien *bunny* de Playboy, une femme âgée à la voix cassée et aux mains baladeuses. En principe, le duo avait fini son service, mais il était rare que le poste en tienne compte. Tant que leur voiture arpentait les rues, Dante et Hank étaient susceptibles de se lancer à la poursuite d'un criminel quelconque.

— Le capitaine ? chuchota Camden. Non, certainement pas. Tu n'aurais quand même pas osé lui attribuer comme sonnerie *The Devil's Brew* [1].

Dante sortit son téléphone de la poche de sa veste

— Non, c'est Rook, répondit-il. Salut, béb…

Son amant vivait et parlait à toute allure, aussi Dante avait-il souvent du mal à le suivre. Il consacrait l'essentiel du temps qu'il passait avec lui à tenter de le ralentir, mais cette fois, Rook refusa de se laisser faire. Un flux précipité de mots et d'émotions retentit à l'autre bout de la ligne. Puis une voix sèche intervint et coupa net le discours incohérent de Rook.

— Attends, s'inquiéta Dante. Ne raccroche pas. Je n'ai pas tout compris. Où es-tu ? Je passe te chercher. Écoute-moi, *cuervo*, coopère avec la police, mais attends-moi. À quel poste as-tu été emmené ?

— Euh, je ne sais pas.

La voix de Rook s'éloigna. Quand il reprit la ligne, il donna à Dante une adresse à West Los Angeles. Puis il ajouta :

— Tu connais ?

— Oui, j'ai fait un remplacement là-bas. Maintenant, écoute-moi bien : respire un grand coup et répète-moi tout ça plus calmement.

D'un signe impérieux, Dante demanda à son partenaire d'arrêter la voiture. Hank s'engagea dans un parc, ignorant le panneau « interdit de stationner » et le regard ulcéré d'une femme en survêtement rose qui promenait deux chiens de salon au bout d'une laisse garnie de strass.

La seconde version de l'histoire ne fut guère plus rassurante que la première. Dante se frotta le front, conscient qu'une migraine commençait à lui marteler le crâne.

_____

1 « La boisson du Diable »

15

— D'accord, oui. *Dios, cuervo*, c'est comme… Bon, essaie de ne pas trop parler, ton insolence pourrait t'attirer d'autres ennuis. J'arrive aussi vite que je peux. Je t'aime. Merde ! Il a raccroché !

Il se tourna vers son partenaire et enchaîna :

— Camden, Rook est dans une merde noire. Si tu veux, on passe d'abord au poste te déposer, ensuite…

— Non, pas question. Je vais avec toi. Qu'est-ce que Stevens a encore inventé ?

Dante fit la grimace.

— Rien de bon. Passe-moi le volant, je vais conduire. Pendant ce temps, contacte le dispatcheur et essaie d'en savoir plus.

— *Dios, cuervo,* dans quoi t'es-tu fourré ?

Dante se gara le long du trottoir devant le poste de West LA, alignant sa berline grise derrière deux voitures de police noire et blanche.

— Aucune idée, marmonna Hank, mais on dirait qu'il est impliqué jusqu'au cou. Et aucun des flics que je connais ne veut rien me dire. Bien sûr, comme le nom de Rook Stevens est assez dangereux, ça ne m'étonne pas vraiment que personne n'ait envie de se mouiller avec lui. En revanche, toi…

— Je te conseille d'éviter les vannes douteuses, grommela Dante. Tu risques de finir avec deux jambes cassées et une lèvre éclatée. Viens, allons voir ce qui se passe.

Le poste de West Los Angeles était un solide carré de parpaings de couleur terne un peu en retrait, au carrefour de la 405 et du boulevard Santa Monica. La grille du parking était restée entrouverte, aussi Dante put-il apercevoir un petit groupe d'hommes agglutinés là. Au cas où Hank doute encore que Rook soit à l'intérieur, Dante, d'un geste du menton, lui désigna la McLaren noire qui trônait sur une dépanneuse au milieu du parking. Quant à l'entrée du bâtiment, elle était facile à trouver : un carré rouge vif crevait la façade.

Dans sa jeunesse, Dante aurait eu du mal à imaginer un quartier pareil, mais il s'y était familiarisé depuis son entrée dans la police. L'endroit était plutôt chic, on n'y voyait aucun bungalow de classe moyenne comme celui qu'il partageait avec son oncle Manny. La plupart des demeures étaient nichées dans leurs jardins paysagers, à l'abri de murs en crépi blanc.

16

Quelques palmiers poussaient sur les pelouses d'un vert agressif et les boutiques de la rue proposaient de la nourriture bio et non du discount.

Cependant, la mort restait partout la même. Quelles que soient les finances de la communauté et la qualité de l'environnement, la population de Los Angeles restait intrinsèquement la même d'un quartier à l'autre. Dante l'avait découvert depuis longtemps. Pourtant, plus il y avait d'argent, plus la situation était gérée avec discrétion, aussi une éruption dans ce milieu aseptisé était-elle particulièrement choquante. Les maisons étaient si éloignées les unes des autres qu'aucun voisin n'entendait les querelles domestiques agitant une famille à problème. Il fallait que le chaos suinte par les fissures des fondations pour qu'on puisse enfin appeler à l'aide, mais souvent, il était trop tard… beaucoup trop tard.

Un jour, son oncle Manny avait dit à Dante : « Les riches saignent dans la solitude et le silence, donc personne ne le remarque. Les pauvres saignent tant que plus personne ne le remarque. Mais c'est sans importance, *mijo*, car au final, tout le monde pleure et meurt. Essuyer les larmes et honorer les morts. Voilà ton rôle ».

Dans ce cas précis, il ne s'agissait pas du district de Dante et l'appel de Rook avait été court, précis et troublant. Si Dante et Hank savaient qu'un homme était mort chez lui, dans les collines, ils faisaient irruption sur le territoire d'un autre flic. Connaissant Rook, tous deux se doutaient qu'ils allaient probablement plonger sans filet dans un sacré merdier.

Dante ne vit pas le chauffeur de la dépanneuse, mais la McLaren attirait l'attention : tous les uniformes du poste semblaient s'être donné le mot pour aller y jeter un coup d'œil.

— Camden, tu sais qui était sur place ? demanda-t-il.

En voyant Hank secouer la tête, Dante soupira et enchaîna :

— Je déteste ne pas savoir à qui appartiennent les orteils que nous allons piétiner en arrivant ainsi à l'improviste.

— Désolé, répondit Hank, mais je n'ai rien d'autre. Quand j'ai appelé le dispatcheur, Sherry m'a juste dit que c'était le chaos. Puisque c'est West Los Angeles qui a attrapé Stevens, nous n'aurons pas de conflit d'intérêts, je présume que le capitaine appréciera.

D'un mouvement de la tête, Hank désigna la McLaren 570GT noire presque cachée sous les uniformes.

— *Nous ne sommes plus au Kansas* [2], c'est évident. Ce quartier regorge d'argent. Que t'a appris Rook au téléphone ?

— Je te l'ai déjà dit, rappelle-toi. Le mort est son cousin, mais pas Alex, celui avec lequel il s'entend bien. Harold Martin habitait à Bel Air avant de résider temporairement à la morgue. À part ça, Rook n'a pas dit grand-chose. Il m'a juste demandé de venir le retrouver ici, si je pouvais. Franchement, s'il continue, j'aurai grisonné ou perdu mes cheveux avant la quarantaine ! La McLaren qui est dans le parking appartient à Alex Martin. Rook passe son temps à s'attirer des ennuis, mais son cousin Alex est un très brave garçon. Si Rook l'a mêlé à une histoire louche, Archie ne va pas apprécier et la situation va devenir explosive. J'ai un mauvais pressentiment.

Hank tapa un code dans la console de la voiture, informant ainsi le dispatcheur que lui et son partenaire s'apprêtaient à sortir.

— D'accord, alors, que faisons-nous ? demanda-t-il ensuite. Et combien de cousins a ton copain ? Son arbre généalogique m'a l'air bien compliqué !

— Je ne sais pas trop. Rook n'est pas exactement du genre à faire acte de présence aux repas dominicaux de sa famille, aussi n'ai-je pas encore rencontré tous ses cousins. Je t'ai présenté Alex, un joli blond mince qui porte des lunettes. Il assistait au barbecue que Manny a organisé à la maison il y a quelques semaines. Ta femme l'a trouvé adorable. Il est en couple avec James Castillo de North Hollywood.

— Ainsi, les petits-fils préférés du vieux Martin ont des goûts communs.

En voyant que Dante ne comprenait pas, Hank leva les yeux au ciel et enchaîna :

— Hé, Montoya, tu vieillis ou quoi ? Je voulais dire qu'Alex et Rook sont tous les deux gays et maqués avec un flic. Je t'ai connu plus rapide. Bon, parlons maintenant du mort. Tu le connaissais ?

— Harold ? Il est possible que je l'aie croisé une ou deux fois, mais honnêtement, je me souviens à peine de lui. Tu sais, la famille n'a pas été ravie de voir Rook réapparaître après toutes ces années d'absence et séduire aussi facilement Archie, alors il les évite le plus possible. Alex possède une librairie et Rook a tout de suite accroché avec lui. C'est un gentil garçon, honnête et respectueux de la loi, ce que je trouvais rassurant, connaissant le passé de Rook.

2 Formule américaine qui signifie « on a changé de territoire »

18

Dante secoua la tête à la pensée que Rook avait trouvé dans son arbre généalogique un complice aussi loufoque que lui. Puis il continua :

— Castillo et Alex sont sympas. Les parents d'Alex aussi, mais le reste de la famille… eh bien, ce sont des gens intéressés qui ne sourient qu'à ceux dont ils espèrent tirer profit. L'un d'entre eux m'a déjà demandé de faire sauter les PV de son chauffeur !

— Je vois. Des connards, quoi !

Dante ouvrit la portière de la voiture.

— Exactement. Bon, je vais demander à voir Stevens. En attendant, pourquoi ne pas fouiner un peu, histoire de voir ce que tu peux découvrir ? Va discuter avec les uniformes qui admirent la McLaren. L'un d'eux était peut-être sur la scène du crime. Rook m'a seulement dit qu'il craignait d'être dans une merde noire. Le connaissant, cela peut tout dire – avoir été poursuivi par un éléphant ou accidentellement déclenché une révolution.

Hank ricana.

— Voilà ce qui arrive quand on tombe amoureux d'un ex-cambrioleur, Montoya. Surtout quand il s'agit de Rook Stevens. Fais-toi une raison : ta vie tranquille est derrière toi.

Dante soupira.

— Oui, je sais, reconnut-il. Mais bon sang, il vaut les ennuis qu'il me cause.

Hank parut sceptique.

— J'espère bien ! Je te rappelle quand même que c'est la seconde fois, sinon la troisième que tu vas le chercher au poste de police.

— C'est vrai. Bon, j'y vais. Autant savoir le plus vite possible ce que mon emmerdeur préféré a encore inventé. Avec un peu de chance, je vais le récupérer sans même qu'on sache que nous sommes passés.

En avançant vers la porte du bâtiment, il dut faire un effort sur lui-même pour retenir le signe de croix qui lui venait instinctivement.

DANS LA rue, il avait remarqué plus d'uniformes et de voitures de police aux initiales LAPD qu'après une fusillade de foule. Une fois entré, il constata que le hall était vide, à part quelques plantes en pot, de massifs sièges en skaï et une table d'appoint. Il lui fallut brandir son badge pour attirer l'attention du jeune préposé à la réception – qui remplaçait sans doute le responsable en titre sorti mater la voiture d'Alex. Dante huma l'air, l'odeur était un bizarre mélange de parfum d'ambiance et de relents âcres. Dante mit un moment à comprendre ce qui le dérangeait : il manquait l'odeur du café. Et aussi le brouhaha indistinct des voix de flics, bruit de fond habituel et routinier d'un poste de police.

— Inspecteur Montoya ? Monsieur ? Je…

Malgré son uniforme empesé, le gamin au comptoir paraissait avoir douze ans. Sa voix s'étrangla quand Dante se tourna vers lui.

— Hmm, se reprit-il, l'inspecteur Vicks m'a demandé de vous laisser passer. Il est à l'arrière, au fond du couloir à gauche. Si vous ne trouvez pas, demandez les bureaux.

— Merci, petit.

Dante grimaça quand ce terme lui échappa. Il se revit à son entrée dans la police, si fier d'enfiler son uniforme, d'avoir une arme à son flanc, dans un holster, envahi par le sentiment enivrant d'être enfin devenu un adulte, presque sans l'avoir réalisé. Il agrafa le badge « visiteur » que le jeune agent lui tendait au revers de sa veste et chercha à rattraper sa bévue en disant :

— Euh, merci.

Le jeune flic l'avait bien dirigé et Dante trouva sans difficulté le centre névralgique. Le poste de police de West Hollywood était bien plus petit que Central, où Hank et lui étaient affectés. De plus, son aspect était assez minable, surtout vis-à-vis des quartiers qu'il gérait. Les ordinateurs qui trônaient sur les différents bureaux étaient neufs, pour la plupart, mais la moquette rase était d'un bleu terne que Dante se souvenait avoir vu en banlieue, bien des années plus tôt, avant les matières durables et les couleurs plus agréables. Les flics qu'il croisa lui semblèrent éteints, aucun d'eux ne l'arrêta au passage.

Après un dernier tournant dans le couloir, il arriva dans une petite pièce avec d'étroites fenêtres en hauteur. La lueur orange des lampadaires de la rue adoucissait un peu l'éclat blanc des néons illuminant la pièce du plafond. Le bureau de l'inspecteur était ancien, métallique et couleur kaki, couvert de photos de famille et de plantes d'aspect maladif. Sur la façade sud, plusieurs portes alignées devaient mener aux salles d'interrogatoire.

Plusieurs uniformes étaient agglutinés autour d'un des bureaux, formant un mur bleu marine. L'expression sévère des visages indiquait une discussion sérieuse. Alors que Dante traversait la pièce dans leur direction, quelques-uns s'écartèrent.

Il aperçut alors l'homme qui l'avait mis à genoux.

Rook Stevens était un étrange mélange de sensualité, de charme et de provocation. Mince et musclé, il était doté d'un visage anguleux d'aspect vulpin, d'une bouche pleine, d'yeux vairons et d'un nez insolent. Nonchalamment appuyé contre un bureau, il détournait la tête vers l'une des portes de la salle d'interrogatoire, l'esprit ailleurs. Sa distraction lui donnait un air tendre et vulnérable que Dante, d'ordinaire, ne lui voyait qu'au lit, après l'amour. Il obtenait le droit de câliner son amant après l'avoir physiquement épuisé, abattant ainsi les remparts épineux dont l'ex-voleur se protégeait le reste du temps. Comme armure, Rook utilisait aussi son arrogance et ses mensonges.

Rook ne s'était pas fait couper les cheveux ces derniers temps. Dante aimait la lourde toison caramel qui lui encadrait le visage et les mèches hirsutes aux reflets dorés qui lui tombaient sur le front. Ce soir, son amant avait les traits tirés, son expression indiquait un peu d'inquiétude et son regard ne quittait pas les portes. Rook aurait nié cette inquiétude, surtout après des années passées à se protéger derrière une épaisse muraille, mais Dante le connaissait bien désormais. Malgré son détachement apparent et la distance qu'il maintenait, Rook aimait profondément, tout en aimant avec précaution. Et tous les jours, il dévoilait des bribes de son âme par ses paroles et ses gestes.

À en juger par ses dents plantées dans sa lèvre inférieure, Rook s'efforçait ce soir de cacher une intense émotion.

Dante sut le moment où Rook l'aperçut. Il nota la tension soudaine des longues jambes et la contraction des hanches. Un amant normal se serait détendu en voyant apparaître celui qui, le matin même, lui avait offert un orgasme bruyant, mais pas Rook. Sa première réaction était toujours la même, un dilemme, résister ou fuir, attitude qui lui avait permis de rester en vie pendant sa jeunesse difficile.

Grâce au badge qu'il portait à la ceinture, Dante put se frayer un chemin à travers les flics, mais cela ne lui fut pas facile. Les visages exprimaient un défi qui se durcit encore lorsqu'il s'approcha de Rook. Il n'était pas de West LA, aussi restait-il un outsider malgré son appartenance au LAPD.

D'un signe de tête, il salua un flic âgé et baraqué – Robertson, d'après le badge agrafé à son uniforme –, puis il attira l'attention de Rook en tirant sur sa manche de chemise. Ceci fait, il se présenta :

— Salut, je m'appelle Montoya.

Il échangea avec Robertson une brève poignée de main.

— Oui, je sais, grommela le flic grisonnant. Vous êtes le partenaire de Camden, de Central, pas vrai ? Je connaissais Giada. C'était un bon flic.

Dommage qu'il ait mal vieilli. Celui-là, c'est Mark Vicks qui l'a alpagué. Qu'est-ce que vous fichez là ?

— Stevens et moi sommes…

L'expression de Rook était si fermée que Dante, pour la première fois depuis qu'il était tombé amoureux du voleur réformé, se sentit en terrain miné. Cela faisait deux mois qu'ils étaient ensemble et ni l'un ni l'autre n'avait jamais abordé le sujet épineux de leur relation ou de leurs sentiments respectifs. En fait, Rook évitait le sujet chaque fois que Dante avait tenté de l'aborder.

Dante choisit soigneusement ses mots :

— Nous sommes ensemble. Il m'a demandé de passer.

Robertson fronça les sourcils

— Vraiment ? C'est surprenant parce qu'il n'avait pas de téléphone sur lui. Je sais, c'est moi qui l'ai fouillé.

Dante vit Rook lever les yeux au ciel. Il réprima un autre soupir.

— Écoutez, Robertson, y a-t-il un endroit où je pourrais lui parler en privé ?

— Vicks nous a dit de le surveiller, mais je ne vois pas de mal à vous laisser avec lui dans une des salles vides. Ils sont toujours en train d'interroger l'autre gars qui a été pris avec Stevens, ça risque de durer un moment. Laissez quand même la porte ouverte : si ça déraille, nous pourrons intervenir.

Le flic toisa Dante en fronçant les sourcils, ses joues devenant écarlates. Puis il s'adressa à Stevens :

— Vous, n'essayez pas de vous faire la belle. J'ai entendu parler de vous.

— Parce que j'ai l'air de vouloir me barrer ? aboya Rook.

Cette fois-ci, Dante ne put retenir son soupir. Il entendait presque le cliquetis des menottes se refermer sur les poignets de son amant.

— Nous resterons à côté, assura-t-il à Robertson. Je veux simplement savoir ce qui se passe.

Il n'avait pas eu l'intention de bousculer Rook, mais il fut néanmoins tenté de l'empoigner par son tee-shirt et le propulser dans la pièce voisine. Rook, le regard durci, l'air buté, exhibait les pires facettes de sa personnalité. Résigné, Dante comprit que l'entrevue serait tendue. L'homme insouciant, attachant et charmant qui affrontait la vie un sourire aux lèvres avait disparu, laissant à sa place un être acculé qui arpentait la salle vide à grands pas. Dante reconnaissait là la nervosité d'un délinquant pris la main dans le sac.

Un nœud se forma dans ses tripes. Il savait que Rook, poussé à bout, était capable de tenter une évasion.

Rook avait la lèvre enflée. Sans doute avait-il pris d'autres coups, car il se ménageait, effleurant parfois son flanc avec une grimace. À travers la porte restée ouverte, Dante dévisagea Robinson, le mesurant du regard. À regarder son amant se déplacer sans sa grâce habituelle, Dante était écartelé entre deux réactions : sauter à la gorge de tous les flics du poste et demander à Rook s'il simulait une blessure pour s'attirer la sympathie. Ce conflit entre colère et suspicion dut apparaître sur son visage, car Rook cessa d'arpenter la pièce et s'arrêta net, les yeux étrécis.

— Arrête de me regarder comme ça ! gronda-t-il. Tu agis comme si je comptais faire mes valises et filer.

— Et ce n'est pas le cas ?

Dante avait parlé d'une voix à peine audible, les yeux sur la porte. Robertson se tenait à l'ouverture, très intéressé par ce qui se passait dans la salle.

Poser cette question lui faisait mal aux tripes, mais Rook était constamment emporté par des courants de méfiance et de peur. Au fil des années, il avait pris l'habitude de se moquer des flics en leur échappant juste avant de se faire prendre.

Dante s'assit devant la lourde table installée au milieu de la pièce.

— J'aimerais croire que non, enchaîna Dante, mais en vérité, je n'en sais rien. Tu refuses de me parler et dans les circonstances actuelles, cela ne m'aide pas. Qu'as-tu dans la tête, *cuervo* ? Je voudrais connaître tes idées tordues dès qu'elles font leur apparition. Parle-moi, Rook.

Fixer les yeux de Rook était parfois étrange. Des cils sombres jetaient un croissant d'ombre sur la pommette ciselée. Un jour, Dante s'était amusé à lui couvrir la moitié du visage pour voir à quoi il ressemblerait avec deux yeux bleus ou verts, mais l'expérience s'était vite terminée en fou rire partagé. Maintenant, Rook avait les cheveux qui lui tombaient sur le front et Dante surprit une lueur rouée dans sa prunelle verte pailletée d'or. L'œil bleu était plus doux, réalisa-t-il, une désarmante lucarne azuréenne et optimiste dans ce visage saturnien.

Il y avait trois sièges contre le mur, dur assemblage de métal et de plastique sur lequel il était difficile de rester très longtemps, Dante le savait par expérience. Et à en juger par sa posture défensive, Rook ne se laisserait pas facilement convaincre d'y prendre place. Il faisait toujours les cent pas.

Quand il passa devant lui, Dante se pencha et l'intercepta par sa ceinture. Il tira, espérant que son amant ne résisterait pas. Ce fut le cas.

Dante ne sut ce qui le surprenait le plus : que Rook se laisse attirer entre ses jambes ou qu'il pose le front contre sa tempe et de longs bras sur ses épaules.

Une haleine chaude épicée à la cannelle, avec un soupçon de thé, lui caressa la peau.

— J'hésite entre t'embrasser et te tuer, souffla Rook. En temps normal, je déteste que tu sois flic, mais ce soir, je suis sacrément content que tu portes un badge.

Ils échangèrent un baiser aussi brûlant et paresseux qu'une nuit d'été à Los Angeles, suivi de murmures chargés de promesses érotiques. Puis Rook planta les dents dans la lèvre inférieure de Dante et frotta son bassin entre les jambes de son amant, électrisant une atmosphère déjà chargée. Rook fit remonter ses mains le long des cuisses de Dante, serrant des muscles douloureux de l'exercice fait le matin même au gymnase. Dante sentit son sexe s'ériger en évoquant la sensation d'un cul ferme pressé contre sa hanche à son réveil, encore poisseux des ébats de la veille.

— Je ne compte pas filer, Montoya, promit Rook, d'une voix nette et sombre. Je te l'ai déjà dit.

— Je sais, *querido*, mais j'ai parfois besoin d'être rassuré, surtout quand tu sembles te demander si tu as assez d'économie pour vivre caché pendant quelques années.

Il passa la main sous le tee-shirt de Rook, lui caressant le nombril, et reprit :

— Maintenant, dis-moi ce qui s'est passé. Es-tu blessé ?

La réponse parvint de la porte ouverte :

— Je vais vous raconter ce qui s'est passé, Montoya.

Un flic, sans aucun doute. La voix arrogante exprimait l'autorité et un ego démesuré difficilement contrôlé. L'homme était très grand, avec de larges épaules, et il affichait un rictus méprisant tandis que ses petits yeux vifs toisaient Rook et Dante.

— Votre petit copain est entré par effraction chez son cousin Harold Martin et l'a assassiné. Je vais devenir célèbre dans la police de LA ! Je serai celui qui a réussi à envoyer Rook Stevens derrière les barreaux.

III

ROOK REPÉRA l'homme qui se tenait à l'entrebâillement de la porte.

— Apparemment, Vicks en a terminé avec Alex, annonça-t-il. Il va vouloir un second round avec moi. Quelle chance !

L'inspecteur Mark Vicks était aussi grand et large qu'un ours : cou épais, yeux couleur granit étirés en fentes étroites, visage buriné aux traits durs. Le nez épaté avait été cassé au moins une fois, une fine cicatrice blanche barrait la joue gauche, une autre, boursouflée, créait une minuscule étoile sur le sourcil droit. Les néons faisaient ressortir les fils d'argent de ses cheveux bruns. Quand l'homme croisa ses bras massifs sur sa poitrine, le cuir de son holster grinça et les coutures des manches retroussées de sa chemise ivoire bon marché s'étirèrent sous le gonflement des muscles. Alors qu'il n'était pas encore entré dans la salle d'interrogatoire, son ombre, soulignée les fortes lumières derrière lui, pesait déjà sur les deux hommes.

Rook sentit les doigts de Dante s'enfoncer dans sa hanche. Il fronça les sourcils, repoussa le poignet de son flic et secoua la tête.

— Tu es mignon, marmonna-t-il, mais lâche-moi. Je n'ai pas besoin que tu me protèges du Grand Méchant Vicks. J'ai l'habitude, je bouffais du flic bien avant que tu en sois un.

Dante ricana et relâcha son emprise.

— Justement. Je cherche peut-être à le protéger de toi. Y as-tu pensé ? Il veut juste te poser quelques questions avant de te laisser partir.

Rook avait l'impression que les murs se refermaient sur lui à chaque inspiration qu'il prenait, c'était à donner le frisson. Un poste de police, bruyant et chaotique, avait toujours des relents de peur et de désespoir, même dans la salle réservée aux inspecteurs. Cela créait une sorte de tension sourde, comme une dent sensibilisée d'avoir mordu de l'aluminium. La puanteur du café brûlé et de la sueur s'accrochait aux recoins de la pièce, les murs gris pâle étaient marqués de gouges et de traces noires au niveau des plinthes. Rook ne parvenait pas à détourner les yeux du miroir sans tain placé devant lui, inventant des ombres dans ses profondeurs glauques, des silhouettes qui l'espionnaient.

Le regard de Vicks passa de Rook à Dante, ses lourdes paupières cachant ses yeux. Ce fut à l'inspecteur qu'il s'adressa :

— Montoya, hein ? De Central. J'avais effectivement entendu dire que vous fricotiez avec le meurtrier de votre partenaire.

Sa voix tonnante envahit la pièce. Il gardait les bras le long du corps, refusant tacitement de tendre la main à Dante. Rook apprécia peu ce manque de courtoisie dont son flic faisait les frais. En plus, il en voulait toujours au connard de West LA de l'avoir accusé du meurtre de Harold.

— Oui, répondit Dante, d'une voix dure à l'accent marqué, je suis de Central. Et je vous signale que Vince avait un cancer, c'est ça qui l'a tué. Stevens n'a rien à voir là-dedans.

Vicks ricana.

— Vous appelez votre chéri par son nom de famille, Montoya ? C'est chou.

Rook intervint :

— Désolé d'interrompre votre petit duel verbal, messieurs, mais j'aimerais rentrer chez moi. Si je m'attarde ici, je vais finir par devoir voter dans ce foutu district.

Son assurance vacilla devant le sourire reptilien que Vicks lui adressa.

— Bien sûr, persifla l'inspecteur, revenons-en à notre affaire. Justement, je tenais à vous dire que le témoignage de votre cousin, Alex Martin, diffère du vôtre en des points très significatifs. Restez si ça vous dit, Montoya, mais je compte bien interroger Stevens avant d'*envisager* de le laisser s'en aller.

Ainsi, Alex avait tout raconté. Rook le lisait sur le visage de Vicks. Alex aimait beaucoup son jeune cousin – ou peut-être était-il plus âgé, Rook l'ignorait, car sa mère n'avait jamais été capable de se souvenir de son année de naissance–, mais il respectait la loi et l'appliquait au pied de la lettre. Une telle rigueur donnait à Rook mal aux dents.

Il tira une chaise et l'enfourcha à l'envers, faisant face à la porte et à Vicks.

— Que vous a dit Alex ? Que nous sommes passés chez Harold lui rapporter ses chaussures de bowling ou un truc du genre ? Je ne vois pas en quoi cela contredit ma déclaration. En arrivant chez Harold, je l'ai trouvé dans sa chambre, étalé par terre. Mort.

Vicks entra dans la pièce, puis ferma la porte derrière lui.

— Je vous crois, bien entendu, mais il reste la question de votre lèvre enflée. Seriez-vous tombé dans l'escalier ? Un de mes gars vous aurait-il frappé au visage ? Non, je ne crois pas. Je vais vous dire ce qui s'est passé, Stevens : vous êtes mauvais perdant. Votre cher cousin Harold vous avait grillé au poteau, il a acquis avant vous une statue de valeur. Ça ne vous a pas plus, alors, vous avez réagi en voleur et vous avez décidé de la lui reprendre.

Avant de répondre, Rook se libéra de Dante, ce qui lui demanda un certain effort. Non que son flic ait cherché à le retenir, c'était juste que Rook se sentait plus en *sécurité* avec la grande main chaude posée sur lui. Mais il se savait aussi incapable de réfléchir s'il restait connecté à Montoya, cela le distrayait. Et il n'avait pas le temps de gérer les sentiments qui bouillonnaient en lui, surtout pas quand il devait minimiser les dégâts des aveux d'Alex. Il lui fallait se débrouiller seul.

Dante était une de ses vulnérabilités, Rook en était conscient. Et Vicks et ses semblables n'hésiteraient pas à en user contre lui. Dans le passé, Rook avait toujours pris de la distance dès qu'il ressentait un élan d'affection envers autrui, aussi maigre soit-il. Il préférait se protéger et consolider ses défenses, mais avec Dante, c'était différent. Cette fois, il n'y aurait pas de fuite en avant, même si son flic lui laissait une certaine marge de manœuvre.

Rook savait qu'il resterait avec Montoya tant que l'un ou l'autre respirerait.

Dante se leva et toisa Vicks avec autant d'intensité et d'animosité que son vis-à-vis.

— Faut-il à Stevens un avocat ? Si c'est le cas, je peux facilement en appeler un.

Rook cacha sa surprise. Il ne s'était pas attendu à cette réaction, surtout venant d'un flic… même si ce flic était de son côté. Il se pencha en arrière, les mains agrippées au dossier de son siège, et regarda le combat silencieux des deux inspecteurs aussi autoritaires et butés l'un que l'autre. S'il devait parier sur le vainqueur, il miserait sur Dante. Jamais Dante ne céderait à la pression. Il était trop loyal envers son amant reformé – aussi étrange que cela puisse paraître. En revanche, Vicks était une brute égocentrique qui n'hésitait pas à abuser de sa force physique quand ça l'arrangeait, un genre que Rook n'avait que trop connu, étant plus jeune, en suivant les forains de ville en ville. Malheureusement, Vicks était également cynique et entêté, aussi ne chercherait-il pas d'autre suspect que le premier sur lequel il avait mis la main. Il comptait sans doute harceler Rook en espérant le faire craquer et passer aux aveux.

À bien des égards, Vicks ressemblait à l'ancien partenaire de Dante, un sinistre connard qui n'avait lâché Rook que quand la Camarde était venue le chercher.

— Bon, ça suffit, trancha Rook. Parlons franc. Dites-moi plutôt ce qu'Alex vous a raconté, inspecteur. Pourquoi diable aurais-je voulu tuer Harold ? Je serais curieux de l'apprendre.

Le regard que Dante lui jeta annonçait d'interminables explications une fois loin des oreilles indiscrètes.

Vicks s'approcha et posa une hanche contre la table, à la place que Dante venait de libérer.

— Là, ça se complique, répondit-il. Votre cousin est resté assez vague. Cependant, il n'a pas vu votre prétendu agresseur masqué. Vous auriez pu vous blesser vous-même, Stevens, ou demander à Alex de vous frapper. Vos égratignures sont bénignes et vos ecchymoses à peine visibles. Donc, je ne crois pas du tout à ce soi-disant combat.

— Je doute qu'Alex sache boxer, persifla Rook, et je le vois mal frapper quelqu'un. Je vous ai déjà tout dit : j'ai encaissé un crochet et glissé sur le sol mouillé. Si Alex n'a pas vu mon agresseur, c'est qu'il n'est pas sorti par devant. Il a dû sortir par derrière et dévaler le canyon, la pente est accessible. Il a pu aussi traverser la pelouse du voisin.

Vicks secoua la tête, la lippe sardonique.

— Ou alors, vous mentez, Stevens. Votre cousin prétend ignorer la raison pour laquelle vous êtes allé chez Harold, mais je ne crois pas à votre histoire de vous inquiéter pour lui. Vous n'étiez pas très proche de Harold. Alex a même évoqué une certaine rivalité.

— Rivalité ? Quelle rivalité ? Vous n'allez quand même pas m'accuser de vouloir lui prendre sa femme ! J'ai déjà le meilleur homme de Los Angeles ! s'exclama Rook en désignant Dante.

L'inspecteur fit la moue.

— Que c'est touchant ! Après avoir ingurgité autant de mièvrerie, le plateau-TV qui m'attend chez moi va avoir du mal à passer. Pour en revenir à vos motivations, Stevens, je sais que votre grand-père est très fortuné. À mon avis, vous manigancez un coup ambitieux : vous vous pointez à LA et prétendez être rangé des voitures, mais votre véritable objectif, c'est de piquer tout son argent au vieux Martin !

— Cette théorie est inepte, intervint sèchement Dante. Il est le petit-fils d'Archibald Martin.

— Vous en êtes certain ? susurra l'inspecteur. Y a-t-il eu un test ADN ?

Il ricana en voyant Rook se raidir, puis enchaîna :

— Non, bien entendu. Rentrer dans le système, ce n'est pas votre genre. On vous suivrait à la trace et cela ne vous plairait pas du tout.

Rook pointa le menton en avant.

— Si vous connaissiez Archie, vous comprendriez pourquoi il n'a pas eu besoin d'un test ADN pour être certain que j'étais de son sang. De toute façon, je vous répète que Harold était déjà mort quand je suis arrivé. Faites-le examiner, merde ! Un expert est censé vous donner l'heure exacte d'un décès, non ?

— C'est drôle que vous proposiez ça, répliqua Vicks, car nous commençons à douter que Harold ait été *tout à fait* mort à votre arrivée. Il n'est pas encore passé entre les mains du coroner, mais j'ai entendu quelque chose d'intéressant ce matin. Voyez-vous, la victime a été poignardée à l'intestin une quinzaine de fois. Pauvre cousin Harold ! Le plus amusant, c'est que ce n'est pas ce qui l'a tué.

Rook évita de croiser le regard perplexe de Dante, trop occupé à calmer la panique qui lui broyait les tripes. Il avait été certain que Harold était mort… maintenant, il avait un doute.

— Poignardé plusieurs fois et ce n'est pas ce qui l'a tué ? D'accord, je pose la question : de quoi est-mort ?

Le sourire de Vicks s'accentua, une lueur diabolique faisant briller ses yeux.

— Oh, il ne s'en serait pas tiré. Le légiste affirme que Harold n'avait aucune chance. Il aurait fini par décéder d'une hémorragie interne. Pourtant, quelqu'un a tenu à finir le travail. Cousin Harold a pris un méchant coup sur le coin de crâne. Et vous savez avec quoi ? Avec un affreux faucon en résine noire. Et Margaret Martin, la mère de Harold, m'a raconté une très intéressante dispute dimanche dernier entre son fils et vous concernant cette statue. Dites-moi, Stevens, comptez-vous appeler votre avocat ou préférez-vous passer tout de suite aux aveux ? Vous revendiquiez cette statue, vous êtes allé la voler chez Harold et tant qu'à faire, vous lui avez réglé son compte pour avoir une plus grosse part de l'héritage Martin.

Si DANTE aurait voulu mettre un homme au lit, bien enveloppé dans une couverture, c'était bien Rook Stevens.

Il aurait aussi voulu le secouer, histoire de lui redonner un grain de bon sens, ou le baiser jusqu'à lui faire perdre la tête, ou l'attacher à une

29

chaise, mais son principal désir restait de le mettre au lit jusqu'à ce que s'apaise la tempête de ses dernières conneries.

Où que Rook se trouve, il y avait une tempête.

Ils se rendirent ensemble chez Archie en voiture. Le trajet fut long et silencieux. Avec un autre homme, Dante aurait pensé à une bouderie, mais Rook ne boudait pas. Il complotait, manigançait et magouillait, mais bouder n'était pas dans son répertoire. Le silence de l'habitacle était chargé d'intensité et Dante entendait presque tourner les rouages du cerveau de Rook, assis à côté de lui.

En arrivant devant la somptueuse demeure du grand-père de Rook, Dante grimaça intérieurement – comme toujours. Né pauvre à Laredo, il en gardait des traces. Le château Martin avait été importé brique par brique des îles britanniques, c'était un énorme édifice gris qui se dressait sur les verdoyantes collines de Los Angeles et valorisait l'ego de son propriétaire. Le lierre grimpait à l'assaut des tourelles et, en guise de douve, une énorme fontaine – presque de la taille du modeste bungalow de Dante – dominait l'allée d'accès. Les vitraux des immenses fenêtres voutées de la façade avant jetaient des reflets multicolores sur l'ardoise des toits et les murs imposants.

À peine la voiture garée, Rosa ouvrit la porte, son beau visage assombri d'inquiétude. Rook s'arrêta le temps d'embrasser la gouvernante d'Archie sur la joue et elle lui caressa tendrement le bras. Dante observa leur rencontre, puis rejoignit son amant à longues enjambées. Il referma la porte de l'entrée et salua à son tour l'Hispanique.

— Bonjour, Rosa. Où est le patriarche ?

— Dans le salon jaune, répondit-elle.

Elle remarqua son air interrogateur, gloussa et précisa :

— C'est au bout du couloir, à gauche, juste après l'horloge rose. La porte est ouverte. Vous entendrez probablement la voix de M. Archie. Il n'a pas cessé de crier depuis qu'Alex est arrivé avec James.

De l'avis de Dante, le décorateur du château Martin aurait dû consulter un ophtalmo. Dans l'ensemble, le mobilier était classique, mais les couloirs prouvaient un goût discutable et/ou une éventuelle consommation de drogues psychédéliques. Toutes les surfaces étaient surchargées de bibelots hétéroclites : vases, porcelaines, animaux en jute et coquillages peints. Archie était un collectionneur compulsif.

« L'horloge rose » était une flamboyante orchidée dont le cadran criard était lourdement décoré de chiffres dorés et d'oiseaux cloisonnés. Rosa ne s'était pas trompée : la porte du salon était ouverte et de vives récriminations émanaient de l'intérieur de la pièce. Dante sourit. La voix d'Archie, en plus âgée, ressemblait beaucoup à celle de son amant – une voix rauque et sensuelle qu'il adorait entendre murmurer son nom.

Rook passa devant lui et entra dans le « salon jaune » en s'écriant :

— Je n'ai jamais entendu une connerie pareille ! Cet enfoiré de Vicks pense que j'ai tué Harold. Je détestais ce sale connard, d'accord, mais certainement pas au point de… Bon, je suis entré chez lui par effraction et je comptais bien récupérer mon faucon. Franchement ! Il me l'avait volé, je ne pouvais pas le laisser s'en tirer comme ça !

Dante regarda autour de lui. Cette pièce était-elle un des salons d'Archie ? Possible. Mais peut-être était-ce juste un placard. Il avait du mal à se décider vu que toutes les pièces de cette immense baraque étaient bien trop imposantes pour être « confortables ». Cela faisait bien longtemps qu'il ne cherchait plus à se repérer dans le château Martin. Parfois, il se demandait même si un Minotaure n'errait pas dans ce labyrinthe.

Par chance, le troisième Martin de la pièce était Alex, spécimen relativement calme et rationnel dans une lignée au tempérament explosif. Le cousin de Rook se tenait près d'un bar installé dans une armoire d'ébène. Du coup, Dante espéra que la conversation ne finirait pas en querelle impliquant fourches et torches. Bien sûr, le côté zen d'Alex était quelque peu tempéré par son amour pour un inspecteur latino de North Hollywood au caractère bien trempé. James Castillo salua Dante en levant sa bouteille de bière. Ses cheveux sombres et son attitude sarcastique contrastaient avec la délicatesse du canapé blanc sur lequel il était assis.

— Rook, insista Alex, Harold est mort. La statue n'a plus aucune importance.

Alex était le pacificateur de la famille. Il n'accomplissait pas de miracle, mais sans doute finirait-il par calmer son bouillant cousin.

Rook fourra les mains dans les poches de son jean.

— Je sais, merde ! grogna-t-il. James, au cas où j'aurais oublié de te remercier plus tôt, c'est sympa de nous avoir acheté des vêtements. C'est juste… je suis furieux, archi-furieux et ce pour une raison stupide. J'en veux terriblement à Harold de s'être fait buter !

Non loin de James, Archie trônait dans un fauteuil en velours pourpre dont le jumeau inoccupé flanquait l'autre côté de la vaste cheminée en pierre. Il fit signe à Dante de le rejoindre.

— Asseyez-vous, Montoya. Et regardez avec moi votre cher et tendre faire un trou dans ce tapis qui m'a coûté fort cher.

31

Le visage du vieil homme était pâle, ses traits creusés par le chagrin. La peau burinée se crispait autour de la bouche pincée, mais il s'inquiétait aussi pour ses autres petits-fils et ses yeux révélaient sa lassitude.

— Alex, ajouta-t-il, va chercher une bière pour Montoya. Et apporte-m'en aussi une.

Sans s'occuper de Rook qui continuait ses imprécations, Dante s'adressa à James :

— Sais-tu ce qu'ils faisaient chez Harold ? Rook n'a pas ouvert la bouche dans la voiture.

— Non, juste que Rook comptait voler un objet chez Harold et qu'Alex ne sait pas mentir, répondit James avec un léger accent mexicain. Ce trait de caractère me plaît beaucoup, d'ailleurs, ça maintient une totale honnêteté entre nous. Des deux cousins, j'ai obtenu le moins pénible.

Alex revenait avec deux sodas et une bouteille de bière artisanale qu'Archie prétendait acheter pour Rook.

— Je mens très bien, protesta-t-il. Grand-père, je t'ai pris un soda. D'après ton infirmière, tu n'as pas droit à l'alcool en soirée, à cause de tes médicaments.

Archie fronça ses épais sourcils.

— Je devrais virer cette maudite femme, grommela-t-il. Elle me pourrit la vie. Un homme a quand même droit à une bière quand ça lui chante !

— Bien sûr, jeta Rook. Prends une bière, Archie, prends-en même plusieurs. Tu vas clamser et Alex et moi hériterons de tout. D'après le flic qui nous a interrogés, c'est pour ton argent que j'ai assassiné cet enfoiré de Harold.

Il cessa de faire les cent pas, affronta les yeux vairons de son grand-père, si semblables aux siens, et continua :

— Je ne veux pas de la maison. Donne-la à Alex. Que faire des voitures ? Et de ta collection de singes empaillés de la salle à manger ? Et du troupeau de lamas en porcelaine de la bibliothèque ?

Archie agita une canne menaçante en direction de son petit-fils.

— Je pourrais encore te coller une raclée cul nul, rugit-il. Et ces foutus singes, je les lègue à Lynn, mon avocate. Ça fait des années qu'elle les lorgne. Maintenant, tais-toi. Oublions cette satanée bière, je vais boire un soda. Dieu sait ce que tu deviendras une fois que je serai mort ! Pauvre Montoya ! Il risque de devoir te sortir de prison tous les quatre matins.

James se tourna vers Dante :

— Si j'étais toi, je le laisserais au trou. Ça lui éviterait bien des ennuis.

— Va te faire foutre, Castillo ! répliqua Rook avec un sourire arrogant. Je n'irai jamais en prison. Je préférerais vivre avec Dante sur une île déserte au milieu de l'océan.

Archie s'en prit à lui :

— Arrête de proférer des inepties, petit salopiot, et explique-moi un peu ce qui s'est passé. Je veux savoir ce que tu as vu chez Harold et ne t'avise pas de me dorer la pilule. Je suis vieux, pas sénile. Je ferai mon deuil une fois que nous aurons retrouvé le salaud qui a tué mon garçon.

En regardant Archie, Dante savait exactement à quoi ressemblerait son amant dans soixante ans. Fier et hautain, Archibald Martin avait des traits aquilins, il ne supportait pas les imbéciles, mais une certaine douceur se cachait sous ses abords abrupts. Lui et son petit-fils n'étaient pas des sosies, il y avait des différences, plus ou moins subtiles, mais leurs yeux vairons avaient le même regard roué, manipulateur et rusé, et leurs expressions annonçaient un entêtement que Dante avait appris à redouter. Archie intimidait et ordonnait, Rook séduisait et charmait, incitant ses interlocuteurs à se mettre en quatre pour le satisfaire. Un affrontement entre ces deux-là était souvent ridicule, surtout quand Archie poussait Rook un peu trop loin et que la paire devait ensuite faire un effort mutuel pour retrouver un terrain d'entente. L'amour qu'ils se portaient était évident. Quand on savait où regarder, il se voyait même dans les détails. Rook décapsula le soda de son grand-père et le lui tendit. La main tavelée d'Archie tremblait légèrement.

— Tu veux un verre, vieillard ? demanda Rook. Ou un gobelet ? Je peux aussi aller te chercher de la glace…

— Oui, merci. C'est meilleur quand c'est bien froid. Alex, vas-y, mon garçon, réclama Archie. Je veux que Rook me raconte comment il se fait que les flics l'aient encore retrouvé à côté d'un cadavre. Et celui de Harold, qui plus est ! Pourquoi Harold ? Il n'était pas toujours facile, je le sais très bien, mais il n'avait pas assez d'envergure pour se faire de vrais ennemis.

— Rook lui en voulait beaucoup, souligna Alex.

— Bébé, ça ne nous aide pas, intervint James avec un sourire. C'est ce qu'on appelle un mobile et pour le moment, nous préférerions ne pas en arriver là.

James croisa le regard de Dante et haussa les épaules. Il bougea ensuite sur le canapé pour laisser de la place à Alex. Comme Dante, il sortait du travail, son holster était caché sous son blouson de cuir et son jean portait des traces de pollution urbaine. Ses bottes de cowboy étaient marquées par des années d'usage et quelque chose était écrit au marqueur sous son talon droit. Dante le remarqua quand James croisa les jambes.

— Qu'est-ce que tu as sous le pied, mec ? demanda-t-il.

James souleva son talon : le nom d'Alex y était gribouillé.

— C'est une longue histoire, répliqua-t-il. Je t'expliquerai plus tard.

— Taisez-vous, tous les deux ! s'impatienta Archibald. Je veux que Rook m'explique ce qu'il faisait chez Harold. Sinon, je… je…

— Pas la peine de griller un fusible, vieillard, persifla Rook. Remercie-nous plutôt, Alex et moi. Sans nous, tu serais tout seul ce soir, sans personne à qui parler. Rosa aurait pu t'enfermer dans la bibliothèque et te piquer ta canne.

Dante prit une longue gorgée de bière.

— Parle, *cuervo*, dit-il ensuite. Moi aussi, je tiens à savoir ce qui s'est passé. J'en ai besoin pour tenir tête à Vicks. Tu as vu son sourire quand tu as demandé un avocat ? Il veut te faire tomber.

Archie frappa vigoureusement l'épais accoudoir de son fauteuil.

— Quoi ? Qu'a dit ce flic, Montoya ? J'ai prévenu mes avocats dès que j'ai été mis au courant, mais ils ne m'ont rien dit, sauf qu'ils s'occupaient de tout et que Rook se montrait peu coopératif. Pourquoi as-tu refusé de prendre en photo ton visage meurtri ? Si ce flic… Vicks, s'imagine qu'il peut utiliser mon petit-fils pour une guérilla personnelle, je vais lui faire avaler son badge, j'accrocherai sa tête empaillée au-dessus de ma cheminée.

Dante grimaça.

— *Dios*, je pense que cette maison a déjà toute la déco nécessaire. Les avocats sont arrivés avant que Vicks ait le temps de lire à Rook ses droits, mais le bras de fer avait déjà commencé en salle d'interrogatoire. Vicks n'en fait qu'à sa tête sans se préoccuper des règles. Ça se voit tout de suite.

James intervint avec fougue :

— C'est vrai. Je connais Vicks, il est dangereux et cinglé. Malheureusement, West LA n'a pas le choix : il est rare que les inspecteurs y restent longtemps. Ce poste est merdique. Vicks est un sale con. Les droits des gens, c'est sacré. On n'y touche pas, un point, c'est tout.

— Il a joué au dominant agressif, marmonna Rook. Il a envahi mon espace personnel, il ricanait de tout ce que je disais, sans s'en cacher, il a essayé de me piéger. C'était de la brutalité psychologique basique et sans finesse. Il doit taper sur ses gosses et son chien !

Il continua un moment ses va-et-vient, puis s'arrêta devant son grand-père.

— Je n'ai pas tué Harold, reprit-il. Bien sûr, je le trouvais odieux, mais… je ne l'ai pas tué. D'après Vicks, Harold vivait encore quand je suis arrivé… Il avait pourtant l'air mort, Archie, mort et archi-mort, mais maintenant, je commence à douter. Je ne suis plus sûr de rien.

— Personne ne t'accuse de l'avoir tué. Je ne vais pas dire que Harold était facile à aimer, c'était un garçon compliqué… Mais bon, tu ne l'as pas tué. Si ce flic essaie de te coller ce meurtre sur le dos, nous allons l'enterrer.

Archie avait parlé d'une voix réconfortante et bourrue, bien que teintée de colère.

Dante essaya de remettre la conversation sur les rails :

— Rook, que diable foutais-tu chez Harold ? demanda-t-il. Vicks a parlé d'une statue, de quoi s'agit-il ?

— Tu te rappelles quand je t'ai dit avoir repéré un faucon maltais mis aux enchères ? Il ne venait pas d'un film récent, mais de *The Black Bird*, une parodie tournée en 75. Avec un moulage du faucon original, ils ont fait plusieurs copies en résine. Chacune a un numéro de série sur le…

Les yeux de Rook brillaient de cette lueur passionnée – presque fanatique – que Dante connaissait bien et sa voix avait baissé, se faisant chaleureuse et séductrice.

— *Cuervo*, je t'aime, coupa Dante, mais ce n'est pas le bon moment pour faire un discours. Ce n'est pas l'oiseau en lui-même qui m'intéresse, c'est juste sa connexion avec Harold. L'aurait-il acheté ? Ou bien l'aurais-tu perdu ?

Dante se tourna vers Archie et expliqua :

— D'après Vicks, Harold a été frappé avec la statue, c'est ça qui l'a tué, mais je me méfie de tout ce que nous a dit cet enfoiré. De toute façon, Harold avait été poignardé, il n'aurait pas survécu à ses blessures, même si par hasard il respirait encore quand Rook est arrivé.

Rook s'arrêta net de marcher.

— Tu vois ! s'exclama-t-il. L'oiseau est important. Il appartenait à un type qui… hum, qui avait travaillé avec Hawkins et…

— Qui est Hawkins ? demanda James à Alex. Bon Dieu, c'est pire qu'un *telenovela* !

— Un cambrioleur, murmura Alex, un ex de tante Béatrice. Il a été le Fagin [3] de Rook…

— Silence, vous deux ! grogna Archie. Termine, mon garçon, et dépêche-toi, je suis déjà à moitié mort d'ennui.

Rook obtempéra :

— J'ai eu mon faucon à une vente chez Natterly. Harold a participé lui aussi aux enchères, sans doute parce qu'il avait appris que je tenais beaucoup à cet objet. C'est Davis Natterly qui lui en a parlé, il est très proche de Harold et de sa mère, ce que j'ai appris trop tard, sinon je l'aurais averti de ne rien dire à Harold.

Les yeux de Rook brillaient encore, mais cette fois, c'était de colère.

— Après la vente aux enchères, reprit-il, Harold est passé chez Natterly, il a payé l'oiseau avec sa carte de crédit et prétendu vouloir me l'offrir afin d'effacer un différend entre nous. En fait, il me l'a volé. Et Davis a cru rendre service à Harold en lui laissant mon faucon.

— On devrait lui retirer sa licence, grommela Alex. Tu parles d'une excuse foireuse !

— Oui, admit Rook, j'ai déjà exprimé à Davis ce que je pensais de ses pratiques professionnelles, mais je suis plus ou moins obligé de le supporter. Son frère et lui sont très bien introduits dans le milieu qui m'intéresse. Porter plainte contre la maison Natterly ne me rapporterait rien. Quoi qu'il en soit, quand j'ai appris que Harold avait volé ma statue, je la lui ai réclamée. Il a refusé de me la rendre. C'est de ça qu'il se vantait il y a quelques semaines, à dîner. Il n'arrêtait pas de m'asticoter en disant qu'il avait mon faucon. Alors… je l'ai envoyé se faire foutre. Et je lui ai dit qu'il ne le garderait pas longtemps.

Dante se passa une main sur le visage avec un soupir.

— D'accord. En clair, tu as annoncé à ton cousin que tu récupérerais ta fichue statue ?

— Oui, elle m'appartenait, merde ! Ce ne sont pas des portes blindées qui allaient m'arrêter ! En fait, j'avais les codes, mais j'ai voulu vérifier que je n'avais pas perdu la main.

Rook constata les visages effarés qui l'entouraient.

— Quoi ? enchaîna-t-il. Je comptais lui laisser un chèque. Je ne l'ai pas tué. Vicks pense que j'ai poignardé Harold dans un accès de colère, puis

3 Personnage d'*Oliver Twist*, de Charles Dickens, qui dirige un groupe d'enfants auxquels il apprend à voler.

36

que je suis revenu en soirée avec Alex pour faire semblant de découvrir le corps.

Dante poursuivit le raisonnement de Vicks tout en déchiquetant son étiquette de bière.

— Je vois… en découvrant Harold vivant, tu l'aurais achevé avec ce faucon que tu comptais lui voler, c'est ça ? Les conclusions du légiste confirmeront le déroulement chronologique des opérations et Vicks n'aura plus qu'à démolir ton alibi. Nous n'en saurons pas plus avant d'avoir le rapport de la morgue.

Rosa apparut à la porte du salon, le visage crispé d'inquiétude, une ride profonde entre les sourcils.

— M. Archie, votre avocat vous demande au téléphone. La police vient d'arrêter Madame Sadonna. L'inspecteur chargé de l'affaire pense qu'elle a payé Rook pour tuer son mari.

Le visage du vieillard s'empourpra, une veine palpita sur son front.

— Bon Dieu ! rugit-il. J'emploie de parfaits crétins ! C'est ridicule ! Sadonna a toujours été une grue, mais en quoi diable Rook serait-il lié à elle ? Il n'aime guère les femmes !

Rook toussota. Il jeta à Dante un regard penaud et reconnut :

— En fait, hum… c'est Sadonna qui m'a donné les codes de sécurité pour pénétrer dans la maison.

IV

DES TENTURES sombres drapaient la principale salle d'exposition de *Potter's Field*, seules de fines bandes LED au fond des vitrines du magasin trouaient l'obscurité. Des étincelles bleu pâle jaillissaient des objets exposés venant de livres d'enfants et de films célèbres. En vérité, à peine une fraction des possessions de Rook se trouvait au magasin, les articles moins chers, destinés à tenter la clientèle de passage, à ranimer le souvenir de samedis d'antan passés à manger des céréales devant une télé à l'image tremblotante. Rook tirait l'essentiel de ses revenus des objets de grande valeur qu'il gardait dans un entrepôt hors site et vendait via enchères privées à des collectionneurs sélectionnés sur le volet. Ce qu'il appréciait le plus dans son métier, c'était la chasse aux objets rares, cela lui procurait les frissons d'adrénaline auxquels il était accro.

Il avait parcouru un long chemin depuis le temps où il vivait de petites escroqueries et d'un stand où les badauds gagnaient – rarement – de minables animaux en peluche. S'il regrettait un peu l'excitation qu'il éprouvait autrefois au moment de forcer une serrure pour se glisser dans une maison endormie ou déserte, Rook appréciait *vraiment* le fait d'avoir créé tout seul son magasin. Il avait imaginé *Potter's Field*, puis matérialisé sa vision en utilisant tout ce qu'il avait appris à la foire, ses connexions et son savoir concernant la culture pop.

Rook connaissait par cœur son inventaire. Il aimait en caresser la moindre pièce, quelle qu'en soit la taille. Après avoir perdu son Chewbacca grandeur nature, criblé de balles par la police, il avait installé à la place de ses propres mains un UrSol d'un mètre quatre-vingts et longuement hésité à protéger l'Ancien derrière une paroi vitrée. Il avait fini par y renoncer, laissant ses clients libres d'approcher la merveille artistique, tout en déterminant un espace de sécurité avec des cordes de velours noir. Ainsi, les gens prenaient photos et selfies, mais sans toucher le demi-dieu.

— Franchement, marmonna Rook à voix haute, c'est presque une allégorie de mon sort. À moins qu'il s'agisse d'une métaphore ? Merde, il faut que j'aille vérifier à présent. Je déteste ne pas savoir.

— Tu en sais plus que moi, répondit Dante. Et ce sur de nombreux sujets, *cuervo*. Je me sens presque stupide en ta compagnie, même si ça en dit plus sur ton intelligence que sur mon ignorance.

Il était appuyé à l'encadrement de la porte qui reliait le magasin à l'ascenseur privé menant à l'appartement de l'ancien voleur.

Rook se tourna vers lui. Il aimait Dante Montoya pour de nombreuses raisons : son corps magnifique, la façon dont il avait toujours envie que le Latino le touche, leurs conversations sur tous les sujets existant sur la terre – et même au-delà de la galaxie. Mais par-dessus tout, Rook adorait que son flic soit toujours prêt à le défendre envers et contre tout, lui-même y compris.

Avant de rencontrer Dante, jamais Rook n'avait fait confiance à autrui pour mener ses propres combats. Oh, Archie et Alex seraient sans doute prêts à batailler à ses côtés, mais avant que Rook se laisse aller à y croire, il avait fallu qu'un inspecteur aux yeux d'ambre abatte les remparts derrière lesquels il se protégeait. Grâce à Dante, Rook se sentait libre de *vivre* – et d'*aimer* – et il espérait ne jamais avoir à y renoncer.

La lumière du magasin caressait le beau visage de Dante et posait une légère teinte azurée sur la pulpe de ses lèvres.

— Je t'aime, dit Rook, mais tu te trompes, je ne sais rien ou presque. Harold se moquait constamment de mon manque d'éducation. Je ne suis jamais allé à l'école tandis qu'il avait eu droit à… à tout, merde ! Il raillait ma façon de parler, mon accent. Il me traitait de plouc. Tout ce que je sais, je l'ai appris seul, en lisant. Et comment veux-tu qu'un bouquin te donne des cours d'élocution, hein ? Il se foutait de moi tout le temps, il me provoquait pour le plaisir de me voir péter un câble. Je détestais ça, bien sûr, qu'il me fasse passer pour un… ignorant, mais au point de le tuer…

Dans son magasin, ce magasin qu'il avait conçu et réalisé, Rook aurait dû se sentir fort, mais ce n'était pas le cas. Les doutes étaient toujours là, car réprimandes et railleries résonnaient dans son cerveau, lui affirmant qu'il finirait mal comme tous ceux dans son genre. Il y avait aussi des regrets, grands et pesants, et des questions sans réponse. Par exemple, ces joyaux qu'il avait pensé garder en cas de coup dur dans un avenir plus ou moins lointain, avait-il eu raison de les remettre à la police ? L'amour valait-il ce sacrifice ? Avait-il en agissant ainsi espéré que Montoya reste avec lui éternellement ? Ces interrogations le minaient, érodant sa confiance en lui, le laissant criblé de trous. Et pour les remplir, Rook n'avait que le souvenir de ses échecs passés.

Dante effleura son visage, les doigts rugueux caressèrent son menton, puis ses lèvres, brièvement. Ce contact suffit à faire émerger Rook de ses réminiscences angoissées. Son flic lui sourit et passa un bras fort autour de sa taille pour le serrer contre lui.

— Tout d'abord, bébé, murmura Dante, je ne me lasserai jamais de t'entendre me dire « je t'aime ».

Il parlait tout contre sa bouche, où il déposa un baiser. Rook réalisa alors avoir les lèvres gercées : il les avait trop mâchouillées sous l'effet de l'inquiétude. C'était pourtant un tic atrocement révélateur et il avait fait de gros efforts pour s'en débarrasser. Aujourd'hui, dans sa position difficile, il s'en fichait.

— Deuxièmement, ajouta Dante, tu es l'un des hommes les plus intelligents que je connaisse. Tu sais tant de choses que parfois, ça me sidère. Tu gardes en mémoire d'innombrables faits sur d'innombrables sujets, et ça ne cesse de m'étonner.

Rook aurait dû se libérer. Chaque fois que Dante le maintenait, son instinct lui intimait de reculer. Pourtant, Rook ne le faisait pas. Il restait. Il restait toujours. Et la douce lueur des yeux ambrés indiquait que son flic était conscient du dilemme qui le déchirait.

Rook opta pour une diversion.

— Tu me passes de la pommade parce que tu me dois vingt dollars depuis notre dernière partie de poker.

— Bon sang ! Tu as triché ! Le jeu était pipé, j'en suis certain, mais je n'ai pas encore compris comment tu t'y étais pris.

Dante pinça la lèvre inférieure de Rook et… se fit mordre les doigts, ce qui lui arracha un rire. Puis il retrouva son sérieux et déclara :

— Ton cousin Harold était un con. Il ne t'intimidait pas et c'est pour ça qu'il t'en voulait. Il avait beau t'agresser verbalement, il savait que tu étais ce qu'il ne serait jamais : un homme fier et libre, capable de se relever même après avoir été mis à terre. Ta résilience le rendait enragé.

— Je ne l'ai pas tué, répéta Rook.

— Je sais, confirma Dante. Ce n'est pas ton genre. En revanche, je me demande pourquoi… Comment s'appelle sa femme ? Je la connais ?

Rook sourit.

— Sadonna Swann. *Comme Madonna, mais avec un S.* c'est comme ça qu'elle se présente. Elle est un peu allumeuse, mais je l'aime bien. Elle a de la répartie, surtout quand on la cherche. Je ne pense pas que tu l'aies rencontrée. Harold et elle ne fréquentaient pas les mêmes cercles. Elle a toujours dit que dîner chez Archie lui faisait le même effet qu'approcher un troupeau d'hyènes affamées.

— Elle n'a pas tort, souligna Dante.

— C'est vrai.

Sur ce point-là, Rook était d'accord avec lui. Les rares dîners dominicaux chez Archie étaient du genre « à couteaux tirés », malgré la porcelaine fine et les couverts en argent. Le vin coulait aussi librement que les insultes voilées.

— C'est une belle blonde opulente à l'ancienne, enchaîna Rook. Glamour… Elle ressemble à Mae West. Elle a quelques années de plus que toi. Tu la reconnaîtras si tu la vois un jour. Bonne actrice, elle a eu des rôles intéressants, en particulier dans les films assez dénudés. Dans *Streetcar*, elle était super. Au fait, elle jouait dans ce film sur les marécages que je t'ai fait regarder il y a quelques semaines. Tu sais, celui avec le ragondin. Un navet, d'accord, mais elle s'en sortait bien.

Dante pencha la tête, fredonna une seconde, puis demanda :

—Attends, elle avait bien des robes toujours mouillées ou déchirées ? Manny affirme que ce film a relancé sa carrière.

— Oui, mais je te déconseille de le dire à une actrice. Bien entendu, elle prétendra avoir attendu un script intéressant.

Rook éprouvait un sentiment de culpabilité vis-à-vis de Sadonna. En plus des doutes qui le rongeaient, c'était comme un poids lui écrasant les tripes. Il se libéra de l'étreinte de Dante, même si cela lui coutait, car il avait besoin d'espace pour respirer et résoudre la confusion de ses émotions.

Il fit quelques pas et s'arrêta net à l'endroit où deux mois plus tôt, il avait trouvé le cadavre de Danielle. Sa meurtrière – Charlene, ancienne assistante et amie de Rook – était morte elle aussi, après une violente crise à laquelle il avait été mal préparé. Il avait pris à cœur la trahison de Charlene et sa volonté de tuer tous ceux qui se mettaient sur son chemin. Elle avait cherché à s'emparer des trésors cachés de Rook, pierres précieuses et pièces d'or qu'il cachait au cas où les choses tournent mal pour lui.

Charlene est morte là, dans le couloir au fond du magasin. S'il y avait eu des drames à *Potter's Field*, il y avait surtout des rêves, beaucoup de rêves. Parfois, Rook envisageait de tout planter pour aller chercher fortune ailleurs, mais se forger des racines lui avait déjà pris trop de temps. De plus, il avait désormais des responsabilités, des gens qui dépendaient de lui pour gagner leur vie, y compris l'oncle de Dante, Manny. S'enfuir résoudrait peut-être ses propres problèmes, mais causerait bien des ennuis aux autres.

Autrefois, Rook ne pensait jamais à ce qui pouvait arriver à son entourage. Pour se protéger, il avait souvent coupé des ponts avec de vagues amis. Aujourd'hui, c'était différent. Aujourd'hui, Rook se sentait prêt à faire face à ses problèmes et à protéger ceux qu'il aurait abandonnés sans un regard en arrière… seulement un an plus tôt.

Avec Dante dans sa vie, dans son lit, Rook avait dû renoncer à son passé de cambrioleur, à ses dons pour soustraire aux nantis leurs biens les plus précieux. Avoir développé une conscience ne lui plaisait pas. Il détestait même franchement le picotement du « mal agir » qu'il ressentait parfois au fond de la gorge et dans les recoins de son cerveau. Avant, il se sentait libre d'agir à sa guise, mais il avait dû modifier toute la structure de son existence après avoir laissé Dante Montoya y pénétrer. Désormais, il avait la sensation d'être dans une auto-tamponneuse chaque fois qu'il se heurtait à quelque chose de vaguement illégal.

Ou… d'injuste.

Dante était appuyé contre l'une des vitrines.

— Je sais ce que tu penses, *cuervo*. Je vois ce que tu regardes. Tu n'es pas responsable des morts de Danielle ou de Charlene. La coupable, c'est elle. C'est à cause d'elle que tu as été entraîné dans cette sombre histoire. Et tu n'as pas non plus tué Harold. Bien sûr, j'aurais préféré que tu ne tombes pas sur son cadavre, mais c'est un traumatisme que tu vas devoir gérer.

Rook ne supportait ni le meurtre ni la violence, même si cette admission lui était difficile.

— Je ne peux pas m'empêcher d'y penser, encore et encore. Je n'ai pas eu la vie facile, mais jamais… je n'ai été confronté à autant de morts violentes. Pénétrer par effraction chez les gens, ça ne me choque pas, mais tuer ? Non. Oh, j'avais déjà vu des cadavres. Les forains n'ont pas la vie facile et en général, ils fréquentent peu les toubibs. Il m'est arrivé d'en trouver un mort dans sa caravane. Merde ! Les gens se disputent, se battent, il leur arrive de se blesser… et d'en mourir. Mais le meurtre de Harold arrive trop vite après Charlene et … tout ça. Je me sens paumé.

Dante croisa les bras sur sa poitrine et lui sourit.

— *Charlene et… tout ça* ? Elle t'a trahi, *cuervo*. Je ne dis pas qu'elle méritait d'en mourir, mais quand on joue avec la mort, les répercussions sont souvent fatales. Tu t'en es sorti vivant et j'en suis très heureux. Comme je suis également très heureux que nous soyons enfin ensemble. Maintenant, *querido* tu as de nouveaux ennuis et nous allons les régler à deux. Je ne te demande qu'une seule chose : ne me cache rien, d'accord ?

42

Rook acquiesça.

— D'accord. Mais je ne supporte pas qu'ils aient arrêté Sadonna. Et puis je ne comprends plus rien. Tu veux savoir comment ça s'est passé ? Je cherchais un moyen d'entrer chez Harold en son absence pour récupérer ma statue en résine… quand Sadonna m'a proposé les codes. Elle en voulait à Harold pour je ne sais quoi et elle a dû trouver la vengeance amusante. Elle m'a utilisé, d'accord, mais j'y trouvais aussi mon compte.

— L'as-tu dit à Vicks ?

— Non, mais Alex l'a fait. Il savait qu'elle m'avait passé les codes de l'alarme et que j'allais en profiter. C'est probablement pour ça que Vicks a arrêté Sadonna.

Il rumina un moment cette hypothèse, la tournant et la retournant dans sa tête.

— Pourquoi ne pas l'avoir dit dès le début ? demanda Dante. Que Sadonna t'ait donné les codes, c'était important. Vicks devait le savoir. En plus, ça allégeait les charges pesant contre toi.

Sa voix exprimait un reproche voilé, mais ferme, rappelant à Rook que le « droit chemin » ne permettait aucun détour une fois qu'on y était engagé.

— J'ai déconné, Dante, avoua Rook. Une fois assis dans ce siège, dans cette salle d'interrogatoire, tout s'est bloqué dans ma tête. Je ne dis pas que c'est malin, mais bon sang, agir contre mon instinct après des années passées à peaufiner une stratégie efficace, ce n'est pas si facile ! Merde, Dante, tu as vu comment il me traitait ? Mon cerveau a pris le dessus, m'incitant à me taire, à esquiver et mentir.

Rook avait beau être réformé, il ne supportait pas les relents d'un poste de police. Son réflexe de survie avait été plus rapide que son bon sens.

Il secoua la tête et enchaîna :

— Harold est mort et Vicks nous a dans le collimateur, Sadonna et moi, parce qu'il n'a aucun autre suspect. J'ignore si Archie compte aider Sadonna. Il nous offrira les meilleurs avocats, à Alex et moi, bien sûr. Nous sommes de son sang, pas elle. Je crains qu'il la laisse tomber, ce que je n'accepterai pas.

Quand Dante changea de position, un clou de son jean griffa le verre de la vitrine.

— Je veux savoir qui était dans la chambre de Harold à ton arrivée, dit-il. Si ton cousin a été poignardé plus tôt, qui t'a renversé ? Comme Vicks ne t'a pas cru, il ne cherchera pas le véritable tueur. Il faut que tu retournes le voir et que tu lui racontes tout, en commençant par le fait que c'est Sadonna qui t'a suggéré cette effraction.

Écrasé par la culpabilité, Rook secoua la tête.

— Je ne peux pas lui faire porter le chapeau, Montoya. Ce ne serait pas juste. Harold avait des ennemis, des gens qui voulaient sa mort. Rien n'a été pris dans la maison. Les coffres n'ont pas été touchés. Merde, quoi ! Même sa foutue argenterie trônait encore sur le comptoir, souillée de restes de nourriture. Cela n'aurait pas pris longtemps à un voleur de tout fourrer dans un sac avant de filer.

— Je préfère ne pas te demander pourquoi tu as vérifié les coffres.

Dante gloussa quand Rook lui lança un regard foudroyant.

—Disons, reprit-il, que tu as voulu t'assurer que le cambriolage n'était pas le motif du meurtre. Pourtant, il se pourrait que Harold ait dérangé un ou plusieurs voleurs. Nous devons attendre le rapport du légiste avant de bâtir d'autres théories. Pour le moment, nous n'avons rien de solide.

— Oui, grommela Rook, j'ai pas mal de questions dans la tête. Je ne peux pas rester à me tourner les pouces, Montoya. Il faut que j'agisse, que j'aide Sadonna. En fait, tout est ma faute.

Constater que Vicks lui faisait un tel effet lui avait provoqué un choc. Certes, l'inspecteur avait sous-entendu avoir d'autres atouts dans sa manche, mais d'après James, Vicks avait une sale réputation.

Les lourdes paupières de Dante ombrageaient ses yeux d'or fumé, assombris par la pénombre du magasin.

— Pourquoi Sadonna en voulait-elle à Harold ? Et ne le prends pas mal, mais se pourrait-il qu'elle t'ait manipulé ? Qu'elle t'ait envoyé trouver le cadavre de son mari ?

— Peut-être... reconnut Rook, avec une grimace. J'aimerais croire que non, mais j'ai récemment découvert que les femmes étaient bien plus fourbes que je le pensais. J'aime *beaucoup* Sadonna. C'est un pur produit du Hollywood *vieille école*, tu sais, à la fois spirituelle et débauchée. Le genre de femme qui entre chez un détective privé, lui expose son affaire et le laisse avec des regrets éternels et des souvenirs doux-amers. Mais m'aurait-elle mis dans une merde pareille ? Je ne pense pas...

Un fracas de verre brisé l'interrompit. Quelque chose de lourd venait de traverser la vitrine du magasin qui donnait sur la rue. Rook tressaillit et d'instinct, protégea sa tête de son bras levé. Une vague de chaleur monta du sol, assortie d'une odeur âcre de produits chimiques ou d'alcool qui lui brûla les sinus.

— Qu'est-ce que… commença-t-il.

Les yeux asséchés, il cligna des paupières, puis Dante se jeta sur lui et le fit rouler sur le sol, serré contre lui.

Le feu se répandait. Rook reconnut alors l'odeur d'une vodka bon marché. Il se débattit pour se libérer du corps qui pesait sur lui.

— Lâche-moi. Le magasin va brûler !

Dante roula sur lui-même et lui cria à l'oreille :

— Reste à terre. Sors par derrière et appelle le 911. Je vais chercher les extincteurs !

Un autre projectile arriva, de nouvelles flammes éclairèrent les vitrines. Rook aperçut brièvement la bouteille avant qu'elle heurte le sol. Le tapis s'enflamma et des vagues de feu augmentèrent, une fumée noire montant jusqu'aux vasistas ouverts. Les vitres avant commençaient à gondoler. Une explosion secoua le magasin. Sous l'impact, Rook sentit vibrer ses tympans. Il y voyait de moins en moins. Même respirer devenait difficile, car la fumée envahissait tout l'espace disponible. Il s'accroupit contre un des meubles du fond et tendit la main, cherchant Dante. Il constata alors que son flic avait disparu.

— Montoya ! hurla-t-il, alarmé.

Il se creusa la tête, cherchant où étaient les extincteurs.

— Je n'ai pas mon téléphone ! cria-t-il encore.

Une boîte métallique roula jusqu'à lui et le heurta au pied. Machinalement, Rook l'attrapa et envisagea de le renvoyer. Puis il sursauta.

— Merde ! Une grenade lacrymogène ! N'y touche pas. Et planque-toi. Putain de merde !

N'ayant pas de linge humide sous la main, il se rabattit sur les sweats d'un présentoir. Il en prit un et l'enroula autour de la grenade lacrymogène, espérant ralentir ainsi l'émission des gaz toxiques. En se remettant debout, il toussa et tituba, étonné de voir ses vitres presque intactes. Seule celle de la porte était brisée.

Dante émergea du brouillard, un extincteur dans les bras. Il avait utilisé sa chemise pour se protéger le nez et la bouche. En voyant Rook, ses yeux s'écarquillent de surprise.

— Sors !

Sa voix était étouffée, mais assez claire pour que Rook la comprenne.

— Il faut que je téléphone ! Merde, où est le fixe du magasin ?

De son bras, il couvrit sa bouche et s'élança dans la fumée. Il finit par trouver la caisse enregistreuse et le téléphone juste derrière – un appareil

45

vintage qui s'accordait à l'image de la boutique. Avec des doigts tremblants, Rook glissa le combiné sous son menton, enroula le cordon à son poignet et tapa le numéro des urgences. Puis il se baissa, espérant trouver de l'air plus frais au ras du sol.

Quand une opératrice prit l'appel, Rook donna à toute vitesse son nom et l'adresse du magasin. Il parlait trop vite, elle lui demanda de se calmer.

— *Potter's Field*, répéta-t-il, haletant. Quelqu'un vient de jeter des cocktails Molotov et des gaz lacrymogènes dans la vitrine. Je suis sur une ligne fixe, je vais devoir raccrocher pour sortir. Je suis avec l'inspecteur Dante Montoya de Central. Il a trouvé un extincteur et il tente d'éteindre le feu. Je crois…

— Sortez du bâtiment le plus vite possible, recommanda l'opératrice. Je vous envoie de l'aide. Raccrochez et une fois dehors, essayez de nous recontacter d'un téléphone portable. J'aimerais dire aux pompiers qu'ils n'ont pas à chercher une personne coincée à l'intérieur.

Le sifflement d'un extincteur rassura Rook sur le sort de Dante. Ainsi, son flic avait compris comment marchait ce foutu engin. Malheureusement, rester plus longtemps dans le magasin s'avérait trop dangereux. Il donna un dernier coup de pied à la grenade enveloppée du sweat et l'envoya vers l'ascenseur jusqu'à la porte. Une autre grenade lacrymogène arriva, roula sur elle-même et disparut sous un comptoir dans un nuage de fumée nauséabonde.

On cherchait vraiment à les faire sortir ! Rook commençait à douter qu'il soit sain pour eux d'émerger du magasin par l'avant.

Il brandit un portique métallique assez lourd et envisagea de casser une fenêtre. Il s'inquiétait cependant de créer d'un appel d'air qui risquait d'attirer les flammes.

— Et si je cassais une fenêtre ? Ça ferait sortir la fumée !

Il avait dû hurler pour se faire entendre de Dante. Entre les crépitements du feu et les sifflements de l'extincteur, le bruit était assourdissant.

— Bonne idée ! répondit Dante, d'une voix éraillée par la fumée. Vas-y ! Une fenêtre suffira. Le feu est presque maîtrisé. Fais attention au verre brisé quand même !

Il disait vrai : seul le tapis continuait à brûler. Sans apparente difficulté, Dante maniait l'énorme extincteur industriel que Rook s'était laissé convaincre d'acquérir – le vendeur ayant été très persuasif.

— Cette saleté hors de prix a intérêt à fonctionner, grommela Rook.

Il s'étrangla et cracha de la fumée. Il regarda une seconde de plus son flic dont les muscles gonflaient sous le débardeur trempé de sueur. Quand Dante pulvérisa un jet de mousse, Rook balança son portique en avant et fracassa une fenêtre. Ses mains humides glissèrent sur la barre métallique. Il perdit l'équilibre et jura vertement. Il lâcha tout et mit les bras sur la tête pour éviter la pluie de tessons qui dégringolait.

Il sentit aussitôt une bouffée d'air frais et respira mieux. Son cœur battait à l'idée que le feu pouvait reprendre et engloutir Dante. Sa bouche et son nez étaient à vif, brûlés par la fumée, ses poumons douloureux. Malgré cela, il retourna sur ses pas et prit Dante par le bras. Il voulut crier, mais la voix lui manqua.

Il tira, en vain. Dante était bien plus lourd que lui.

— Viens ! mima-t-il. Sortons par derrière. Le gars est devant, il risque d'avoir une arme.

— D'accord, le feu est éteint, de toute façon.

Sans paraître remarquer les efforts de Rook pour l'attirer vers l'air pur, Dante lui passa le bras autour de la taille et l'entraîna vers le fond du magasin. Ils passèrent devant la grenade emmaillotée qui fumait encore. Dante trébucha dessus, la libérant du sweat.

— Continue, *cuervo*. Droit devant.

La fumée s'atténuait, pourtant, Rook ne voyait rien. Il cligna des yeux. Choqué, il constata que ses paupières étaient enflées et qu'il ne pouvait plus respirer par le nez. Une vague de panique brûlante monta en lui, le secouant de la tête aux pieds. Il se mit à tousser violemment, sans trop savoir s'il inspirait de l'oxygène ou s'étouffait sur de la fumée inhalée. Dante ouvrit la porte d'un coup de poing et le panneau heurta vigoureusement le mur extérieur du bâtiment.

L'air nocturne d'Hollywood les frappa d'une gifle glacée. Les poumons de Rook se remirent à fonctionner, avides d'oxygène. La toux recommença, d'énormes spasmes qui remontaient le long de la colonne vertébrale de Rook et lui contractaient le ventre. Il chercha à déglutir, en vain. Sa gorge était trop sèche, comme si son diner avait été constitué d'une poignée de caltrops [4]. Des sirènes montèrent soudain, coupant le brouhaha habituel du quartier ; les badauds commençaient à s'agglutiner devant la vitrine de la rue pour profiter du spectacle.

4 Clous à trois ou quatre pointes.

Rook serra les dents, toujours agité de frissons, la langue collée au palais. Sa terreur le rattrapait.

— *Putain* ! J'aurais pu te perdre, Montoya. Putain *de merde* !

Dante le prit dans ses bras et enfouit son visage dans ses cheveux, lui caressant le dos.

— Hé, ça va aller, murmura-t-il. Les dégâts ne sont pas si graves. Juste un tapis et quelques vitres. Ta boutique s'en sortira. Nous avons connu pire, *cuervo*. Tu vas t'en sortir.

Rook toussa contre la poitrine de Dante

— Je sais, hoqueta-t-il. Dis, pourquoi cherche-t-on encore à me tuer ?

V

— Mon Dieu, *mijo* ! Que s'est-il passé ?

Manny traversa la grande brèche de la vitrine de *Potter's Field* en évitant les ouvriers qui retiraient un des cadres en acier de la porte.

Dante balayait le verre répandu sur le sol débarrassé de son tapis brûlé. Il leva les yeux sur son oncle, le frère cadet de sa mère, et gronda :

— Quelqu'un a *encore* essayé de tuer Rook !

La nuit avait été des plus pénibles, même après qu'il eut pu traîner son amant jusqu'à l'étage où un ancien studio de danse avait été reconverti en appartement. Après une longue douche pour se débarrasser des gaz lacrymogènes et de la fumée, les deux hommes s'étaient écroulés nus dans le lit. Mais alors, les cauchemars de Rook s'étaient déchaînés, d'anciennes terreurs dans lesquelles il semblait piégé. Toutes les heures ou presque, il se réveillait en sursaut, trempé de sueur, les yeux fous, et se jetait sur Dante pour être rassuré. Au petit matin seulement, Rook, épuisé, avait fini par sombrer dans un sommeil sans rêves.

Rook dormait toujours quand Dante s'était levé, mais à peine cinq minutes plus tard, il apparaissait, échevelé et hagard. Il avait pris le temps de se brosser les dents, d'enfiler un jean en lambeaux et donner à Dante un baiser, puis marmonné qu'il reviendrait avec du café, pris ses clés et filé en prétextant avoir besoin de se dégourdir les jambes.

C'était deux heures plus tôt.

Hollywood s'infiltrait à travers les vitres brisées et la porte d'entrée ouverte. Le soleil matinal brillait sur le boulevard et cuisait si fort le goudron de ses quatre voies qu'une forte odeur de brûlé imprégnait la brise. Le brouhaha du trafic vibrait derrière les fenêtres intactes, une musique rythmée émanait de la vitre baissé d'une grosse Toyota qui passait devant le magasin. Les ouvriers qui fixaient du contreplaqué sur la fenêtre dégagée sifflotèrent leur approbation. Ils étaient étonnamment costauds. Son oncle Manny les admira en silence pendant qu'ils soulevaient d'une main de lourds outils électriques. Dante sourit dans sa barbe.

La veille au soir, Rook s'était chargé de protéger les vitrines pendant que Dante s'entretenait avec la police. Il avait ensuite passé un long moment à fixer ce qui restait de sa devanture. Pour Dante, la marchandise semblait intacte, mais il n'avait pas manqué le regard figé de son amant, sa soudaine maussaderie. Une fois les flics partis, Rook s'était déridé. Il avait accepté la main que Dante lui tendait et s'était laissé escorter à l'étage.

Manny regarda son neveu, un sourire chaleureux détendant sa bouche expressive.

— Laisse-moi poser mon sac, jeta-t-il. Tu me raconteras ensuite ce qui s'est passé. Tu aurais dû m'appeler ! C'est mon travail, après tout. Je suis censé gérer le magasin pour Rook. Et lâche-moi ce balai. Le personnel ne va pas tarder. Ils aideront au nettoyage jusqu'à l'ouverture. Au fait, tout est là ? Y a-t-il eu vol ?

— Je crois que c'est tout bon, répondit Dante, même si on croirait qu'il y a eu une guerre. D'après le spécialiste que les pompiers nous ont délégué, notre pyromane n'y connaissait rien. Il cherchait sans doute à vandaliser la boutique ou à voler en utilisant le feu comme couverture, peut-être s'est-il juste amusé à casser les vitres. Le problème, c'est que les bouteilles qu'il a utilisées étaient lourdes et chargées en accélérant. Donc, non, pas de vol, juste… de sacrés emmerdes. En plus, Rook a disparu.

Dante tira la bâche sur l'étrange sculpture que Rook avait mise à la place du malheureux Chewbacca décimé et lança un regard sceptique aux vitres brisées qu'il avait bardées de contreplaqué à deux heures du matin, juste après le départ des uniformes. Il reprit :

— Ces gars-là ne sont pas venus installer de nouvelles fenêtres, *tío*. Ils ne font que sécuriser le…

— Je sais, coupa son oncle. Tu peux me laisser gérer tout ça. Fais plutôt du café. Je veux savoir ce qui s'est passé la nuit dernière entre ton *cuervo* et toi. Mais d'abord, je vais chercher un drap.

Il s'éloigna vers la porte qui menait au bureau et aux zones de stockage.

— Un drap, pour quoi faire ? J'ai déjà couvert tout ce qui devait l'être.

Manny aboya un rire.

— Oh, je sais, *mijo* ! Ce drap, c'est pour écrire dessus un message. Je l'accrocherai ensuite sur les planches extérieures. Maintenant, va t'occuper du café. Je te rejoins dès que j'aurais confié à quelqu'un la tâche de surveiller le magasin le temps que les ouvriers aient fini.

LA CAFETIÈRE était pleine quand Manny entra dans le bureau d'un pas affairé, un sac sur l'épaule et à la main un grand plastique gonflé d'un tissu blanc, à ce qu'il semblait. Dante le débarrassa du sac et grogna sa surprise

50

en en constatant le poids. Il le déposa sur l'un des deux sièges que Manny avait achetés pour son domaine privé.

Autrefois, l'endroit n'était qu'un simple espace inutilisé au bout du couloir qui menait à la porte de derrière et aux zones de stockage. Quelques cloisons et une couche de peinture avaient suffi pour créer une « salle de repos » pour le personnel et un bureau. Les travaux étaient à peine finis, un relent de peinture fraîche s'attardait dans l'atmosphère et le chrome des sièges confortables brillait encore d'un éclat neuf. Au départ, Manny avait refusé ces frais inutiles, mais Rook s'était entêté. Ayant engagé Manny comme directeur de son magasin, il tenait ce que le vieil homme ait un bureau et ses futurs employés un endroit agréable pour y prendre des pauses.

Rook s'était montré un peu autoritaire en repoussant les objections de Manny. Pourtant, Dante savait son oncle secrètement ravi, surtout quand Rook lui avait donné carte blanche pour décorer les deux nouvelles pièces. Rook avait juste réclamé une machine à café, un réfrigérateur et deux canapés.

Malheureusement, le percolateur neuf était un monstre d'acier qui semblait destiné à arracher sous la torture ses secrets à une diplomate d'Aldorande [5] – et il produisait du café avec autant de réticence que la princesse des informations. Dante préférait donc se faire du café très fort avec un vieil appareil électrique que Manny avait installé dans son bureau, sur un vieux buffet victorien.

La pièce était assez grande, bien éclairée par des fenêtres le long du mur extérieur. Manny, très enthousiaste, l'avait décorée de merveilles récoltées dans des vide-greniers ou gagnées aux bingos d'*abuelita*. Le bureau en cerisier, lourd et imposant, était flanqué d'un canapé Chesterfield en cuir rouge, de deux chaises pivotantes et d'un buffet. Un faux lampadaire Tiffany occupait le coin près de la porte. Et Manny avait soupiré quand Dante lui avait fait remarquer qu'un cristal manquait aux girandoles de l'abat-jour vitrail. Puis Rook avait déroulé un énorme tapis persan légèrement fané que Manny et lui avaient troqué. Dante avait aussitôt repéré une brûlure de cigarette près des franges. Sa remarque avait été reçue par deux paires d'yeux levées au ciel.

Et s'il doutait encore d'avoir perdu sa place de favori auprès de Manny, Rook avait marqué d'autres points en repoussant Dante d'un coup d'épaule pour passer le bord abimé du tapis sous le Chesterfield. L'ex-voleur

5 Univers *La Guerre des Étoiles*, la princesse Leïa.

s'était joliment empourpré d'émotion quand Manny l'avait serré dans ses bras en lui murmurant des mots d'affection en espagnol.

Son oncle avait beaucoup changé depuis qu'il avait commencé à travailler pour Rook, quelques semaines plus tôt. Il restait un petit Mexicain ventripotent, originaire de Laredo, le presque sosie de sa sœur aînée, la mère de Dante, mais il marchait désormais d'un pas plus énergique et se levait le matin impatient de partir au travail. Il souriait davantage et de façon plus authentique. Plus d'une fois, Dante, en passant au magasin à l'improviste, avait trouvé son oncle pérorant devant un groupe de touristes enthousiastes en donnant son opinion sur de vieux films dont Dante n'avait jamais entendu parler. Même son personnel l'écoutait !

L'évidence était frappante : l'ancienne *drag-queen* qui avait pris quelques kilos et vaincu un cancer du sein… *rayonnait*.

Manny lui lança un regard suspicieux tout en accrochant son sac aux patères installées à côté de la porte.

— Tu me fixes d'un air bizarre, *mijo*. Que se passe-t-il ?

— Rien.

Il voulut se lever et prendre un café, mais son oncle lui fit signe de ne pas bouger. Manny passa devant le canapé et avança vers le buffet. Mort de fatigue, Dante se laissa retomber en arrière, savourant le confort du canapé rembourré.

— Je te trouvais l'air heureux, ajouta-t-il, presque comme si tu avais un nouveau compagnon.

— Pitié ! Je n'ai nullement besoin d'un homme. J'ai bien trop à faire ! J'ai revu mes priorités. Je ne refuse pas l'idée d'un compagnon, mais je vais prendre mon temps pour choisir le bon.

Manny revint avec deux tasses à café, puis poussa le pied de Dante pour l'inciter à se déplacer.

— Bouge, ajouta-t-il.

— Bouger ? Pourquoi ?

Il avait bien compris que son oncle voulait son côté du canapé. Râler ne lui servirait à rien, aussi glissa-t-il de l'autre côté. Le cuir crissa sous son poids. Il récupéra ensuite une des tasses que Manny tenait.

— C'est le mien ? vérifia-t-il.

— Oui, amer et sombre comme ton âme.

Manny s'installa, puis passa à l'espagnol que son neveu et lui parlaient couramment.

— Maintenant, raconte, que s'est-il passé ? Qui essaie de tuer notre petit corbeau ?

Dante prit une profonde inspiration.

— C'est plus compliqué que ça, mon oncle. Notre petit corbeau s'est remis à faire des bêtises. Ça a commencé avec la mort de ce cousin dont je t'ai parlé.

Manny écouta son récit. En silence. Avec intensité. Il lui accordait toute son attention, Dante n'en doutait pas. Il raconta l'appel téléphonique, le passage à West LA et l'incendie au magasin. Il conclut avec son angoisse concernant les violents cauchemars de Rook.

Dante posa doucement sa tasse de café vide sur le sol. Puis reprit d'une voix plus basse :

— Je ne sais pas quoi faire, Manny. Ce Vicks, il m'inquiète. C'est un hargneux, un vicieux. J'ai reconnu la lueur dans ses yeux et son expression calculée. Il en veut à Rook, je ne sais pas pourquoi. Ce que je sais en revanche, c'est que nous étions hier dans un champ de mines. Ça m'a fait un choc de recevoir cet appel de Rook, de l'entendre reconnaître une effraction – chez son cousin – pour y trouver un cadavre. En plus de ça, en retournant à la maison, nous avons affronté un incendie criminel. Alors, je me demande… comment va-t-il le supporter ? À combien d'ennuis allons-nous encore pouvoir survivre ?

Son oncle se pencha et lui posa une main sur la cuisse.

— Que crains-tu au juste ? Qu'il se lasse de toi ? Ou d'une vie normale ? J'en doute fort, mon garçon. Il t'aime. J'ai vu la façon dont il te regarde, dont il te parle. Il t'aime vraiment

— Mais son amour est-il plus fort que sa terreur d'être pris au piège ?

À peine les mots lui avaient-ils échappé que Dante sentit leurs épines se planter dans sa gorge et le déchirer.

— En ce moment précis, mon oncle, ajouta-t-il, j'ai peur qu'il ait fui. Je sais qu'il m'aime, mais il a la fuite dans le sang. Il ne peut rien y faire. Il l'a toujours fait, il ne connait que ça.

ROOK AVAIT quatorze ans quand il avait vu Sadonna Swann pour la première fois. Il était en cavale et mort de peur. Un des coups auxquels il participait avait mal tourné et ses complices, censés être adultes et responsables, l'avaient vendu. Avec une meute de flics aux fesses, il avait réussi à sauver sa peau en se faufilant dans un cinéma pendant que l'employé à la caisse prenait sa pause cigarette. Le film qui passait était de science-fiction.

À l'époque, déjà, Rook se savait différent. Il s'intéressait fort peu aux femmes légèrement vêtues qui travaillaient avec lui à la foire, même quand elles se frottaient à son jeune corps d'adolescent efflanqué. En revanche, il frémissait d'une excitation nouvelle en regardant travailler des forains musclés ou des ouvriers de la maintenance. Il ne pouvait pas en parler à sa mère, Beanie, qu'il n'avait pas revue depuis six mois à ce moment-là, et tous ceux qu'il avait autrefois connus s'étaient dispersés, destin inévitable quand on travaillait pour un escroc qui avait plus d'avidité que de bon sens.

Abandonné, Rook s'était engagé dans la première foire rencontrée, un groupe minable où travaillaient les pires saltimbanques qu'il ait connus. Ayant déjà accompli quelques coups en Californie, il avait découvert que l'adrénaline lui chauffait le sang – et que ça lui plaisait –, mais cette fois-ci, cela c'était mal passé et il avait été trahi par ceux qui étaient censés protéger ses arrières. Il aurait pu retourner à la foire, bien entendu, mais il n'était pas certain de vouloir le faire.

Après sa course et la chaleur dévastatrice des rues San Antonio, il avait apprécié la fraîcheur de la salle sombre du cinéma. Il avait grimpé jusqu'à la dernière rangée en restant baissé pour éviter de se faire remarquer. Il était seul dans une ville qu'il ne connaissait pas, en tournée avec un groupe qu'il n'aimait pas. Son cœur battait la chamade. Roulé en boule dans son siège, Rook avait poussé un soupir de soulagement lorsque les lumières s'étaient éteintes et que le film avait commencé.

Sadonna – *comme Madonna mais avec un S* – Swann évoquait le sexe par tous les pores de sa jolie peau. Et pas le sexe banal, mais celui qui brûle, qui fond sur la langue et qui trouble l'esprit. Ses principaux atouts d'actrice étaient son sens de la répartie et son sourire aguicheur. Malgré le peu d'intérêt qu'il portait aux femmes, Rook s'était demandé s'il n'était pas en train de tomber amoureux en voyant Sadonna Swann sur l'écran dans une vareuse militaire bleu foncé qui révélait sa chemise blanche – et son profond décolleté –, un pantalon noir moulant et des bottes marron. Peut-être sa réaction avait-elle été due à la façon dont l'actrice affrontait les extraterrestres avec un grognement agressif, un clin d'œil et deux coups de pistolets laser pour leur faire exposer le cerveau. La belle blonde était peut-être un tantinet vulgaire, mais ce jour-là, Rook avait perdu un morceau de son cœur.

Plus tard, il avait appris qu'elle était la femme d'un connard – son cousin Harold –, aussi avait-il fait le deuil de cet amour adolescent et unilatéral avec la seule femme qui l'avait fait douter de son homosexualité.

Revenant au présent, il regarda Sadonna repousser en arrière son épaisse crinière blonde avec des doigts tremblants.

— Je ne l'ai pas tué, haleta-t-elle. Oh, j'ai souvent souhaité sa mort, mais je ne l'ai pas tué. Il faut que tu me croies, Rook !

Elle avait bien vieilli. En général, elle paraissait la trentaine, mais pas aujourd'hui. Le meurtre de son mari la ravageait et le dur éclairage de la prison creusait ses rides. Ses poignets étaient rouges et enflés, sans doute à cause des menottes que les flics chargés de l'arrêter avaient trop serrées – ou laissées trop longtemps. Elle ne cessait de les frotter d'un geste machinal. L'avait-on privée de ses vêtements ou avait-elle été arrêtée dans cette tenue : tee-shirt gris et serré, et pantalon de survêtement noir ? Le corps opulent promettait chaleur et sensualité, mais le beau visage aux yeux tristes évoquait tragédie et regret.

Sadonna était ce que Charlene, l'ancienne assistante de Rook, avait rêvé d'être : une actrice ayant suffisamment bien réussi pour être reconnue dans la rue, mais pas assez pour être harcelée chaque fois qu'elle mettait le pied dehors. Sadonna était une bombe rétro dont la beauté classique attirait l'attention. Du coup, son registre était plus étroit que celui d'une « vraie » star. À Hollywood, vieillir était souvent fatal, mais elle s'en était bien tirée : ses rôles de composition lui permettaient d'éviter les mains moites et avides de réalisateurs sans scrupules.

Mal à l'aise, Rook regarda autour de lui. Il s'attarda sur l'épais mur de plexiglas qui le séparait de Sadonna et les mastodontes armés agglutinés derrière lui.

— Je ne t'ai jamais crue coupable, assura-t-il. C'est dingue, bébé. Je n'ai jamais imaginé qu'ils t'enfermeraient. Pourquoi Vicks ne t'a-t-il pas traitée comme moi, avec une convocation, des menaces plus ou moins voilées et une libération sous surveillance ?

Le centre de détention était plutôt convenable, même si Rook manquait d'éléments de comparaison. En réalité, il ne s'était jamais « officiellement » trouvé derrière les barreaux. Au pire, il avait passé une heure ou deux en cellule, sans vraiment craindre pour sa liberté. Il trouvait toujours un moyen pour éloigner son cou du nœud qui le menaçait – ou un complice à qui faire appel pour être libéré avant la nuit.

Sadonna n'avait pas eu cette chance. Archie avait refusé de renvoyer sa meute d'avocats au LAPD, repoussant ainsi sa libération. Elle avait bien un avocat, un homme honnête, mais plus habilité à gérer les contrats d'acteurs qu'une accusation de meurtres. Il n'avait pas su obtenir l'exéat de sa cliente. Pauvre Sadonna ! Elle s'était présentée à la table des négociations avec un pigeon alors qu'il lui aurait fallu un bouledogue. Bien entendu, le tribunal l'avait dépecé et dévoré à peine la porte franchie.

Elle pinça les lèvres et ne contrôla plus ses paroles :

— Quel enfoiré ! J'aimerais le voir passer sous un bus !

Rook tapota la vitre pour la rappeler à l'ordre. Un garde près de la porte se racla la gorge avec un grondement menaçant.

— Évite ce genre d'éclat tant que nous ne sommes pas sortis d'ici, souffla Rook. Sinon, tu risques de recevoir ton courrier à la prison Century pendant un long moment. J'ai demandé aux avocats d'Archie de te faire sortir de là.

Elle le dévisagea, les yeux écarquillés.

— Mon Dieu, il doit vraiment t'aimer, gamin ! Je te garantis qu'Archie me laisserait griller au soleil plutôt que lever un petit doigt pour me venir en aide. Il m'en veut terriblement de ne pas lui avoir donné d'arrière-petits-enfants, mais ce n'était pas possible, merde. Je ne comptais pas me mettre à pondre. Surtout pas avec Harold.

— Je n'ai jamais compris que tu l'aies épousé, reconnut Rook avec une grimace de dégoût.

Sadonna plissa le nez.

— Sur le coup, ça m'a paru une bonne idée. J'étais ivre, je crois. Lui aussi. Nous étions à Vegas pour une fête. Je suis retrouvée mariée alors qu'il vomissait dans la baignoire de l'hôtel MGM. Ensuite, nous sommes restés ensemble pour obéir à Archie. Harold faisait tout ce que son grand-père exigeait de lui, tu le sais bien.

— Eh bien, Archie s'est fait tirer l'oreille avant de t'envoyer ses avocats, mais je lui ai affirmé que c'était lamentable de te laisser pourrir ici, vu que tu y étais sans doute à cause de moi.

Rook avait beaucoup de mal à gérer sa culpabilité et regarder Sadonna à travers une vitre de plexiglas le minait. Il avait pensé à un plan en traversant Hollywood boulevard, en lisant les noms des stars sous ses pieds.

— Au fond, Archie t'aime bien, ajouta-t-il. C'est pour ça qu'il voulait que tu fasses des enfants à Harold. Son rêve, c'est d'améliorer la lignée des Martin. Ça le tient éveillé la nuit.

— C'est peut-être avec toi que je devrais faire un enfant ! lança-t-elle en battant des cils.

D'instinct, Rook recula. Elle se mit à rire.

— Je plaisantais, voyons ! Mais ta réaction est plutôt blessante.

Rook secoua la tête.

— Ça n'a rien à voir avec toi ! D'abord, je ne veux pas d'enfant, ensuite… Merde, ce n'est pas drôle. J'ai appelé l'avocat en chef, il a promis de payer ta caution. Tu ne vas pas tarder à sortir.

Le haut front de Sadonna se plissa, une moue releva le grain de beauté qu'elle avait à la joue.

— Pour aller où ? Je te rappelle que tous mes avoirs sont bloqués. Ils ont sans doute peur que je m'enfuie en vidant mes comptes. Bien entendu, je ne peux pas rentrer chez moi. Et ne me dis pas qu'Archie compte m'accueillir ! Nous savons tous les deux qu'il préférerait me laisser à la rue que me recevoir sous son toit.

— Non, justement, tu iras chez lui. D'après l'avocat, ça démontrera le soutien inconditionnel de la famille Martin. J'ignore ce que pensent les autres, mais Archie a fini par se ranger à mon avis après une bonne nuit de sommeil et une assiette de bacon. Il est convaincu que tu n'as pas tué ton connard de mari, alors… Un moment…

Il sortit son téléphone de la poche de sa veste, vérifia le message qui s'affichait et sourit.

— Voilà ! lança-t-il. Le juge a accepté ta mise en liberté sous caution et Archie s'occupe des détails pratiques.

— Dis-moi, il se sent proche de la fin et tient à gagner son paradis ou quoi ?

Elle soupira, rejeta la tête en arrière et appuya ses épaules au dossier métallique.

— Excuse-moi, reprit-elle. C'est juste… j'ai du mal à m'y faire. Tout ça me paraît une mauvaise blague. Harold était censé jouer au golf. Que faisait-il à la maison, mort ?

— Oui, je sais. Je me pose les mêmes questions. Au fait, Vicks est un teigneux, il ne va pas te lâcher. Ta seule chance d'en être débarrassée, c'est que quelqu'un avoue le meurtre de Harold.

Sadonna se frotta les poignets.

— Je peux aussi quitter le pays, murmura-t-elle, assombrie. Non, je blague. Je ne bougerai pas avant que cette histoire soit résolue. Crois-tu vraiment que je doive aller chez Archie ? Je suis bien plus au calme en prison.

— Non, bébé, je veux te savoir libre.

Il se leva en voyant un garde s'approcher de Sadonna et se pencher pour lui annoncer sa libération imminente.

— Je vais prouver ton innocence, ajouta Rook. Et Dante va m'aider.

VI

Depuis le moment où Dante Montoya avait vu Rook Stevens derrière la vitre sans tain d'une des salles d'interrogatoire de Central, il avait su que le cambrioleur aux allures de mauvais garçon lui causerait des problèmes. Un homme sensé aurait aussitôt tourné les talons sans un regard en arrière. Malheureusement, Rook n'avait que trop souvent été abandonné de cette façon.

Et Dante se retrouvait amoureux fou d'un homme qui, d'après lui, vivait de petits bouts d'affection et de rêves pourris.

À certains moments, regarder Rook lui faisait mal. Son cœur peinait à supporter ce flux d'émotions contradictoires. Dante était écartelé entre son envie de secouer vertement son amant et son désir de le prendre dans ses bras, de l'entraîner au lit et de passer la journée avec lui, caché sous les couvertures. Or, les deux options lui étaient interdites. Rook ne supportait pas d'être contrôlé, la moindre tentative le poussait à lutter, à se débattre. En fait, il se raidissait chaque fois que Dante le serrait dans ses bras, chaque fois qu'un être qui lui était cher posait la main sur lui. Et Dante mourait à petit feu. Son cœur se brisait en notant que la terreur instinctive de Rook le poussait à fuir, puis que son bon sens reprenait le dessus et qu'il se détendait enfin.

Si Rook s'était calmé, au fond, il restait le même, une âme sauvage encagée par ces liens invisibles l'unissant à ceux qu'il avait appris à aimer.

Pour le moment, Rook arpentait son salon, ses longues foulées résonnant sur le bois du plancher.

L'appartement était aménagé à l'étage du bâtiment post-Art-Déco dont le rez-de-chaussée abritait *Potter's Field*. Les planchers polis et les hauts plafonds dataient de l'époque où c'était un studio de danse. Trois des murs extérieurs, en briques, avaient des fenêtres à meneaux de deux mètres de haut. Rook y avait installé des rideaux occultants pour lutter contre le soleil perpétuel de Los Angeles et les néons publicitaires de la rue. Le salon était assez grand pour que s'y perdent trois canapés de deux mètres cinquante et une télévision grand écran, cachée dans une crédence. D'anciennes affiches de cinéma et des objets kitsch décoraient les murs,

59

apportant des touches de couleur à l'unité douce de la brique dorée. À gauche de la pièce se trouvaient la cuisine à l'américaine, une penderie réfrigérée destinée à protéger les costumes vintage et une immense salle de bain ; une longue bibliothèque en laque noire de trois mètres de haut séparait le tiers arrière du loft, créant un espace-chambre où Rook avait installé un moelleux lit king-size et d'anciens coffres asiatiques.

Le loft était spacieux et ouvert, un endroit parfait pour que Rook puisse bouger librement et profiter de l'espace. Il revenait pour la quatrième ou cinquième fois dans son salon spartiate quand Dante le bloqua en l'attrapant par sa ceinture. Sans quitter le canapé, il serra son amant dans ses bras.

— *Cuervo*, arrête de bouger. Tu me donnes le tournis. Tu disais vouloir parler, parlons.

Rook ne se débattit pas, mais sa tension blessa l'ego de Dante, comme une morsure sauvage qui arrachait un morceau de sa fierté. Cela ne dura qu'une minute ou deux, mais ce fut suffisant. Dante s'accrocha. Enfin, Rook poussa un long soupir et se détendit, acceptant l'étreinte. Il s'installa même sur les genoux de Dante.

L'inspecteur accepta son poids et enfouit son visage dans les cheveux caramel. Rook avait changé. Dante le constatait parfois dans des détails, des attitudes à peine perceptibles. Parfois, il posait franchement la question et Rook s'expliquait. À d'autres moments, Dante emmagasinait ces indices comme des signes que l'ancien voleur se rassurait enfin et perdait son habitude de constamment regarder par-dessus son épaule comme si une nouvelle catastrophe s'apprêtait à lui tomber dessus.

Il arrivait à Rook de cuisiner, même si ses expérimentations n'étaient pas toujours réussies. Ou il goutait du vin dans le verre de Dante, faisait la grimace parce qu'il n'aimait pas le rouge et proposait de garder le reste de la bouteille pour des pâtes en sauce. En soirée, les deux amants se promenaient ou se rendaient dans un vieux drive-in, ils regardaient le film étalés sur la banquette du pick-up de Dante. Durant le week-end, Rook appréciait les ventes en plein air, les brocantes et même les vide-greniers. Il plongeait avidement dans les bacs des différents stands et en sortait des trésors dont Dante ignorait l'utilité ou la valeur.

Les connaissances de Rook avaient des lacunes, ses goûts oscillaient entre les objets rares et artistiques, et les utilitaires de la rue. Peu à peu, Dante découvrait que pour Rook, découvrir des objets qu'il n'avait pas connus étant enfant était une sorte de défi.

Depuis peu, Rook portait un nouveau savon aux épices – cannelle, curry et sucre. Une extravagance qu'il appréciait maintenant qu'il se sentait libre d'avoir un parfum. Les odeurs, disait-il, ça attirait les chiens et marquait les sens des témoins, un danger certain quand on voulait être invisible et entrer par effraction chez autrui. Désormais, Rook avait une vie plus riche, il pouvait manger de l'ail et des oignons, et se permettre une garde-robe aux couleurs vives. Il commençait à perdre certains aspects de son ancienne vie, comme des cendres qui s'échappaient, emportées par le vent du changement. En revanche, il avait sublimé des souvenirs, des choses étranges auxquelles Dante n'aurait jamais pensé avant de tomber amoureux d'un cambrioleur réformé.

Rook riait davantage et était plus bruyant, ce qui libérait un peu la tension qui le raidissait si souvent. Il se montrait aussi plus taquin, une évolution que Dante trouvait des plus agréables. Il n'avait pas oublié leurs premiers échanges tendus, quand les mots faisaient office de fleurets, l'acier restant caché sous une fausse suavité. Ces différences étaient subtiles, alimentées par l'intimité qui se développait entre eux.

Dante adorait voir Rook dérober un morceau de *tortilla* à ses *nachoss* ou lui tendre une tasse de café – noir, avec deux sucres – le matin avant de quitter l'appartement pour vaquer à leurs occupations respectives.

Mais le changement le plus incroyable, c'était que Rook ait donné son cœur à un flic.

Ils s'allongèrent sur le canapé, le dos de Rook collé à sa poitrine. Dante serrait le corps mince contre lui, la main pressée sur le cœur de Rook. Le battement était trop rapide, un écho logique de ses pensées erratiques. Puis Rook inspira un grand coup et se calma. Dante attendait toujours, laissant Rook choisir ses mots et son moment.

— Je devine que tu es furieux contre moi, commença Rook, un soupçon de défi dans la voix. Je suis désolé de t'avoir laissé gérer tout le merdier en bas. Ce n'était pas mon intention. J'avais laissé un message à Manny en lui demandant de rester chez lui. Je pensais m'en occuper à mon retour.

Dante l'embrassa à l'arrière de la tête.

— Aucun souci. J'aime autant avoir eu quelque chose à faire. Quant à Manny, tu le connais. Il adore diriger le personnel. Il était très fier de ce qu'il a écrit sur son drap. Je n'ai pas trop compris ce qu'il cherchait à faire, mais ça lui a fait très plaisir.

— Comment peux-tu être du même sang que lui ? protesta Rook. Ce drap est une idée de génie ! *Je vous certifie que nous sommes ouverts* [6]. Il a parfaitement recopié la citation.

— Si je comprends bien, tu vas me faire regarder un autre film, c'est ça ?

Rook renversa la tête en arrière et se tordit dans les bras de Dante pour le regarder en face.

— Absolument ! Mec, tu t'appelles Dante, comme le personnage principal ! Tu es censé… Bon, laisse tomber. Je reprendrai cette discussion quand tu l'auras vu. Alors, c'est vrai ? Tu ne m'en veux pas ? À ta place, je serais moins compréhensif.

— Je suis stoïque, répliqua Dante, peu surpris d'entendre Rook ricaner. Maintenant, dis-moi, pourquoi as-tu filé ce matin comme un pet sur une toile cirée ?

— J'ai déconné. J'aurais dû te parler au lieu de m'en aller.

Son expression se durcit et Dante sentit un bref combat interne. Puis les yeux vairons s'éclairèrent.

— Excuse-moi, Montoya, reprit Rook. J'ai eu besoin de marcher pour me vider la tête… Tu sais, je ressens une terrible culpabilité vis-à-vis de Sadonna. Et puis j'ai réfléchi, je ne comprends rien aux femmes, je me méfie d'elles aussi. C'est plutôt normal, je pense, après ce qu'a fait Charlene. Je ne fais pas confiance aux femmes. Voilà !

— Pour être franc, répliqua Dante. Tu ne fais confiance à personne, Stevens.

— Si à toi, je te fais confiance.

Dante lutta contre son sourire idiot.

— Je te l'accorde, concéda-t-il. Explique-moi pourquoi tu as autant de mal à accorder ta confiance.

— J'ai des… je dirais bien des casseroles, mais l'image me parait fausse. En fait, c'est plutôt des lignes de fond lourdement plombées qui me tirent vers les abysses.

Il haussa les épaules, plantant ses omoplates osseuses dans la poitrine de Dante, puis étendit ses longues jambes sur le canapé.

— Je suis allé voir Sadonna à la maison d'arrêt, enchaîna-t-il. J'avais *besoin* de lui parler. Pourtant, je n'ai pas pu m'empêcher de me demander :

6 D'après le film *Clerks : Les Employés modèles*, avec Dante Hicks, caissier dans une épicerie du New Jersey…

et si elle avait tué Harold ? Et si elle était complice de son meurtre. Et là, j'ai commencé à douter de tout.

Dante bougea légèrement à la recherche d'une position plus confortable.

— Comment ça ?

— Quand j'étais plus jeune et que je faisais… des trucs qu'il vaut mieux que tu ignores, une des règles les plus difficiles était de rester fidèle à son équipe. Je m'y conformais, même quand tout merdait. Et ceux qui canent, je les méprise.

Il baissa la voix pour continuer.

— Beanie… ma mère… elle n'arrêtait pas de me laisser tomber. Je préférais me dire que ce n'était pas grave parce que j'avais des gens dans mon camp. Mais il y a eu Charlene… et d'autres… et ça m'a salement secoué, Montoya. Quand j'étais assis à l'arrière de ce taxi en route pour la prison où Sadonna était enfermée, j'ai eu comme un choc. J'ai vraiment l'impression qu'elle est suspectée de meurtre à cause de moi. Elle m'a aidé, elle m'a donné les codes pour entrer chez Harold. Elle aurait pu nier m'avoir fourni le moyen de désamorcer l'alarme, mais elle ne l'a pas fait. Alors, bien sûr, j'ai demandé à Archie de la faire sortir et de payer sa caution, mais elle n'est pas innocentée pour autant.

Dante lui caressa l'estomac en réfléchissant à ces aveux.

— Et tu te sens responsable ? D'accord, alors que faisons-nous ?

— J'aimerais que tu m'aides à la laver de ces accusations.

Dante commença à émettre une objection, mais Rook l'interrompit en se redressant :

— Attends, écoute-moi.

Dante secoua la tête et affronta son amant.

— Non, c'est toi qui vas m'écouter. Je ne peux pas interférer dans une enquête. Surtout pas quand Vicks est impliqué. Il n'a aucune preuve contre elle, alors…

— Tu sais comme moi que la vraie vie, ce n'est pas comme le cinéma. Une preuve circonstancielle convainc autant un jury qu'une évidence flagrante. Crois-tu vraiment que Sadonna s'en sortira si elle affronte un tribunal ? Vicks n'a qu'elle et moi comme suspects, il fera n'importe quoi pour tout faire entrer dans les cases qui l'arrangent. Si nécessaire, il inventera même un mobile. Il n'arrêtera pas de harceler Sadonna, de lui poser des questions, d'interroger les voisins, de lui demander où elle se trouvait la nuit où Harold est mort. Etc.

Rook avait raison. Dante n'oubliait pas le regard sournois que Vicks leur avait jeté au moment où ils quittaient le poste de police.

— Je ne te demande pas d'enquêter, plaida Rook. Juste de... merde, je ne sais pas. Je lui *dois* bien ça, Montoya. Je ne peux pas laisser tomber Sadonna sous prétexte que Charlene m'a trahi. Elle est ma cousine. D'une certaine façon. En plus...

— Tu considères lui être redevable, finit Dante à sa place. C'est la décision de ton cerveau compliqué.

Rook lui caressa les cuisses.

— Je ne te demande rien d'illégal, murmura-t-il. Je veux seulement que tu l'aides. *S'il te plaît.* Ensuite, nous donnerons notre dossier aux avocats en leur disant comment l'utiliser.

Avec un autre, Dante aurait refusé sans hésitation et pris la porte sans plus attendre. Mais c'était la première fois que Rook lui demandait un service. C'était une sorte de rameau d'olivier, bien desséché par la négligence et les abus subis bien des années plus tôt, mais Rook espérait quand même que Dante l'accepte.

— D'accord, céda-t-il,

Devant le sourire victorieux que Rook affichait, il leva promptement les mains.

— Mais avant tout, reprit-il, je dois en parler à mon capitaine et voir ce qu'il en dit. Si Book refuse, je ne pourrais rien faire. Je te transmettrai le numéro de l'ancien partenaire de Hank, Bobby. Il connait un détective privé de Brentwood. Si le capitaine accepte que je donne un coup de pouce à Sadonna, tu devras me promettre de rester à l'écart. Tu as le don d'attirer les catastrophes, *cuervo.*

— D'accord, c'est promis. Question suivante : as-tu appris quelque chose au sujet de notre pyromane ?

Rook caressait toujours ses jambes, suivant le tracé des muscles sous le jean. Dante trouvait ce geste très troublant. En plus, une mèche de cheveux ombrait le beau visage alors que ses ongles crissaient sur la couture intérieure. Dante laissa échapper un gémissement douloureux.

Rook leva les yeux.

— Oh, pardon ! Nous étions censés discuter. Continue.

— Plus tard. *Dios*, plus tard !

Il vola un baiser et son souffle à Rook, puis caressa sa langue de la sienne avant de s'écarter pour le regarder. Les yeux vairons s'étaient échauffés et les longues mains élégantes s'abandonnaient sur sa cuisse.

— Bon, reprit Dante, en ce qui concerne les Molotov, rien de neuf. J'ai juste reçu un coup de fil pour me demander des précisions. Nous n'avons aucune piste sérieuse à part le fait que ce salopard était un néophyte ignorant. Les flics ont trouvé une bouteille cassée sur le trottoir, devant le magasin. Soit notre pyromane l'a laissée tomber, soit il a mal ajusté son lancer. Nous ignorons aussi si cette agression est liée à Harold. C'est peut-être seulement une tentative de…

Rook l'interrompit en incrustant les doigts dans sa cuisse, arrachant à Dante un cri chatouillé. Il le libéra et indiqua :

— Si tu parles de cambriolage, je vais me vexer. Et avant que tu me poses la question, non, je n'ai pas d'ennemis, mais je n'en avais pas non plus la dernière fois que *Potter's Field* a été vandalisé par des abrutis. Des flics, je te le rappelle !

Dante lui tira les cheveux.

— Hé, je n'en faisais pas partie, *cuervo*. Peut-être était-ce une tentative de cambriolage et le feu a juste servi de diversion. Sinon, je ne vois pas l'intérêt de tout brûler.

Rook croisa les jambes sous lui et se mit à tambouriner sur le dossier du canapé dans un étrange rythme que Dante commençait à reconnaître.

— Il savait que nous étions à l'intérieur. Du moins l'a-t-il vite deviné en nous entendant crier. Ce gaz lacrymogène, c'était tordu.

— Ainsi, d'après toi, quelqu'un a cherché à te tuer ? Qui donc ? Un rival ? Aurais-tu un compétiteur particulier ?

C'était une hypothèse que Dante ne pouvait pas repousser d'office.

— Tu cherches à savoir qui m'en veut ? demanda Rook, accueillant d'un sourire le sourcil levé de Dante. Merde, la question est plutôt : qui ne m'en veut pas ! J'ai le don d'énerver les gens, tu le sais mieux que personne. Le dernier flic en date à me détester, c'est Vicks. Et concernant le magasin, je connais au moins cinquante collectionneurs qui aimeraient bien que je dégage, mais aucun d'eux n'aurait risqué de détruire le magasin. Il y a là-dedans bien trop d'objets cultes.

— Si j'en crois mon expérience, les gens préfèrent parfois détruire ce qu'ils convoitent plutôt que laisser un d'autre en profiter. Un de mes cousins ne rangeait jamais la glace une fois qu'il était rassasié, il la laissait fondre pour que personne n'en mange après lui.

Du pouce, Dante frotta le nez plissé de Rook. La lumière extérieure commençait à changer, devenant pâle et dorée. Le soleil se cachait derrière la ligne des toits.

— Que tu donnes aux gens le bénéfice du doute me plaît beaucoup, enchaîna Dante, mais…

— Merde, Montoya, ce n'est pas le cas ! protesta Rook. C'est juste une question de bon sens : brulée, la marchandise ne vaut plus rien. Si un collectionneur veut un des objets de mon inventaire, il tiendra à le garder intact. Donc, que nous reste-t-il comme mobile ? Argent, sexe ou vengeance ?

— Ce sont les principaux, c'est exact. Nous pouvons exclure le sexe, à moins que tu aies des aveux à me faire.

En guise de réponse, il eut droit à un coup de coude dans les côtes, assorti d'un regard noir.

— Donc, l'argent, reprit Dante, amusé. Et tu viens de dire que ce n'était pas un collectionneur…

Rook se frotta la nuque, la mine sombre.

— Merde ! grogna-t-il. Si on me croit coupable d'avoir tué Harold, ils vont penser à une vengeance, non ?

Dante hocha la tête à contrecœur.

— Oui, *cuervo*. Dans l'état actuel des choses, c'est l'hypothèse la plus plausible.

Il détestait cette idée. Il ne laisserait personne s'en prendre à Rook, pas alors que leur vie à deux venait à peine de commencer.

— ATTENDS UN peu ! s'écria Hank. Si j'ai bien compris, tu as demandé à Book l'autorisation de creuser l'effraction de ton chéri pour prouver l'innocence de la veuve ?

Assis en face de Dante à la table de pique-nique, il le regardait fixement.

— C'est à peu près ça, concéda Dante. Le capitaine est d'accord avec moi, cet enfoiré de Vicks a d'ores et déjà condamné l'épouse et d'après les bruits qui courent, il veut aussi faire tomber Rook. Il croit que Rook couchait avec Sadonna et que je sers de couverture au couple maudit.

— Quelle *connerie* ! beugla Hank.

Sa voix porta à travers le parking, attirant l'attention de plusieurs clients qui faisaient la queue devant le camion tex-mex garé non loin de là.

Hank baissa le ton pour continuer :

— Tu voudrais me faire croire que Stevens est entré en relation avec toi, il y a quelques mois, sans pour autant quitter sa star de cinéma avec laquelle il complotait le meurtre d'un mari encombrant ? Et son alibi serait qu'on le pense gay ?

Dante prit une bouchée de son *kalbi* taco et répondit la bouche pleine :

— C'est l'hypothèse de Vicks.

— Je répète, c'est de la pure connerie, répliqua son partenaire. Je ne suis pas un grand fan de ton mec, mais qui diable s'aviserait de simuler avec *toi* ?

Dante qui trempait une frite dans de la sauce *kimchee*, releva les yeux.

— Vraiment, Camden ?

— Ce n'est pas ce que je voulais dire, protesta Hank. Si j'étais gay, je te baiserais volontiers. Mais justement, je ne suis pas gay. Si Stevens n'était pas gay, il ne te baiserait pas. À moins que ce soit l'inverse et que tu le baises ? Merde, je m'écarte du sujet, baise qui tu veux. Je ne veux rien savoir de tes pratiques sexuelles. Après tout, je ne te parle jamais de ce qui se passe entre ma femme et moi. Il est vrai qu'un couple hétéro ne peut pas changer de rôle contrairement à…

Dante éclata de rire. Devant le regard étonné de Hank, il expliqua :

— Mon cher, si tu crois encore qu'un couple hétéro ne peut pas changer de rôle, tu as beaucoup à apprendre sur le sexe. J'ai une info à te transmettre, ça tient en quelques mots : la Journée Internationale de la Femme.

— Je vais acheter un livre…

— Il te faut plus qu'un livre, coupa Dante. Bon, je suis d'accord. Rook n'est pas avec moi pour une sombre histoire de meurtre prémédité. C'est déjà arrivé, je sais, j'ai entendu des trucs très bizarres aux Mœurs, mais ni Rook ni Sadonna n'avaient rien à gagner en tuant Harold. L'essentiel de ses biens et avoirs – qui en réalité appartiennent à Archie – sont immobilisés dans un trust californien. Dans la famille Martin, les seuls financièrement indépendants sont Alex, ses parents et Rook. Tous les autres sont des tiques accrochées à Archie qui lui sucent le sang.

— Alors, qu'allons-nous faire ?

— Il n'y a pas de *nous*, Camden.

Dante secoua la tête, mais ce fut sans effet. Son partenaire s'était empourpré, la rougeur effaçant les taches de rousseur de son nez et ses joues.

— Voyons, reprit Dante, cherchant à le raisonner. Je ne peux pas enquêter de façon officielle. Book m'a même prévenu que ce serait chaud pour mon matricule si Vicks repérait mon interférence. Mon dossier n'a jamais été totalement blanchi des conneries de Vince, tu le sais très bien. Je ne veux pas que tu subisses la même chose.

À travers la table, Hank, planta son doigt dans la poitrine de Dante.

— Je ne veux pas entendre un mot de plus, gronda-t-il. Tes arguments ont autant de valeur pour moi que du ketchup renversé. Nous sommes partenaires. Tu es concerné, je participe, point final. Je connais cet enfoiré de Vicks. C'est un vicieux, mais il est plutôt efficace. Son capitaine le porte aux nues parce que ce sale con a un bon ratio d'affaires résolues, mais le gars est troué comme un gruyère. Dès que ses dossiers arrivent sur le bureau du procureur, ça part en vrille. Deux de mes indics ont dérivé, ce qui les a mis dans le collimateur de Vicks. Pour lui, c'était de la broutille, mais pour moi, c'était vital. Il les a coffrés. À peine sortis, ils ont disparu. Donc, si tu envoies Vicks au tapis, je serai là pour compter les points.

Dante mit sa sauce *kimchee* hors de la portée de son partenaire.

— Tu détestes la lutte, Camden, et je risque de te demander beaucoup. Je ne tiens pas à faire ton éloge funèbre si ta femme t'assassine pour des heures sup qui ne te seront même pas payées. Cette affaire n'est pas la tienne.

Hank agita furieusement le doigt sous le nez de Dante.

— Montoya, laisse-moi te le dire une fois pour toutes : tu es comme un frère pour moi. Merde, je tiens même plus à toi qu'à certains de mes frères biologiques… parce que j'ai à peine connu les plus jeunes. J'avais déjà quitté la maison quand ils sont nés. Bref, tu m'es plus cher qu'eux. Ma femme t'aime bien, mais elle adore ton copain. Alors, soyons clairs : je vais t'aider !

D'un geste preste, il récupéra la sauce de Dante et y trempa ses frites. Il mâcha, avala et enchaîna :

— Bien, ceci étant réglé, par où commençons-nous ? J'ai des jours de congé à prendre, toi aussi. Ça tombe bien !

Dante déglutit la grosse boule d'émotion qu'il avait dans la gorge. Il s'en étouffa presque. Hank détourna le regard, soudain très intéressé par deux skateurs qui s'exerçaient sur une rampe de ciment.

— Je t'aime, Camden, souffla Dante. Te l'ai-je déjà dit ?

— Oui, une fois ou deux, répondit Hank à mi-voix. Si tu veux mon avis, nous devrions nous mettre au boulot sans tarder, sinon, Vicks va boucler vite fait mal fait un dossier bidon. C'est le genre de flic qui cherche à ne pas se compliquer la vie. Il se fout que ses suspects soient coupables ou pas, il veut juste offrir un nom au procureur. Ce qui arrive ensuite, il s'en lave les mains.

— Même si Sadonna ne passe jamais devant un jury, cette accusation risque de lui coller longtemps aux basques. C'est aussi infamant que le goudron et les plumes. Tu connais Los Angeles ! Chaque fois qu'elle sortira de chez elle, elle aura un paparazzi au cul.

— Je répète ma question : par où commençons-nous ?

Dante jeta un coup d'œil à sa sauce vide, puis sourit à son partenaire.

— Et si nous allions faire connaissance avec la veuve ? Nous verrons bien où ça nous mène.

VII

LA BOUTIQUE « Chez Bergan, Objets Rares et Curieux » de West Hollywood se trouvait à mi-chemin entre rêves brisés et espoirs utopistes, entre une salle de billard que fréquentaient de soi-disant gangsters philippins et un affreux magasin de chaussures visant une clientèle féminine à gros pieds. Les *drag-queens* s'y rendaient parfois, attirées par les soldes des escarpins à paillettes. L'immeuble sur trois niveaux était étroit, les pièces n'avaient qu'une seule fenêtre en façade. Si Bergan avait un jour existé, il avait disparu bien avant que Rook franchisse le seuil du magasin. Un petit homme au visage maussade trônait sur un tabouret derrière le comptoir et semblait ne jamais en bouger. L'inventaire changeait constamment, aussi Rook passait-il souvent *Chez Bergan* et toujours, il y trouvait l'homme à son poste près de la caisse enregistreuse.

Avec son nez crochu, on aurait dit un sorcier ou un gobelin. Un rictus sardonique exhibait parfois des dents jaunies. D'après Rook, c'était une forme de sourire, le seul que connaisse l'étrange personnage. Ne connaissant pas le nom du bonhomme, Rook l'avait surnommé Hoggle [7]. Il arrivait que des jeunes maigres et efflanqués – le plus souvent drogués – travaillent au magasin, Hoggle les engageait pour regarnir ses étagères. Quelques années plus tôt, Rook avait même couché avec deux de ces saisonniers, aussi éphémères que les trésors de cette caverne d'Ali Baba, aussi anonymes que son propriétaire. Apathiques et sous-payés, ces garçons n'avaient pour eux qu'un joli visage. Ils ne connaissaient rien aux objets qu'ils manipulaient et la seule tâche qu'on leur demandait était de remplir les étagères à craquer, ce qui rendait presque impossible de s'y retrouver quand on cherchait quelque chose de précis. Tout ce que Los Angeles jetait à la mer finissait un jour ou l'autre par échouer *Chez Bergan*, poussé par des courants incompréhensibles aux profanes.

La boutique était désordonnée, encombrée et mal éclairée, les vitres des petites fenêtres donnant sur la rue étaient assombries par la poussière des ans. Les rayons créaient un labyrinthe dans l'espace disponible, parfois

7 Nain et personnage fictif du film *Labyrinthe*

creusé d'une clairière inattendue autour d'un énorme panier rempli d'objets en vrac.

Rook aimait cet endroit presque autant que Montoya, le café et les œufs bien cuits.

Assis en tailleur sur le sol du dernier étage, il prenait grand plaisir à trier une pile de jouets en fer-blanc quand une ombre noire lui tomba dessus et bloqua le maigre soleil qui traversait l'étroite fenêtre située derrière lui. L'ombre était trop grande pour appartenir à l'un des minces employés travaillant ce jour-là, occupés comme de coutume à réorganiser les rayons du magasin, mais parfois, la lumière trompeuse créait contre un mur des formes étranges et menaçantes – surtout *Chez Bergan*. Si Rook se retournait, peut-être ne trouverait-il qu'un objet ridicule et inoffensif, par exemple un sac de boxe gonflable. Pourtant, un long frisson remonta le long de sa colonne vertébrale, sensation qu'il n'avait pas ressentie depuis longtemps, mais qui lui restait familière.

— Pas question de crier « coucou » comme une idiote de cheerleader dans un film d'horreur, maugréa-t-il.

Il essuya ses mains poussiéreuses et jeta un coup d'œil derrière lui. Il y eut un mouvement furtif, un crissement, puis un craquement. Une des vieilles étagères vibra et tous ses objets tintinnabulèrent. *Ding-ding-ding.*

Rook se releva d'un bond, retenant de justesse le cri qu'il avait sur les lèvres. Ne venait-il pas de se promettre de rester silencieux ? Dans un magasin de souvenirs, la nature du temps se déformait étrangement, c'était en tout cas ce qui se passait *Chez Bergan*. Il y avait des chuchotements dans les recoins, comme si des fantômes étaient pris au piège des miroirs tachetés ou des feuilles de thé trempant encore dans les pots en argent.

Rook secoua la tête. On cherchait à lui faire peur. C'était un jeu du chat et de la souris. Les pas feutrés étaient délibérés, les lourdes semelles raclaient parfois le plancher. Une silhouette volumineuse passa derrière une étagère, vers le palier, incontestablement trop massive pour qu'il s'agisse d'un des commis. Pourtant, seuls les acharnés exploraient le dernier étage, où étaient stockés les objets les plus légers. En effet, ni Hoggle ni le vieil ascenseur poussif ne montaient jusqu'au troisième.

La silhouette fit quelques pas et traversa un rai de lumière. Un visage apparut – celui de Vicks. L'inspecteur contourna une vieille chaise en velours fané et avança, les traits durs et crispés. Il dévisagea Rook et esquissa un mince sourire qui n'effaça nullement la menace brûlant dans

71

ses yeux. Autour de lui, des grains de poussière flottaient dans un rayon de soleil.

— Bonjour, Stevens. Surprenant de vous trouver ici !

Parfois, Rook ne parvenait à détendre sa gorge serrée qu'en proférant les sarcasmes les plus crus, mais pas aujourd'hui, apparemment. Il n'aimait pas l'attitude menaçante de Vicks, penché en avant. Il n'aimait pas non plus se retrouver coincé entre le coffre à jouets et une caisse en noyer remplie de lapins de porcelaine. En fait, il était comme un lapin dont le coin de bruyère venait d'être envahi par un ours.

— Je vous demanderais bien comment vous m'avez trouvé, répliqua-t-il, mais la réponse à cette question n'a aucune importance.

Du regard, il défia Vicks, le menton légèrement levé pour croiser le regard dur de son vis-à-vis. Son geste ne compensait pas la différence de taille, mais suffit quand même pour que Vicks fasse une pause. Rook était piégé, il ne pouvait contourner le flic et récupérer son téléphone portable, dans la poche de sa veste jetée sur la chaise en velours un peu plus loin. Une vague de panique lui crispa le ventre, mais Rook la refoula. Il nota le sourire satisfait de Vicks et son ricanement en le voyant jeter un coup d'œil à l'escalier derrière lui. Rook avait peur, le flic le savait. Après tout, de graves accidents arrivaient parfois à d'anciens cambrioleurs qu'une brute sans scrupules – et armée – coinçait dans un endroit isolé.

Jadis, Rook avait reçu de sévères corrections aux mains de flics et de forains, leurs poings et matraques frappant si fort que même respirer devenait difficile. Incapable de réfléchir de façon cohérente, il s'était alors roulé en boule en priant pour que la douleur s'arrête ou que Dieu – toujours sourd et muet – le fasse sombrer dans l'inconscience avant que son corps soit transformé en bouillie. Parfois, Rook avait eu la sensation de mériter, par sa stupidité, ces passages à tabac, mais en d'autres occasions effrayantes et solitaires, il s'était simplement trouvé au mauvais endroit au mauvais moment. Il avait jeté un regard de trop, ou pris la dernière pomme de terre alors qu'une longue file d'attente patientait derrière lui. Et ensuite, on lui tombait dessus et… il retenait son souffle et comptait ses dents avec sa langue.

Vicks était le genre d'homme qui utilisait volontiers ses poings, qui prenait son temps et jouissait de la douleur qu'il causait. Après une telle correction, Rook aurait sans doute du mal à serrer les doigts ou à plier les genoux. Il ne pouvait pas tomber entre ses mains de brute. Pas alors que l'escalier était si facilement accessible. Vicks n'aurait aucun mal à le faire basculer par-dessus la rambarde instable et évoquer un malencontreux accident.

— Que me voulez-vous au juste, Vicks ? lança-t-il. Je vous ai déjà dit tout ce que je savais, alors quoi ? Vous n'avez pas réussi à garder Sadonna derrière les barreaux, alors vous recommencez à vous en prendre à moi, c'est ça ? Vous n'avez rien contre moi. C'est du harcèlement !

Il fallait filer, ses provocations ne lui feraient pas gagner beaucoup de temps. Très vite, Vicks succomberait à la colère qui semblait bouillonner en lui. Son contrôle sur lui-même paraissait des plus fragiles.

Sans plus se soucier de donner le change, l'inspecteur afficha un air létal et avança vers Rook pour l'hallali. Une de ses lourdes bottes écrasa un des objets à terre, un cri rauque retentit. Vicks baissa les yeux et repoussa le jouet d'un coup de pied négligent.

— Pour commencer, je n'ai eu aucun mal à te retrouver, Stevens. Depuis cet… *incident* dans ton magasin, j'ai deux de mes gars à tes trousses. Je suis venu te poser des questions concernant cet incendie.

Rook cacha son ahurissement : il devait perdre la main ! Il n'avait rien senti ce matin alors que deux hommes le filaient ? Certes, cela faisait un bail qu'il ne surveillait plus ses arrières, n'en ayant plus besoin, mais quand même. Et maintenant, tout lui retombait sur la tête.

Parce qu'il ne pouvait pas fuir.

— Les flics sont venus et je leur ai fait ma déclaration. J'ai aussi parlé à Montoya. Vous savez, ce canard coûtait dans les trois mille dollars. Vous avez votre carte visa avec vous, j'espère ?

Avec une grimace faussement apitoyée, il désigna ce qui restait du jouet. Il savait encore mentir de façon convaincante, constata-t-il en voyant palpiter les narines de Vicks. Inquiéter le flic lui procura une satisfaction perverse. Cela apaisa un peu sa blessure d'amour-propre, mais pas complètement.

Puis Vicks gonfla la poitrine, une rougeur dangereuse lui empourpra le cou, les joues et même les oreilles.

— Tu te crois drôle, Stevens ? Tu as une grande gueule ! Je vais me faire un plaisir de t'apprendre à la fermer.

— Ça, j'en doute, mon pote, répliqua Rook.

Manifestement, son cerveau rationnel s'était fait la malle. Vicks lui courait tellement sur le système que Rook en oubliait ses instincts de préservation, il devenait incapable de retenir ses paroles imprudentes.

— Si vous voulez en savoir plus sur l'incendie du magasin, enchaîna-t-il, lisez ma déclaration. Ou demandez à quelqu'un de vous la lire. Je n'ai rien à ajouter.

— Crois-tu que tu feras autant le mariole sans Montoya ? grogna Vicks. Tu ne veux pas parler ici ? D'accord, viens avec moi au poste. La dernière fois, tu as filé avant que j'aie fini avec toi. Je m'offrirais volontiers un second round en ta compagnie.

— Allez vous faire foutre ! répliqua Rook. Je préférerais me taper un clochard qu'approcher le ver libidineux que vous avez entre les jambes.

Vicks se jeta sur lui, rapide et décidé, mais Rook s'y attendait. Il échappa de justesse aux grosses mains qui cherchaient à l'empoigner, esquiva souplement, et s'écarta. Vicks lui avait arraché quelques cheveux, mais Rook considéra s'en tirer à bon compte. Vaincre au corps à corps était impossible, il le savait, il manquait de poids et d'expérience, mais sa souplesse pouvait peut-être équilibrer la force brute de l'inspecteur – à condition de rester hors de sa portée. Tous ses instincts ranimés, l'ancien bateleur passa sous le bras tendu du flic, balança deux crochets rapides aux côtes découvertes, puis profita que Vicks reprenait son souffle pour courir vers l'escalier.

Jusque-là, il avait eu de la chance. Ses coups avaient porté au bon endroit, lui dégageant quelques précieuses secondes. Mais quand il s'élança, le magasin le trahit. Une de ses sneakers heurta un jouet coincé dans une fissure du plancher délabré. Rook vacilla, se rattrapa, mais il était trop tard : Vicks bloquait déjà sa seule issue.

— Fils de pute ! Agresser un agent de police, ça va te coûter cher !

Son poing visait la nuque. Rook esquiva, le coup lui effleura l'oreille.

— Vous plaisantez, Vicks ? Vous imaginez qu'un procureur vous croirait ? Je vous rappelle que c'est vous qui êtes venu me chercher. Les employés qui travaillent au rez-de-chaussée témoigneront que j'étais ici avant vous.

Rook recula, s'éloignant du flic, mais aussi de l'escalier. Il préférait ne pas tenter le sort : Vicks avait de longs bras. Et puis, Rook se méfiait de la lueur mauvaise qui brillait dans les petits yeux sournois. Il resta sur la pointe des pieds, aux aguets, évitant les jouets étalés sur le sol, ceux qu'il regardait quand Vicks l'avait surpris.

— Que voulez-vous de moi ? reprit-il. Et ne me racontez pas de conneries, vous vous fichez bien de ce qui s'est passé dans mon magasin !

— Crois-tu vraiment que les crevettes d'en bas vont te protéger de moi ? rétorqua Vicks, furieux. Tu as frappé un agent dans l'exercice de ses fonctions. Je pourrais t'arrêter sans que le débile de la caisse fasse un geste pour m'en empêcher.

Il grinçait des dents et se frottait les côtes en se rapprochant de Rook. Manifestement, il était pris dans un dilemme, ça se voyait sur son visage. Même si la violence était sa réponse naturelle, le bon sens finit par l'emporter. Vicks ralentit et fit l'effort de contourner les objets sur le sol au lieu de continuer à marcher dessus. Il reprit d'un ton plus calme :

— Je te rappelle que tu es suspecté de meurtre, Stevens. C'est mon enquête, tout ce que tu fais m'intéresse. Je trouve étrange que ton magasin ait brulé juste après que je t'interroge sur la mort de ton cousin – cousin avec lequel tu t'étais disputé et chez lequel tu as pénétré par effraction.

Rook savait lire un visage, une expression. Parfois, les gens étaient tellement pris par leurs idées et certitudes que rien ne pouvait les faire changer d'avis. Et Vicks arborait cet entêtement borné. Il se fichait complètement du témoignage de Rook et de ses arguments, il restait convaincu que Sadonna avait tué son mari. Incriminer Rook de complicité représenterait pour lui un bonus. Le désir frénétique qu'il avait d'arrêter Rook et de l'envoyer en prison émanait de lui en vagues nauséabondes. Il ne cherchait même pas à le cacher. L'idée de Rook en cage le faisait jouir.

Et cela n'avait aucun sens. C'était trop personnel. Trop intime. Rook ne comprenait pas ce qu'il avait fait à Vicks pour mériter une intimité aussi féroce.

Donc, il en revint à son habitude : acculé, il lançait des provocations verbales, toutes les piques qui lui passaient par la tête dans l'espoir que l'une d'elles atteindrait son but. Avec un peu de chance, Vicks baisserait sa garde le temps que Rook s'échappe.

— La femme de mon cousin m'avait *invité*, susurra-t-il. Vous semblez avoir du mal à le retenir.

Du coin de l'œil, il surveillait l'escalier. Vicks n'avait pas cessé de hurler, sa voix avait dû atteindre le rez-de-chaussée. Rook en doutait un peu, mais il ne pouvait pas s'empêcher d'espérer.

Il enchaîna :

— Sadonna m'a donné les codes de sécurité de la porte. Nous voulions faire une farce à Harold. Le juge a considéré qu'elle méritait une libération sous caution le temps que nos avocats fassent tomber les charges pesant contre elle.

Vicks ricana, l'air sceptique.

— Cette version ne me convainc pas, Stevens. Elle diffère de ta première déposition. J'attends avec impatience la suite, ça pourrait devenir encore plus intrigant. Par exemple, j'aimerais savoir où tu as caché le couteau que tu as utilisé pour tuer Harold ou ce que la veuve t'a promis pour assassiner son mari. De toute façon, tu mens. Je sens quelque chose entre vous deux, ça me turlupine.

— Quelque chose entre Sadonna et moi ? Bien sûr ! C'est très simple : elle est ma cousine par alliance. Et quelqu'un d'autre a tué Harold.

Du bout du pied, le flic repoussa le jouet sur lequel Rook avait trébuché.

— Alors, pourquoi as-tu menti ? Pourquoi ne pas m'avoir dit dès le début qu'elle t'avait donné ses codes ? Je vais te suivre, Stevens, je serai ton ombre, je ne te lâcherai pas jusqu'à ce que tu craches le morceau. La prochaine fois, Montoya ne sera pas là pour interférer. Nous serons seuls et sur mon territoire.

— C'est pour ça que vous avez préféré me coincer ici plutôt que passer chez moi ? Pour éviter Montoya ? Vous avez peur de lui ? Peur au point de ne pas me téléphoner pour me poser vos questions ? Vous me faites suivre par deux de vos hommes ? Non, mais franchement, c'est pitoyable ! Ne croyez-vous pas qu'ils ont mieux à faire ?

Dante était la seule arme qui lui restait. Et il comptait sur l'ego de Vicks et la colère qui bouillait en lui pour le faire craquer.

Il esquissa quelques pas sur le côté, évitant avec soin le jouet que Vicks avait pulvérisé et se rapprocha de la cage d'escalier. Il regrettait d'abandonner les objets en fer-blanc qu'il avait passé des heures à sélectionner, mais sa priorité était de sauver sa peau.

— Peur de Montoya ? s'étrangla l'inspecteur. Il est fini depuis cette histoire avec son partenaire. D'ailleurs, même avant ça, il n'avait rien de remarquable. Ce n'est qu'un gratte-papier sans envergure. Il est passé inspecteur en taillant des pipes à qui de droit. Toi, tu le tiens par la queue, tout le monde le sait. C'est sans doute ce qui t'a permis de t'en tirer la première fois. Il s'est mouillé pour toi, c'est ça ? Il a sacrifié son partenaire pour toi ?

Vicks cracha aux pieds de Rook : un gros mollard visqueux s'écrasa avec un bruit mouillé dans la poussière qui recouvrait le plancher.

— D'ici peu, reprit l'inspecteur, il perdra son badge. Jusqu'à ce jour, Montoya a couvert tes entourloupes, mais cette fois, tu t'es salement planté, Stevens. Cette fois, tu as du sang sur les mains. Tu ne t'en tireras pas.

Rook pesa le pour et le contre : avait-il lune chance décente d'atteindre l'escalier sans se faire intercepter par cette brute épaisse ?

— Je vous rappelle que c'est *moi* qui ai prévenu les flics, inspecteur, rétorqua-t-il. J'ai trouvé mon cousin dans une mare de sang. D'après vous, je serais revenu avec Alex pour faire semblant de trouver le corps ? C'est ridicule ! Si j'avais tué Harold, pourquoi diable aurais-je eu besoin d'Alex ? Pourquoi aurais-je éprouvé le besoin d'en parler ? Je vous le répète, il y avait quelqu'un dans la maison.

Vicks fit quelques pas vers lui.

— Non, c'est faux ! aboya-t-il. Il n'y avait personne. Sans doute comptais-tu sur Alex pour te fournir un alibi. Peut-être êtes-vous tous les deux coupables, toi et cette bonne femme... J'ai interrogé la mère de Harold et elle m'a raconté ta violente querelle avec la victime au cours d'un dîner. Ensuite, imagine ma surprise en apprenant que Sadonna voulait divorcer, mais que son mari refusait de le lui accorder. Tous les témoins interrogés l'ont confirmé. Donc oui, tu as ramené Alex sur les lieux du crime et tu as fait semblant de découvrir le corps. Tu as inventé la présence d'un intrus et tu pensais que ton petit cousin gay saurait tenir sa langue. Mais ton plan a foiré, pas vrai ? Alex t'a vendu comme un joli cadeau enrubanné. Et là, tu as dû improviser. Qu'as-tu promis à la veuve pour qu'elle ne te charge pas alors que tu l'avais jetée sous le bus ? Qu'as-tu sur elle ? Qu'as-tu volé chez Harold dont tu ne m'as encore rien dit ?

— Vicks, vous parlez dans le vide, vous n'avez aucune preuve pour appuyer vos accusations. Vous prétendez que je mens – c'est faux –, que j'ai tué Harold pour le compte de Sadonna. C'est absurde ! Harold n'avait pas un sou à son nom. C'est Archie qui possède tout l'argent. Merde quoi ! Si Sadonna avait obtenu son divorce, sans doute aurait-elle dû payer une pension à son ex !

Rook s'interrompit, un doute lui traversant l'esprit. Il enchaîna avec une ardeur renouvelée :

— Vous pensez vraiment qu'elle a tué son mari pour s'en débarrasser ? Et qu'elle m'a convaincu de le faire à sa place ? Il y avait quelqu'un chez Harold cette nuit-là, Vicks. C'est lui que vous devriez chercher au lieu de perdre votre temps avec moi. Ou Sadonna.

Le cliquètement d'un fusil qui s'armait résonna dans le silence retombé après la tirade de Rook. Un visage apparut en haut des marches, derrière Vicks. C'était Hoggle, le propriétaire. Il paraissait très en colère et tenait le canon de son arme braqué vers le plancher. Il se racla la gorge bruyamment, atteignit le palier et s'appuya contre la rambarde. Le soleil caressa les fins cheveux qui cachaient son front, leur donnant une teinte bronze.

— Inspecteur Mark Vicks, de West LA, grogna le flic. Je vais vous montrer mon badge…

— Non ! Ne bougez pas ! Vous auriez dû vous identifier dès que vous êtes entré chez moi. Vous savez, un *débile* dans mon genre a besoin qu'on lui explique lentement et en détail, sinon, je risque d'avoir des réactions inappropriées. Je vais envoyer un de mes gars appeler les flics et les laisser gérer la situation. Vous n'avez pas de mandat, je présume ?

Vicks apprécia peu la question. Ses yeux s'étrécirent.

— Je n'ai pas besoin d'un mandat pour poser des questions…

Le petit homme lui coupa sèchement la parole :

— Pourquoi vous en prenez-vous à un de mes clients ? Est-il en état d'arrestation ? Apparemment, vous ne respectez pas plus ses droits que ma marchandise. Vous feriez mieux de partir.

Il regarda Rook et ajouta :

— À moins que vous teniez à voir la police l'interpeller, Stevens ?

— Non, répondit Rook, pas vraiment. Et il ne ment pas, c'est vraiment un flic.

— Et alors ? Ça ne lui donne pas le droit de vous emmerder, surtout chez moi.

Le petit homme avança en clopinant, son fusil toujours pointé devant lui. Il avait les jambes torses et les genoux cagneux, mais son dos était droit et ses épaules bien carrées.

— Je présume que vous rédigerez un rapport, inspecteur, persifla-t-il. Je suis Harsgard Thorkenberry. Mon mari est inspecteur à Central, aux Affaires Internes. Peut-être ne tarderez-vous pas à le rencontrer. Si vous n'avez rien à ajouter, je vous suggère de vider le plancher. Je suis certain que vous saurez retrouver seul la sortie.

Tout d'abord, Rook craignit que Vicks perde la tête et se jette sur Thorkenberry. Mais l'inspecteur se reprit, esquissa un rictus et jeta à Rook :

— Je vous retrouverai, Stevens. J'ai encore des choses à vous dire.

— Adressez-vous à mes avocats, répondit Rook en articulant ses mots avec soin. Ce sont aussi ceux de Sadonna. Ils ont dû vous laisser leur numéro.

Le flic pointa sur Rook un doigt menaçant.

— Elle ne s'en tirera pas cette fois ! rugit-il. Elle n'en est pas à son coup d'essai, je sais qu'elle vous a manipulé et attiré dans sa toile. Elle a tué son mari, parce qu'il refusait de divorcer. Et Harold avait besoin de sa starlette pour couvrir ses aventures adultères. Il craignait de perdre l'argent de son grand-père. Le vieux Martin est plutôt conservateur à ce que j'en sais, du genre qui tire les rideaux pour cacher un arc-en-ciel et refuse le mélange des races, hein ? Et il aime bien régenter son petit monde et garder ses héritiers dans les rangs.

— Foutaises ! protesta Rook. Archie est un peu dictatorial, mais il n'est ni raciste ni homophobe. La seule chose qui l'intéresse, c'est que ceux qu'il emploie fassent leur boulot. Et puis Harold n'était *pas* gay. Il n'avait rien à cacher.

— Vous vous trompez, Stevens, rétorqua Vicks, j'ai des preuves, des photos et une vidéo des plus explicites. C'est pour ça que Sadonna a cru à son divorce. Mais Harold l'a envoyée sur les roses. Soit il avait retrouvé ses couilles, soit – et c'est plus plausible – il avait compris que son grand-père s'en foutrait complètement. Après tout, le petit-fils prodigue était pédé, pas vrai ? Pauvre Sadonna, elle venait de perdre son meilleur atout. Elle était condamnée à rester mariée à son albatros, un nœud coulant autour du cou. Vous voyez, Stevens, ma théorie se tient. Vous devriez vous poser la bonne question : qui a été le pigeon de cette histoire ? Alex que vous avez entraîné dans ce merdier ? Ou vous, pour avoir gobé le cinéma d'une bonne actrice ?

VIII

— Tu es sûr de toi, Camden ? insista Dante, soucieux de donner à son partenaire une dernière chance de reculer. Book m'a bien prévenu que vu le caractère de Vicks, la situation risquait d'être délicate. Si ça déraille, je ne veux pas que tu sombres.

— Arrête de déconner, Montoya, tu vas finir par prendre mon poing dans le nez et ta jolie frimousse risque d'en pâtir. Je n'hésiterais pas, tu sais !

Personne n'était aussi doué pour lancer un regard noir qu'un rouquin élevé par une mère irlandaise qui avait trop de bouches à nourrir. Hank le prouva une nouvelle fois en toisant Dante depuis le siège passager.

— Je te l'ai dit et répété, enchaîna-t-il, nous sommes ensemble sur ce coup-là. Bon, passons à autre chose. Bravo d'avoir réquisitionné le SUV de ton copain ! Au moins, nous ne sommes pas coincés dans ton pick-up ou dans ma Cheerio-mobile. Comment as-tu fait ?

Rook laissait à Dante le libre usage de ce véhicule. Quand Dante avait protesté, son amant s'était contenté de l'ignorer.

— Il m'a donné les clés de ce Rover, répondit-il. Il l'a récemment acheté *soi-disant* pour le magasin en prétendant qu'avoir deux véhicules, c'est plus facile pour séparer les frais personnels et professionnels.

Hank ricana.

— Ben voyons ! Et d'après toi, il mentait ?

— Bien entendu. Je le sais, et toi aussi.

Il arrivait chez Archie. Il contourna la fontaine et se gara derrière une voiture inconnue, une sportive rouge.

— Mon pick-up devient de plus en plus erratique, dit-il en coupant le contact. Et Manny a constamment besoin de son véhicule depuis qu'il travaille chez Rook. Quant à ton fichu monospace, il pue…

Hank l'interrompit en levant les mains.

— Hé, ce n'est pas de ma faute si mon chien et ma fille ont tous les deux vomi sur la banquette arrière et que personne ne s'en est aperçu avant que les dégâts soient irrémédiables. Ce n'est pas moi qui leur ai donné du lait périmé !

Dante lui jeta un coup d'œil.

— Qui était censé le boire, la gosse ou le chien ?

— Je n'en sais rien, avoua Hank. Je crois que ma fille y a goûté, puis qu'elle l'a refilé au chien.

— C'est gentil de sa part !

L'allée d'accès était humide, l'arrosage automatique étant en cours. Dante évita les jets de brumisation qui se déversaient sur les parterres de fleurs récemment replantés le long de la face avant du château. Il arrivait à la porte d'entrée quand son téléphone émit une sonnerie spécifique. Reconnaissant un appel de Rook, Hank s'arrêta aussi. Dante lui fit signe d'avancer.

— Commence sans moi, Camden, je te rejoins après avoir parlé à Rook. Rosa nous a certainement préparé une collation. Essaie simplement d'éviter qu'elle nous serve un repas complet, dinde y compris.

Son partenaire se frotta le ventre avec un sourire.

— Non, pas question ! Ma femme parle de régime en ce moment. J'ai eu droit un smoothie diététique en guise de petit-déjeuner. Je compte bien avaler tout ce que Rosa a cuisiné.

Dante secoua la tête et colla son téléphone à son oreille :

— Salut, bébé. Nous venons d'arriver chez ton grand-père. Un problème ?

— Oui, c'est Vicks, répondit Rook, d'une voix tendue. Il me fait suivre. Il m'est tombé dessus *Chez Bergan*. Ça s'est mal passé pour lui et il en veut encore plus qu'avant. Il m'arrachera la tête pendant qu'il me baisera. Comme une mante religieuse ! Crois-tu que je doive lui apporter un bouquet de roses et une bouteille de ketchup pour que son repas passe plus facilement ?

Dante sentit son sang se congeler dans ses veines. Il s'appuya contre la carrosserie et chercha à contrôler sa colère. Vicks devenait un véritable problème. Le genre qui tenait à mettre la main sur un suspect, mort ou vif. Un comportement obsessif que Dante avait déjà vu chez Vince, son ancien partenaire.

— Que s'est-il passé ? Raconte-moi tout depuis le début.

Le récit de Rook fut clair et concis. Parfois, l'ancien voleur laissait tomber les artifices avec lesquels il avait l'habitude de charmer son public. Doté d'un esprit vif et observateur, il aurait fait un bon inspecteur – ce qu'il serait certainement horrifié d'apprendre ! Il avait la rare capacité de s'en tenir aux faits sans s'emberlificoter dans les détails, ce que la plupart des flics mettaient des années à acquérir. Pourtant, Dante comprit que Rook minimisait l'attitude menaçante de Vicks. Une nouvelle vague de colère monta et lui serra la poitrine. Il se força à respirer, à se calmer. Il portait un badge, bon sang, et son arme de service n'était pas censée servir à des vengeances personnelles.

Mais sa relation avec Rook était encore neuve, parfois trop neuve. Et Dante avait encore du mal à la gérer. Car même si Rook et lui étaient ensemble, tout n'était pas limpide entre eux.

Il était tombé amoureux d'un homme aux yeux étranges qui avait du mal à accepter des marques d'affection. Malgré leurs différences, Rook le complétait, le poussait dans une direction que Dante n'aurait jamais envisagée. Le farouche sentiment de protection qu'il avait éprouvé jusque-là uniquement pour Manny englobait Rook, dorénavant, mais d'une manière différente que Dante trouvait troublante. Et en écoutant son amant lui relater son entretien avec Vicks, les menaces de l'inspecteur, son agressivité physique, il sentait la tension de Rook.

Une rage folle lui monta au cerveau. Dante ne se reconnaissait plus. Des mots datant de son enfance lui échappèrent des lèvres sans qu'il puisse les retenir, des insultes cubaines qu'il avait dû apprendre de son père. Le vœu de transformer Vicks en eunuque le calma un peu.

À l'autre bout du fil, Rook eut un petit rire amusé.

— Je ne sais pas ce que tu as dit, reconnut-il d'une voix sensuelle. Si tu veux une réponse, Montoya, il va falloir que tu traduises en anglais, en californien, en mexicain ou en vietnamien, mais je doute qu'il s'agissait d'une question.

— Désolé, *cuervo*. Il est plus prudent que tu ne saches rien. Vicks est une ordure et je lui arracherais les couilles si j'en ai un jour l'occasion.

Un halètement retentit derrière lui. Dante se tourna et vit Rosa sur le pas de la porte. Elle le fixait d'un air inquiet. Il la rassura d'un sourire assorti d'un geste de la main.

— Je parle à Rook, Rosa. J'en ai pour une minute.

Elle acquiesça et lui indiqua, par gestes, que les autres prenaient un verre à l'intérieur. Il acquiesça et attendit qu'elle referme la porte pour continuer sa conversation.

— Comment s'est terminé votre... entretien ?

Rook ricana.

— Le propriétaire de *Chez Bergan*... tu sais, le bonhomme qui a l'air d'un gnome, eh bien, il s'est pointé avec un fusil et il a fichu Vicks à la porte.

Finalement, il est moins vieux que je le pensais – peut-être a-t-il juste abusé des substances toxiques durant son adolescence, ça fait des ravages à ce qu'on dit. Bref, ce brave Harsgard Thorkenberry est marié à un inspecteur de Central. Il a menacé Vicks d'appeler les flics, Vicks a préféré filer.

— Thorkenberry ? Oui, je le connais. Un mec sympa, il est aux Affaires Internes. J'ai eu affaire à lui quand Vince a déconné avec toi.

En général, évoquer le passé rendait Rook nerveux, mais Dante était reconnaissant à Thorkenberry de s'être comporté en bon flic, aussi bien envers un voleur injustement accusé qu'envers un inspecteur que son partenaire avait mis dans la merde. Après enquête, Vince avait été éjecté de la police.

— *Cuervo,* ça va ? demanda Dante. Tu tiens le coup ?

Un an plus tôt, ou même le mois dernier, Rook aurait évité de répondre. Mais le Rook auprès duquel Dante s'était réveillé le matin, celui qui possédait ce doux visage que Dante caressait si souvent, ce corps qui le rendait fou, celui qui poussait des tels cris au moment de jouir... ce Rook soupira avant de lui briser le cœur.

— Non, pas vraiment, murmura-t-il au téléphone. Ce salopard m'a fichu la trouille, Montoya. Pas sur le moment, pas pendant que je l'affrontais... mais après. Oui. J'ai sacrément peur. Il m'a fait suivre quand j'ai quitté la maison ce matin et je n'ai rien remarqué. Je perds la main, c'est évident. Maintenant, je me joue des films. Et si c'était Vicks qui avait tenté de griller mon magasin ? Qu'est-ce qui va l'empêcher de me filer pendant que j'arpente Los Angeles en vaquant à mes occupations ? Et s'il me coince au coin d'une rue et me règle mon compte ? Qu'est-ce que je vais devenir avec un con pareil à mes trousses ?

Dante serra les poings et rêva de casser tous les os de Vicks un par un. Il ne supportait pas la brisure qu'il percevait dans la voix de Rook. Il tremblait de colère, conscient de la lutte ayant lieu dans sa tête. Une partie de lui réclamait le sang de Vicks, s'il avait l'occasion de tirer, il... son esprit rationnel et logique lui conseillait de se calmer. Il grinça des dents, respira un grand coup et tenta de contrôler la rage qui l'aveuglait.

— Hé, tu es toujours là ? souffla Rook, sans doute étonné de son long silence.

Dante se concentra et retrouva la parole.

— Il ne te touchera pas, *cuervo*. Je ne le permettrai pas.

83

La porte du château s'ouvrit une fois de plus. Hank avança sur le seuil et leva un sourcil interrogateur. Dante secoua la tête et fit signe à son partenaire de retourner à l'intérieur.

— Où es-tu maintenant, Rook ? À la maison ?

« La maison ». Étrange, mais ce terme s'appliquait désormais à l'appartement de Rook au-dessus du magasin, plus qu'au bungalow qu'il avait longtemps partagé avec Manny.

— Oui, je suis dans la voiture, derrière le bâtiment. Je voulais te téléphoner avant d'entrer.

Un couinement sonore retentit à l'autre bout du fil. Dante n'eut pas le temps de poser la question, Rook éclata de rire.

— J'ai acheté un lot de jouets en fer blanc, annonça-t-il. Le personnel va adorer ça ! J'en ai au moins pour vingt-cinq kilos.

— Des jouets ?

— Oui, et pas mal d'autres trucs. Je devais bien ça à Thorkenberry pour m'avoir tiré des pattes de Vicks. Je crois avoir plus ou moins vidé son dernier étage. Il a promis de me faire livrer les grosses pièces en fin de journée. Tu sais, j'aurais volontiers acheté tout le magasin tellement je lui étais reconnaissant de son intervention. Il m'a sauvé. Pendant un moment, j'ai bien cru… que j'allais y passer. Je doute que Vicks se serait contenté de me botter le cul. Il ne tourne pas rond. Comme je le disais, je perds la main.

— Non, *cuervo*, répondit doucement Dante. Tu es en droit d'attendre d'un flic un minimum de décence. Casser la gueule de ceux qui nous énervent, ça n'est pas dans le manuel.

— Tu parles ! Tous les flics que j'ai connus étaient des pourris. Tu es le premier à qui je fasse confiance. Peut-être le seul.

La voix tendue de Rook commençait à inquiéter Dante. Il tint à plaisanter pour alléger l'atmosphère.

— Et Hank, alors ? Remarque, tu aurais de quoi te méfier de lui. Ce salaud a tendance à boustifailler mes tacos !

Rook s'empressa d'acquiescer.

— Oui, je me souviens qu'il a mangé les *carne asada* que je gardais dans ton frigo, bébé. Les tacos, c'est sacré, un vrai ami respecterait ça, tu ne crois pas ?

— Si, concéda Dante. Bon, Hank et moi avons prévu d'interroger Sadonna. J'aimerais en savoir plus de ce que manigançait Harold. Peut-être trouverons-nous de quoi innocenter la veuve et nous rapprocher du vrai tueur.

— Au fait, Vicks m'a raconté des trucs bizarres. Je ne sais pas si c'est vrai, mais il prétend que Harold était un homo dans le placard. Du coup, il refusait de divorcer.

Surpris par ce coup de théâtre, Dante en oublia sa colère.

— Quoi ? Mais Harold n'était pas gay ! Bon, je n'y comprends plus rien. Raconte-moi ce que Vicks t'a dit.

— D'après lui, Sadonna voulait divorcer, mais sans devoir payer une pension à vie. Elle aurait tenté de faire chanter Harold. Elle a pris des photos compromettantes de lui et de son amant. Elle aurait menacé de les montrer à Archie. Un moment, Montoya…

Dante entendit une sirène passer à l'autre bout du fil. Puis Rook reprit la ligne.

— Excuse-moi, fausse alerte. Un connard s'est emplafonné dans la borne anti-incendie du bout de la rue. Vicks prétend que Sadonna a accepté un mariage-bidon pour éviter que Harold soit renié par Archie et déshérité.

— Harold homosexuel ? Ça me parait peu plausible.

Dante évoqua les rares fois où il avait été en présence du cousin de Rook. Il n'en gardait aucun souvenir précis. Trop occupé à se mordre la joue pour ne pas s'énerver des piques incessantes que lançaient à son amant ses foutues tantes aigries – les sœurs de Beanie, la mère de Rook –, il avait peu porté attention aux autres convives de la table d'Archie.

— Pourquoi Harold aurait-il eu besoin d'une épouse fictive ? protesta-t-il. Tu es gay, Alex aussi. Archie s'en contrefout.

— Il n'a pas toujours été ainsi, répondit Rook. Beanie m'en a souvent parlé : Archie était bigot et étroit d'esprit, le pire raciste que la terre ait un jour porté. Un vrai connard quoi ! Beanie a donc préféré se barrer. Mais Archie a changé en vieillissant. Il n'a cessé de le démontrer depuis que nous nous sommes retrouvés. Pour être franc, ma mère était une droguée qui trouvait amusant de vivre avec des forains, mais concernant son paternel, elle ne mentait pas. Archie peut être très con. Plusieurs fois, j'ai failli le planter sans un regard en arrière. Il a fini par comprendre que son argent ne m'intéressait pas et que je me fichais de figurer ou non sur son testament. Ça lui a fait un choc, il avait tellement l'habitude de voir les gens se prosterner devant lui ! À dire vrai, Alex ne l'a jamais fait, mais il voyait assez peu Archie. Du coup, le cher homme ne pouvait se faire les griffes sur lui.

Dante réfléchissait en mâchonnant sa lèvre inférieure.

— Oui, Alex est plus du genre à esquiver avec grâce qu'à affronter bille en tête. Il a préféré éviter Archie plutôt que de lui dire d'aller se faire foutre.

— Moi, j'ai vraiment du mal à me retenir. Quand je me suis trouvé devant Archie, j'étais plein d'idées préconçues à son sujet, à cause de Beanie et de la façon dont elle parlait de lui quand elle était ivre. Nos débuts ont été explosifs. C'est toi qui as amélioré notre relation, Montoya, au moment où tu m'as accusé d'avoir tué Danielle.

— Es-tu vraiment obligé d'y revenir ? C'est de l'histoire ancienne. Je pensais que c'était oublié !

Rook ricana.

— Exact, mais j'aime te rappeler que tu commets aussi des erreurs.

— D'accord, maintenant, concentre-toi. Vicks t'a-t-il donné le nom de l'amant de Harold ?

— Non, Thorkenberry l'a expulsé sans lui donner le temps de développer sa théorie. Peut-être me croyait-il au courant, peut-être pense-t-il que c'est la raison ayant poussé Sadonna à m'aider. À mon avis, il a un nom, mais il a préféré le garder pour lui. C'est idiot, d'ailleurs, il me suffit d'interroger Sadonna pour avoir la réponse.

Après un bref moment de réflexion, Rook se reprit :

— Non, non, non, c'est justement ce qu'il voulait que je fasse. Sans doute espère-t-il d'elle une réaction – stupide de préférence.

En entendant Rook travailler à haute voix sur l'enquête, Dante ne put retenir un rire.

— Si tu veux entrer dans la police, je peux t'écrire une chaleureuse lettre de recommandation, tu sais.

— Tu es dingue ou quoi, Montoya ? Un flic dans la famille, ça nous suffit.

« La famille ». Dante en eut chaud au cœur. Les derniers miasmes de sa colère disparurent.

Puis Rook se racla la gorge et grommela au téléphone :

— Hé, comptes-tu rentrer directement à la maison après avoir vu Sadonna ? J'ai à te parler, bébé. C'est important. Je veux que ça se passe entre quatre yeux.

Dante se hérissa en entendant le sérieux de son amant.

— Tu m'inquiètes, bébé. Y aurait-il un autre problème ?

Un autre petit rire, mais amer celui-ci. Et Dante se remit à grincer des dents.

— Non, pas pour toi, jeta Rook d'un ton atone. Tout va bien pour toi. Je viens de passer une journée de merde et j'ai… envie de te voir. Tu… tu me manques, mec. Reviens aussi vite que tu pourras, d'accord ? Une fois que tu seras là, je me sentirai mieux.

— Je t'aime, *cuervo*, souffla Dante. Ne l'oublie jamais.

— Je sais, Montoya. Viens vite me le redire. Me le démontrer.

DANTE TROUVA Hank installé dans la bibliothèque du château, un sandwich au pastrami dans les mains – franchement énorme, presque aussi gros qu'un teckel. Son partenaire bavardait avec celle qu'ils étaient venus interroger.

Sadonna Swann leva les yeux quand Dante entra et l'accueillit d'un sourire éblouissant savamment travaillé, parfait équilibre entre mélancolie et sensualité, de quoi attendrir le cœur d'un homme et faire durcir son entrejambe. Pour une veuve au deuil récent, elle était très en beauté avec sa chevelure d'or pâle élégamment coiffée, sa peau hâlée et ses traits patriciens. Dante avait beau préférer les hommes aux longues jambes et au verbe vif, il dut reconnaître que Sadonna était une femme de pouvoir, à la fois blonde glamour, bombe sexuelle et star vintage. La voix sensuelle et éraillée, chargée de promesses implicites, faisait presque oublier l'intelligence rusée qui brillait dans les grands yeux verts.

Hank n'avait pas eu la moindre chance.

Son partenaire lui désigna une console sur laquelle trônaient un plateau et une assiette recouverte d'une serviette.

— Il y a un autre sandwich pour toi, Montoya, marmonna-t-il, la bouche pleine. Et Rosa nous a apporté du café.

— Nous venons de déjeuner, Hank, lui rappela Dante.

Il salua Sadonna d'un signe de tête et s'installa dans le fauteuil en face d'elle. S'y adossant, il prit le temps d'examiner la pièce. Sadonna s'était placée sous un énorme tableau d'Archie à la fin de son âge d'or. Le portrait réaliste représentait un homme au nez acéré et aux yeux vairons, avec de l'acier dans les veines.

La bibliothèque, très haute sous plafond, était un temple dédié aux traditions masculines, imprégné de la présence d'Archie. L'air sentait la vanille, la fumée et le vieux cuir des volumes précieux. Une légère odeur de tabac s'attardait, rappel de l'époque où Archie allumait encore un des vieux calumets qui trônaient sur le manteau de la cheminée. Les étagères en bois sombre, les sièges rembourrés et les tapis persans évoquaient aussi un club victorien pour gentlemen britanniques. C'était l'une des rares pièces du château à ne pas être encombrée de capharnaüm.

Puis Sadonna se pencha, la main tendue.

— J'ignore si vous vous souvenez de moi, inspecteur Montoya, mais nous nous sommes déjà croisés. Je suis Sadonna Swann, Comme Madonna, mais avec un S.

— Je m'en souviens parfaitement, Mme Swann. Je vous remercie d'avoir accepté cette entrevue.

Dante lui serra la main. La paume était douce et sèche, les doigts ne tremblaient pas. Le téléphone de Hank émit alors un « *bip* ». Sadonna tressaillit et retira ses doigts. Avec un sourire un peu crispé, elle ajusta l'avant de son chemisier.

— Vérifie qui t'appelle, Camden, indiqua Dante avec fermeté. C'est peut-être le capitaine qui cherche à nous joindre.

Depuis combien de temps Hank laissait-il son téléphone biper sans vérifier ses messages ? Dante ne pouvait le savoir, mais juste après avoir raccroché avec Rook, il avait envoyé un texto à son partenaire en lui faisant un résumé rapide de ce qu'il venait d'apprendre concernant Sadonna, Harold et Vicks. Bien étendu, il avait détaillé les menaces que Rook avait subies.

Déjà, Hank lisait son message, le visage figé. Son attitude se modifia. Il posa ce qui restait de son sandwich, s'essuya la bouche et leva les yeux vers Dante, avant de hocher la tête.

— Ce n'est rien, marmonna-t-il, c'est ma femme. Elle veut savoir quand je compte rentrer. Bon, vas-y, Montoya, tu poses les questions et je prends des notes, ça nous fera gagner du temps.

Sadonna se pencha pour récupérer son café, puis tourna vers les deux hommes des yeux tristes et mélancoliques.

— J'apprécie que vous soyez prêts à m'aider, souffla-t-elle. Je doute que l'inspecteur chargé de l'enquête se donne la peine de chercher le véritable tueur. Il m'a déjà arrêtée pour meurtre. N'est-il pas censé céder la parole aux avocats à présent ?

Dante s'adressa à elle d'un ton soigneusement contrôlé :

— Vous n'êtes pas encore officiellement accusée parce que les charges de l'accusation ne sont pas étayées, mais Vicks persiste à vous croire coupable. Nous voudrions trouver un autre suspect à présenter au procureur. Que pouvez-vous nous dire concernant l'amant de Harold ?

— Ce serait le bon moment de nous remettre les photos et le film que vous avez, madame, intervint Hank. Si vous savez qui est cet homme ou comment le contacter, ça nous aiderait à vous innocenter.

Sadonna carra les épaules, ce qui eut pour effet de soulever ses seins. Hank ne tiqua pas. Elle jeta alors un coup d'œil aguicheur en direction de Dante, mais se rappela vite n'avoir aucun pouvoir sur lui. Il lut dans ses yeux le moment où elle se résigna. Elle soupira et répondit :

— Eh bien… je n'ai rien, ni photos ni film. J'ai menti. Je voulais juste convaincre Harold de m'accorder le divorce.

— Alors, il n'y a pas d'amant impliqué ? insista Dante. Harold n'était pas gay ?

Elle laissa échapper un rire amer.

— Oh si, il était plus gay qu'une licorne arc-en-ciel. Il est resté dans le placard toutes ces années parce qu'Archie était bien moins tolérant concernant ces choses-là avant de retrouver Rook. Et Harold n'a pas eu un seul amant ! Il couchait avec tous les hommes qu'il rencontrait. Ceux qui l'acceptaient, du moins.

— Alors, pourquoi l'avoir épousé ? demanda Hank. Qu'espériez-vous de ce mariage ?

Sadonna grimaça.

— Des relations, répondit-elle. Harold fréquentait des gens influents dans le monde du cinéma. À Hollywood, une femme a besoin de toute l'aide qu'elle peut trouver. Tout allait bien jusqu'au moment où Archie a insisté pour que nous produisions des enfants. Harold se sentait très menacé par la réapparition de Rook, il tenait à consolider sa place dans la famille.

— Alors, Harold n'avait pas d'amant en titre ?

Quelque chose le dérangeait dans l'attitude de Sadonna. Elle jouait son rôle par habitude, maniérisme et mimiques outrageusement féminines, mais elle gardait la tête détournée et ses yeux erraient dans la pièce. En vérité, elle ne leur portait plus aucune attention.

Hank pinça les lèvres et jeta à Dante un regard sceptique.

— Si, admit Sadonna. Je l'ignorais d'ailleurs, avant que la femme de ménage, Jennifer, m'annonce cette bonne nouvelle. Elle ne m'a jamais aimée, vous savez. Elle est très loyale envers Harold. Un matin, donc, alors que je lui demandais du thé, elle m'a répondu de le savourer, parce que cela risquait d'être la dernière tasse que je prendrais dans cette maison. D'après elle, Harold comptait s'installer avec celui qu'il aimait.

— Et vous l'avez crue ? demanda Hank, d'un ton prudent.

— Oui. Jennifer était prête à tout pour me chasser de la maison. Entre elle et Margaret, la mère de Harold, j'avais l'impression de marcher sur une glace de plus en plus fine. J'avais envisagé de renvoyer Jennifer, reconnut Sadonna, mais elle était payée par une des sociétés d'Archie, alors, c'était Harold son vrai patron, pas moi. Jennifer idolâtrait Harold. Je ne serais pas surprise qu'elle ait mis la main sur cette affreuse statue qui a tué Harold. Sans doute a-t-elle placé ce faucon dans le sanctuaire de Harold de sa salle à manger !

Hank se renfonça dans son siège.

— Hum, marmonna-t-il. Dites-moi, Mme Swann… que savez-vous *au juste* de la statue ? Et pourquoi croyez-vous que Harold ait été tué avec ce faucon ?

IX

— Ben, cela a été rapide ! grommela Camden. J'aurais parié qu'elle allait nous raconter un tas de bobards, mais je n'avais pas prévu qu'elle se ferme comme une huître et nous vire comme des malpropres.

Les deux hommes quittèrent le château, dévalèrent les marches et retournèrent au SUV garé dans l'allée. Dante ouvrit la portière, puis s'arrêta pour regarder le vieux château importé d'Irlande. Les lourds rideaux de la bibliothèque étaient fermés, les fenêtres opaques ne révélaient rien de ce qui se passait dans la pièce.

— On dirait qu'elle a quelque chose à cacher, dit-il enfin. Il y a certainement un amant, mais je doute que ce soit une simple histoire de cul.

À son tour, Hank jeta un coup d'œil vers la maison, les rayons du soleil couchant faisaient flamboyer ses cheveux roux.

— Tu veux creuser cette piste ? Si tu penses qu'elle nous ment, nous pouvons laisser ça aux avocats.

— Je ne peux pas, répondit Dante. J'ai fait une promesse à Rook.

Il grimpa dans le Rover et attendit que son partenaire s'installe dans le siège passager. Puis il reprit :

— Je commence à me demander si Sadonna n'a pas manipulé Rook depuis le début. Après tout, elle lui a spontanément donné le moyen de pénétrer dans la maison, sous le prétexte de le laisser récupérer ce foutu faucon de cinéma que Harold lui avait piqué.

Hank se retourna pour lui faire face.

— Pourquoi s'est-elle adressée à Rook ? Le connaît-elle si bien ? Comment savait-elle que Rook allait accepter sa proposition ?

— Parce que Rook est un collectionneur acharné, répondit Dante, pensif. Il ne peut pas s'empêcher d'accumuler des richesses pour se sentir en sécurité. Une vraie pie !

C'était une vérité qu'il avait mis longtemps à comprendre. Plus il connaissait Rook, plus il comprenait d'où lui venait cette manie d'entasser. L'ancien voleur éprouvait une certaine fascination à l'idée de posséder des objets rares et précieux, bien entendu, mais sa véritable passion, c'était la chasse au trésor.

— Rook se passionne pour les trucs les plus imprévisibles, enchaîna-t-il. Il adore les bijoux, bien sûr, mais il est aussi capable de craquer pour une montre en plastique des années 50… Et il tient à posséder tout ce qui l'attire. J'ignore si c'est lié au fait d'avoir grandi dans une foire, avec presque rien, ou s'il est né comme ça… mais il accumule. Pour des raisons pratiques, il n'a pas assez de place pour tout conserver, alors il recycle la majeure partie de ce qu'il a, mais ce qui lui plaît vraiment, c'est de posséder. Il n'enfreint plus la loi, mais il ne peut pas résister à l'idée d'acquérir ce dont il a envie. Dans ce contexte, Sadonna a certainement joué sur sa vulnérabilité.

— Le plus étonnant, dit Camden à mi-voix, c'est qu'il se soit laissé faire. Il se méfie des femmes. Surtout après ce que lui a fait subir Charlene.

— Oui, il en est conscient. Il m'a dit la même chose. Croire à l'innocence de Sadonna n'a pas dû être facile pour lui. Il s'y est risqué parce qu'il se fie à son instinct, mais c'était avant que Vicks lui parle de l'amant de Harold.

— Quoi qu'il en soit, cet enfoiré de Vicks l'a toujours dans le collimateur. Il suspecte Sadonna, mais il ne va pas lâcher Rook. Alors, je suis d'accord avec toi. Il faut continuer à fouiner. Mais où ?

Dante réfléchit à ce qu'il savait de Harold.

— Et si on rencontrait cette fameuse Jennifer ? proposa-t-il. Il faudrait aussi interroger la mère de Harold. Elle n'aime pas Sadonna, elle pourrait nous en dire davantage.

Hank tenait à la main un sac en papier avec les sandwichs que Rosa leur avait emballés. Il le déposa par terre entre ses pieds.

— Tu y crois vraiment à cette histoire ? demanda-t-il en se redressant. Si Harold était gay, je vois mal comment il comptait faire des enfants à sa femme. Ça me paraît un peu difficile à avaler, mais… à Hollywood, tout peut arriver, même le plus bizarre.

— Oui, je garde mes options ouvertes. Chaque fois qu'une de nos théories paraît sortir d'une *telenovela*, elle se révèle être vraie.

Dante démarrait la voiture quand Hank se mit à ricaner.

— Quoi ? s'enquit-il en fixant son partenaire.

— La vie est parfois plus étrange encore que l'imagination des scénaristes. Tu ne trouves pas amusant qu'un ex-cambrioleur soit plus intègre que le flic qui cherche à le mettre en prison ?

Dante répondit d'un juron, Hank éclata de rire.

— J'en ai soupé de la vie étrange, reconnut Dante, je rêve de calme. La routine a du charme, quand on y réfléchit.

Hank secoua la tête et attacha sa ceinture.

— Désolé de te casser le moral, Montoya, mais le jour où tu as décidé de vivre avec Stevens, tu as renoncé au calme et à la routine.

QUAND DANTE se gara devant *Potter's Field*, le drap-panneau de Manny attirait encore des fans. Il dut freiner assez sec pour éviter de heurter un adolescent boudeur qui traînait des pieds derrière sa famille en vacances. Le visage du gosse s'éclaira un moment devant les vitrines d'Hizoku Ink, l'échoppe de tatouage. La porte d'entrée était ouverte, un vent paresseux faisait tinter la minuscule clochette accrochée à son cadre. L'ado ralentit le pas et scruta l'intérieur de la boutique, mais pas longtemps, car il se fit rapidement houspiller par sa mère ou sa grand-mère qui l'incitait à se dépêcher.

Quand Dante emprunta la porte latérale du bâtiment, Manny l'attendait.

Trouver son oncle dans la boutique de Rook le surprenait encore, même après quelques semaines de pratique. Le couloir était bien éclairé, le sol en marbre noir étincelant, les murs ivoire ornés d'appliques élégantes. L'endroit ressemblait davantage à un hall d'hôtel qu'à un palier d'ascenseur menant à un loft. On devinait la patte de Rook dans la rangée d'affiches encadrées sur les parois, films d'horreur ou de science-fiction, et sur la porte coupe-feu reliant le couloir au magasin en forme de cabine de police bleue. De l'autre côté, la porte était peinte en gris. Dante avait entendu l'un des employés du magasin se plaindre que le TARDIS était du mauvais côté, Rook n'avait fait qu'en rire.

Dante n'avait rien compris à cette réflexion, même quand Rook avait tenté de lui expliquer qui était le Dr Who. Plutôt que regarder plusieurs saisons de la série pour se mettre à jour, Dante s'était contenté d'un hochement de tête qu'il espérait poli.

Le visage de Manny exprimait la même incompréhension polie quand Dante vérifia que la porte extérieure se refermait derrière lui. Ensuite, il se pencha et embrassa son oncle sur la joue. Il aperçut alors un grand carton posé près de la porte communicante.

— Veux-tu que je monte ça à Rook ? Que se passe-t-il, *tío* ?

Mieux valait une approche directe quand Manny s'inquiétait, Dante le savait. Quelques mois plus tôt, son oncle avait eu tendance à tergiverser, à palabrer inlassablement avant d'en venir à ce qui le tourmentait. Mais c'était avant de travailler chez Rook. Si Manny restait l'homme doux et attentionné que Dante avait appris à apprécier, il était désormais plus sûr de lui, il se tenait plus droit. Et quand il avait un souci, il n'hésitait plus à aborder le sujet – que Dante soit prêt à l'écouter ou pas.

Manny secoua sévèrement la tête.

— Le garçon est revenu tout bouleversé, *mijo*. Il était tendu, inquiet et malheureux. Lui aurais-tu fait de la peine ?

— Non, Manny. Tu as trop tendance à m'accuser sans réfléchir.

Malgré sa prompte réponse, Dante repassa mentalement les propos qu'il avait échangés avec son amant au téléphone. N'y trouvant rien de particulier, il décida que si Rook était bouleversé, c'était la faute de Vicks.

— Je vais te demander un service, Manny, enchaîna-t-il. Si tu vois rôder par ici un inspecteur de police du nom de Vicks, préviens-moi sans attendre. Je vais tenter de te trouver une photo pour que tu le reconnaisses s'il entre dans la boutique sans se présenter. En revanche, je préfèrerais ne pas impliquer le reste du personnel. Vicks s'en est pris à Rook aujourd'hui. Il l'a fait suivre et lui est tombé dessus pendant une visite dans une boutique du centre-ville – où il acheté ses jouets en fer blanc. Ça ne me plaît pas.

Son oncle fronça les sourcils.

— Ça ne te plaît pas ? Eh bien, moi non plus. Rook a été relâché sans inculpation, si j'ai bien compris. Alors, de quel droit cet inspecteur s'acharne-t-il sur lui ?

— Je ne sais pas, mais je crains que ce soit personnel. Ce salopard de Vicks aimerait régler l'affaire au plus vite, sans trop se soucier de la culpabilité de ses suspects. Sadonna a admis d'avoir donné à Rook les codes de l'alarme, lui a reconnu être entré chez son cousin par effraction. Il n'a pas su résister à la tentation, je présume… Ça doit lui manquer de ne plus pénétrer illégalement chez les gens, alors il s'est arrangé pour satisfaire ses goûts très particuliers sans risquer de se faire arrêter.

Manny croisa les bras sur sa poitrine, le visage assombri et pensif.

— Et il a trouvé le cadavre de son cousin. Qu'en est-il de l'intrus qui se trouvait dans la maison quand Rook est arrivé ?

— D'après Vicks, Harold avait un amant. Sadonna l'a confirmé, sans pouvoir nous donner un nom. Pour le moment, je n'en sais pas plus. Si cet homme existe, il pourrait être suspect, mais pour l'instant, ce n'est qu'une théorie. Je n'ai aucune preuve que Harold était gay. Et si par hasard il l'était, sa famille l'ignorait.

Dante fit une grimace qui reflétait celle de Manny.

— Oui, je sais, reprit-il, c'est compliqué. J'ai laissé un message à la femme de ménage de Harold en demandant à lui parler. Elle travaillait pour lui depuis longtemps, bien avant son mariage avec Sadonna, alors j'espère qu'elle pourra me donner des infos. Ensuite, j'irai voir la mère de Harold. Camden et moi avons pris quelques jours de congé la semaine prochaine pour poursuivre nos investigations. Si la théorie de l'amant se confirme, c'est peut-être sur lui que Rook est tombé chez Harold. Dans le cas contraire, il va me falloir trouver qui détestait Harold Martin au point de le tuer, parce que Vicks ne changera pas d'avis : il pense que Rook a tué son cousin pour le compte de Sadonna.

Son oncle se mit à rire.

— On dirait un feuilleton télévisé ! L'épouse bafouée est généralement coupable, mais le public ignore ses motivations avant le dernier épisode. Pour en revenir à Vicks, il connaît bien mal Rook s'il croit vraiment qu'une femme aurait pu le pousser à agir contre son gré. Trouve-moi une photo de cet inspecteur pour que je puisse le reconnaître, *mijo*. En attendant, monte ce carton à l'étage : il vient d'être livré pour Rook, mais j'étais occupé ailleurs quand il est arrivé.

Dante se pencha et souleva le carton. Il poussa un grognement.

— *Mierda*, c'est plus lourd qu'il n'y paraît. Qu'y a-t-il dans ce foutu carton ?

— Je ne sais pas, mais Rook en reçoit souvent, inutile d'être aussi suspicieux. Aujourd'hui, il a acheté des tas de choses et inventorier ses acquisitions nous a pris du temps. Je n'ai pas pensé à monter. Je n'en aurais pas eu le temps. Nous avons réalisé un excellent chiffre ! C'est en partie grâce à moi, d'ailleurs. Les fenêtres cassées et le message sur le drap nous ont fait une remarquable publicité.

Dante mit le carton sous son bras, contre son flanc.

— Je vois. Rook a beaucoup apprécié ton initiative. Ne m'attends pas ce soir, je…

Manny l'interrompit en lui tapotant le visage avec un sourire.

— Mais oui, je sais. Ça fait bien deux semaines que tu as déserté la maison. Rester seul le soir ne me dérange pas, tu sais. Si j'ai envie de compagnie, je prendrai un copain. Ou un chien. N'oublie quand même pas de passer le samedi tondre la pelouse.

En appuyant sur le bouton d'appel de l'ascenseur, Date ricana.

— Si je comprends bien, tu m'éjectes de chez moi ?

— Allons, *mijo*, voyons les choses en face, répondit Manny avec entrain. Nous partagions une maison, mais ici, tu as trouvé un foyer.

LES LOURDS rideaux du loft étaient tirés, occultant la vive lumière de l'après-midi. Quelques lampes LED étaient allumées, donnant au salon une teinte dorée. Le doux parfum de la vanille monta au nez de Dante dès qu'il sortit de l'ascenseur. Il déposa son carton sur l'îlot de cuisine, puis traversa le loft jusqu'au lit caché derrière le mur d'étagères.

Rook y était assis, les genoux pliés, vêtu d'un tee-shirt et d'un pantalon de yoga attaché d'un cordon à la taille. Il appuyait sa tête sur le mur derrière lui et serrait entre ses mains inertes une tasse de thé odorant.

Il semblait perdu dans ses pensées, son visage, en général si animé, était figé, sans émotion. Le voir aussi immobile et silencieux était plutôt étrange. D'ordinaire, il était toujours en mouvement, du moins en donnait-il l'impression. Même assis, il agitait les mains, bougeait la tête, ses yeux suivant le monde autour de lui avec une acuité d'une intensité un peu effrayante. Dante ne reconnaissait pas l'homme dont il était tombé amoureux, celui qui vibrait en présence d'autres personnes et réagissait au moindre mouvement.

Plus étrange encore, Rook ne semblait *même pas* avoir remarqué que Dante l'avait rejoint. Cette atonie tourmenta Dante, plus encore que le harcèlement de Vicks, les mensonges de Sadonna et toutes les casseroles – ou les lignes de fond plombées – que son amant traînait derrière lui.

Il ôta ses chaussures et avança jusqu'au lit.

— Hé, *cuervo*. Tu me sembles ruminer de sombres pensées.

Toujours muet, Rook leva sur lui ses yeux vairons à l'expression solennelle. Il cligna à peine des paupières quand l'ombre de Dante, projetée par la lampe derrière lui, tomba sur lui.

Dante récupéra la tasse que Rook ne buvait pas et s'inquiéta des doigts glacés de son amant. Il posa le thé sur la table de nuit, à côté du lit. Le matelas bougea quand Dante y grimpa. Impatient de rompre le silence dans lequel Rook semblait muré, Dante s'apprêtait à parler. Il n'en eut pas le temps : son amant lui tendit les bras.

Dante le serra contre lui, appréciant la taille fine qui ployait sous ses mains.

C'était si *bon* de s'allonger sur Rook, de laisser son corps peser sur le sien, contre la courbe de la hanche et la fermeté du ventre. Dante bougea un peu les jambes, enserrant les cuisses de Rook et faisant porter son poids sur ses genoux. Le soupir de Dante fit écho à celui que Rook poussait contre sa gorge.

— Dieu merci, tu es à la maison ! murmura Rook. Je suis tellement content !

Il resserra sa prise sur Dante, caressa son dos et traça la ligne des muscles encore douloureux d'une séance d'entraînement matinal au gymnase *Chez JoJo*.

Les lèvres de Rook trouvèrent un endroit sensible sur la mâchoire de Dante, probablement dû au crochet reçu de l'ex-partenaire de Hank durant leur round sur le tapis de boxe. Étrangement, la petite douleur attisa l'excitation de Dante. Le feu du désir s'embrasa dans son ventre, avant de se propager en lui.

Rook Stevens était la seule addiction dont Dante ne pouvait pas se passer. Sans lui, il ne vivait pas, pas vraiment. Même au début, quand il tentait de repousser Rook, de le traiter d'escroc et de menteur, le voleur arrogant s'était incrusté au plus profond de son âme, brûlant ses veines d'un désir irrépressible. Malgré les avertissements de son bon sens, Dante avait été obsédé au premier coup d'œil.

Maintenant, il ne pouvait pas imaginer la vie sans lui. Rook était la plus belles des pires erreurs de son existence.

Arraché à ses pensées, Dante haleta sous le coup d'une vive douleur : Rook venait de le mordre.

— Moi aussi, je suis content d'être rentré, répondit-il.

Il goûta à nouveau aux lèvres pleines de son amant, savourant leur chaleur parfumée au chai et à la vanille. Rook bandait. Son sexe érigé poussait contre la hanche de Dante. Ce dernier se déplaça, pour donner plus d'espace à son amant. Il trouva le mamelon de Rook et le fit rouler sous son pouce à travers le fin tissu de son tee-shirt.

— Tu as trop de vêtements, *querido*.

— *Querido* ? Vraiment ?

Rook roula les épaules en arrière, laissant Dante glisser le long de son corps. Il voulut s'asseoir, Dante l'en empêcha et le repoussa doucement.

Rook étrécit les yeux, l'air sévère.

— Quoi encore ? Comme si je n'avais pas subi assez de brutalité policière aujourd'hui !

Dante émit un petit bruit de bouche réprobateur.

— Cela n'a rien à voir. Lorsque c'est moi qui m'occupe de toi, tu ne t'en plains pas. Tu vas voir, je vais te le prouver.

Il adorait déshabiller Rook, c'était un plaisir qu'il faisait durer le plus longtemps possible. Il aimait voir le corps de son amant émerger de son cocon, toujours ému de la vulnérabilité qu'exprimait le beau visage une fois Rook dépouillé du rempart de ses vêtements. Nu et exposé sur le lit, Rook était un régal pour les yeux. Et Dante était le seul à avoir accès aux secrets que Rook cachait au reste du monde. Il ne s'en lassait pas.

Bien sûr, Rook avait connu d'autres hommes dans le passé, mais de façon fugace, juste des ombres qu'il utilisait quand il avait envie de baiser. Aucun ne s'était attardé. En toute franchise, Dante doutait que Rook ait cherché à se souvenir d'eux une fois sa faim assouvie. Aux yeux de Rook, les relations étaient dangereuses. Il se méfiait des liens invisibles enchaînant deux êtres. Doutant de tout et de tous, l'ancien voleur était convaincu qu'en cas de problème, ce serait chacun pour soi.

Et pour lui, les problèmes étaient monnaie courante.

Dante fit glisser ses doigts calleux sur le ventre doux, jouant avec la toison qui bouclait autour du nombril. Il entendit son amant haleter, vit les abdominaux se creuser sous la caresse. Il continua ses explorations, toujours avide de découvrir le corps pâle. Il en connaissait toutes les imperfections, les minuscules cicatrices et les taches brunes. Au cours de sa jeunesse, Rook s'était souvent brûlé quand il travaillait avec les forains en tenant un stand de barbe à papa ou de popcorn.

Puis Dante insinua sa langue dans le nombril creusé, heureux de voir son amant se cambrer et agripper ses cheveux. Dante glissa plus bas et aspira le gland humide. Rook s'efforça d'abord de rester immobile pendant que Dante jouait avec son sexe à petits coups de langue. Il finit par craquer.

— Allumeur ! grogna-t-il. Seigneur, Montoya, tu me tues !

Dante gloussa.

— Mais non, mais non, tu es plus résistant que ça, nous le savons tous les deux. Et je te rappelle que tu es censé m'appeler Dante, pas Seigneur. L'aurais-tu oublié ?

Parfois, Dante était tenté de menotter Rook et de prendre tout son temps avec lui, usant de ses mains et de sa bouche sur le corps offert à sa convoitise, mais jamais son amant ne l'aurait supporté. Impatient et pressé, il menait sa vie au pas de course, avec un but dans la tête, un objectif à atteindre. Lui apprendre à prendre son temps n'avait pas été facile. Dante avait dû tirer sur les rênes et démontrer à Rook la jouissance du plaisir retardé. Les obstacles avaient été nombreux : les peurs irrationnelles de Rook, la distance qu'il tenait à garder vis-à-vis de ses émotions, les remparts dont il entourait son cœur pour lui éviter d'être déçu, sinon brisé. Une fois de plus.

Dante se sentait capable de passer une éternité à tenir ce cœur entre ses mains, à l'embrasser et le caresser pour effacer des blessures anciennes, mais ce n'était possible que si Rook était prêt à le lui donner. Or, forcer Rook à savourer le plaisir au ralenti l'obligeait à faire confiance à Dante, à se laisser dorloter et aimer.

— Je veux t'entendre dire mon nom, *cuervo*, insista Dante. Laisse-toi aller, je suis là. Parle-moi. Oublie tout le reste… S'il te plaît… pense à nous. Pense à ça…

Il posa son pouce contre le méat du gland palpitant et étala sur la peau veloutée l'humidité qui y perlait.

Rook ouvrit les yeux. Le doute flamba brièvement dans ses étranges prunelles dépareillées. Après une enfance difficile, les coups, l'abandon, l'anxiété et la trahison, il ne connaissait que la fuite pour survivre. Les cicatrices qu'il portait sur sa peau n'étaient rien comparées à celles de son âme, invisibles mais bien plus nombreuses et profondes. Dans sa vie passée, Rook n'avait jamais pu compter sur personne. Il avait dû apprendre à se relever seul une fois à terre. Et s'il était sorti du bourbier dans lequel il était né, il ne le devait qu'à lui-même, à sa volonté et à sa débrouillardise. Aussi Dante tenait-il plus que tout au monde à être celui vers qui Rook se tournait désormais quand sa vie devenait compliquée, ses soucis trop lourds pour être portés seul.

Enfin, Rook posa la main sur la joue de Dante

— J'y pense, souffla-t-il. C'est… difficile, mais j'y pense, je t'assure.

Juste après avoir haleté ces mots, Dante le sentit s'abandonner avec un grand soupir. La tension disparut du long corps musclé étalé sous le sien. À partir de là, le désir prit le dessus, alimenté par une journée de tension et le besoin qu'avait Rook d'être rassuré, malgré sa réticence à l'admettre.

La danse éternelle de l'amour commença. Les chuchotements de Rook à même sa peau étaient aussi érotiques pour Dante que les doigts serrés sur son sexe. Leurs deux corps ondulaient l'un contre l'autre, avec des gémissements et grognements ponctués de rires brefs. La passion montait en eux comme un raz de marée puissant et irrépressible.

Dante adorait tout chez Rook, le sexe qu'il tenait dans la main, l'odeur musquée des cuisses, des bourses. Il y frotta son nez, amusé par l'étrange timidité de son amant – de toute évidence, il n'avait pas l'habitude d'être aussi intimement exploré. Lui aussi portait des marques : sa gorge était marbrée de morsures et sa poitrine mouillée de coups de langue.

— Soulève les genoux, bébé, l'exhorta Dante.

Il admira la lumière dorée qui caressait le torse nu de Rook. Il se pencha et lécha le tatouage que son amant portait à la hanche : une plume noire. Se redressant, il ouvrit la bouteille de lubrifiant que Rook lui lançait. Du bout des doigts, il souleva le menton de Rook et enchaîna :

— Regarde-moi. Je veux voir tes yeux, je veux y lire tout ce que tu ressens.

Ses doigts cherchèrent l'ouverture du corps et y pénétrèrent jusqu'à la deuxième phalange. Les prunelles dépareillées s'assombrirent, devenant presque noires. Rook haleta et ferma à demi les paupières. Dante le caressa, cherchant à l'assouplir. Pour le faire patienter pendant ces préliminaires, il se pencha et déposa un baiser sur le sexe palpitant.

Les hommes avaient parfois de grands mots et de belles images pour décrire le goût du sperme de leurs amants, ils parlaient d'étoiles, de grands crus ou d'océan. Plus simplement, Dante aimait cette amertume musquée, masculine et unique. Pour lui, c'était du plaisir liquide, un orgasme qui bouillonnait avec l'éruption. Quand il avait Rook dans la bouche, il n'évoquait ni une nuit étoilée ni la brise marine, mais la sueur, le mâle et le sexe. Il naissait alors au fond de sa gorge une soif inextinguible qui le poussait à revenir boire à la source, encore et encore.

Une idée jaillissant dans son esprit, il éclata de rire, ce qui faillit briser l'ambiance. Rook fronça les sourcils. Dante le rassura d'un baiser, mais son amant insista, curieux malgré son excitation.

Fidèle à lui-même, une vraie pie !

— Pourquoi ce rire ? répéta Rook.

Dante bougea ses doigts lubrifiés et esquissa de légers va-et-vient.

— Une idée loufoque qui m'est venue, répondit Dante. Tu as le goût du sel sur un verre de margarita, une légère amertume juste avant que la douceur de la tequila envahisse la gorge.

Rook le toisa d'un air sévère, les sourcils toujours froncés, puis il pinça un des mamelons de Dante, ses ongles s'enfonçant dans la peau sensible.

— Aïe ! se plaignit Dante. Quoi ? Tu as voulu savoir.

— De la tequila, hein ? grommela Rook. Je ne suis pas certain que ce soit un compliment. La tequila provoque souvent des ennuis.

— J'adore la tequila ! affirma Dante.

À genoux entre les jambes pliées de son amant, il se pencha en avant et présenta son sexe à l'orée du corps offert. Il força à peine l'entrée, puis embrassa longuement Rook pour lui donner le temps de s'accoutumer à son intrusion.

Relevant à peine la tête, Dante ajouta :

— Et les ennuis ne me font pas peur. C'est sans doute pour ça que je t'aime.

Il se remit à embrasser Rook, presque avec violence tout en le pénétrant. Il grogna dans la bouche de son amant quand un brûlant fourreau se contracta autour de son sexe. Une fois enfoui jusqu'à la garde, Dante caressa le ventre de Rook.

Leurs membres étaient entremêlés, Rook s'accrochait aux cuisses de Dante, ses doigts s'enfonçant dans la chair. Puis il remonta vers les reins et les malaxa avec force. Obéissant à cet ordre muet, Dante laissa son poids retomber sur le torse de Rook, étendu entre ses jambes, les mains à plat sur le lit. Sa bouche était toujours contre celle de son amant, humant son haleine parfumée au thé noir. Couché sur Rook, son sexe enfoui en lui. Il se sentait bien, il se sentait chez lui. C'était le meilleur endroit au monde.

Rook passa les bras autour de son cou, se laissa soulever et repositionner sur les oreillers. Les deux amants étaient humides de sueur, leurs peaux moites brillaient un peu malgré l'obscurité qui s'installait dans la chambre. Le soleil se couchait. Dante ondula des hanches, Rook gémit bruyamment.

— Putain, tu es… Dante !

— Accroche-toi bien, *cuervo*.

Il lui soutint le dos et les épaules, et le courba contre lui. Rook noua les jambes autour de ses hanches. En quelques secondes, ils avaient trouvé leur rythme. Rook serrait les dents et haletait. Puis Dante changea son angle de pénétration et Rook commença à crier. Dante aurait aimé être un poète pour exprimer tout ce qu'il ressentait avec ce bel homme ployé sous lui, enivré de désir, criant de plaisir.

Le monde extérieur n'existait plus. Seul comptait pour lui – pour eux – le cocon édénique dans lequel leurs corps se rejoignaient et s'aimaient. Le temps s'écoulait au ralenti, la pièce silencieuse résonnant de halètements, de gémissements et du claquement sec de deux corps en action. Et Dante concentrait toute son attention sur l'étroit étau dans lequel il se perdait.

101

Chaque coup de reins le rapprochait du gouffre. Il luttait contre la tentation d'y plonger trop vite, tenant à voir son amant trouver la jouissance le premier.

— Dante, gémit Rook. J'y suis… presque.

Il se plia davantage pour mieux répondre au pilonnage de Dante.

— Moi… aussi… Putain, dépêche-toi !

Finalement, ils jouirent ensemble. Rook enfonça ses ongles dans les épaules de Dante, ajoutant des égratignures aux morsures et aux bleus. Un long frisson l'agita tout entier. Averti de l'imminence de son orgasme, Dante se remit à genoux, l'attrapa aux cuisses, l'écartela davantage et accéléra. Il comprenait enfin la référence à la nuit étoilée : des taches lumineuses apparaissaient devant lui.

Rook avait la bouche ouverte, le visage renversé, les yeux vitreux, vision érotique qui accentua le plaisir hédoniste de Dante. Il était fier d'avoir provoqué la rougeur qui marquait les hautes pommettes ciselées et les cris que poussait son amant, chant érotique dont Dante ne se lassait pas.

— *Mi cielo*, oui ? *Te amo*, Dante.

La voix de Rook était cassée, mais aussi enivrante qu'un vieux bourbon. Dante sentit son cœur s'arrêter. Il déposa un très doux baiser sur la bouche qui venait de prononcer ces mots et chuchota contre les lèvres de son amant la phrase culte que ce dernier lui avait enseignée :

— Je sais.

L'éclat de rire de Rook brisa le contrôle de Dante. Sa joie débridée illumina la pièce assombrie et le baiser qu'il donna à Dante vida son esprit, déjà troublé par le plaisir. Leur orgasme fut explosif, presque douloureux dans son intensité. Rook se répandit sur le ventre de Dante pendant que celui-ci jouissait au plus profond de son corps.

Ils continuèrent à onduler l'un contre l'autre, peu désireux de rompre leur connexion. Autour d'eux, le monde s'était fracassé. Dante avait la tête vide, un blanc éblouissant brillait dans sa tête, ses sens avaient perdu leurs repères. Il envisagea très sérieusement de passer le reste de sa vie dans cette position, avec Rook étalé sous lui.

Puis le bon sens lui revint. À contrecœur, Dante s'écarta de Rook et s'effondra à ses côtés sur le lit. Ils restèrent étendus, silencieux, à tenter de retrouver leur souffle. Ce qui leur prit un long moment.

Quand Dante s'en sentit capable, il roula sur le côté.

— Un jour, *cuervo*, je vais y rester. Et ce sera ta faute.

Rook paraissait plus détendu, Dante fut heureux de le constater. Pourtant, une trace de son inquiétude s'attardait sur son visage.

— Dis, reprit Dante, de quoi voulais-tu me parler ? Tout à l'heure au téléphone, tu m'as annoncé que… je crois que j'ai été distrait en te trouvant au lit.

Rook ricana.

— Distrait ? Vraiment ? Eh bien, c'est une façon de décrire la situation.

Dante rit de bon cœur.

— Tu as toute mon attention. Au fait, j'ai oublié le carton que Manny m'a demandé de te monter. Il a été livré à ton nom dans la journée. Ça vient de chez Natterly, d'après l'étiquette. À la réflexion, je n'aurais pas le monter sans vérifier ce qu'il y avait à l'intérieur.

Rook, toujours couché dans ses draps froissés, haussa des épaules.

— Je n'attendais aucune livraison, mais ça ne veut rien dire. Davis Natterly m'envoie souvent des objets susceptibles de me tenter. Soit je les garde et je les paie, soit un de ses hommes passe les récupérer. La dernière fois, il s'agissait d'un Gojira en caoutchouc d'un mètre vingt de haut. J'ai renvoyé le chèque sans même attendre le pedigree de ce foutu truc. Je dirais bien que ça peut attendre, mais tu as éveillé ma curiosité.

— Ne bouge pas, je vais le chercher.

Dante lui claqua la cuisse, amusé de voir une marque rose apparaître sur la peau pâle.

— Enfoiré !

Il frotta sa jambe et envoya un coup de pied vengeur en direction du cul de Dante. Il manqua son but et le frappa à la hanche.

— Je veux voir ce que contient ce carton, ajouta Rook. Ensuite, nous discuterons.

Dante se rendit à la cuisine où il récupéra le lourd carton fermé par des bandes de ruban adhésif. Il prit donc un couteau. Brillante idée dont Rook le félicita d'un murmure approbateur et d'un baiser, avant d'ouvrir la boîte, assis en tailleur sur le lit. Une fois le ruban coupé, un morceau de papier s'envola. D'un geste preste, Dante le rattrapa avant qu'il tombe à terre.

— Sans doute la facture, déclara Rook.

Il tira sur le rabat et déchira le carton.

— Merde, c'est bien emballé ! ajouta-t-il. C'est quoi, ce truc ? S'agirait-il d'un objet maudit comme dans *La Momie*…

Avant même que Rook sorte du carton des chiffons sanglants et des morceaux de béton maculés, Dante était tenaillé par un mauvais pressentiment. Il repoussa Rook et ouvrit le carton pour en extirper le contenu. Tout tomba sur le sol avec fracas.

Il comprit tout de suite. La tête n'était pas un accessoire cinématographique. Le crâne fendu en deux avait laissé une éclaboussure de sang sur le plancher en bois poli. Et le visage exsangue restait reconnaissable. Quelques jours plus tôt, Dante l'avait fixé une heure durant pendant que Rook était interrogé sur la mort de Harold.

Après quelques rebonds, la tête coupée de l'inspecteur Mark Vicks s'arrêta contre le bord des étagères, ses yeux sans vie fixant le plafond.

— Dante…

Rook était devenu presque aussi blême que la sinistre relique décapitée. Il déglutit péniblement et tendit une main tremblante, s'agrippant à l'aveuglette au bras de Dante.

— … aide-moi à aller jusqu'à la salle de bain. Je vais vomir.

X

Les flics avaient une odeur spécifique, décida Rook, une sorte de phéromone qui les faisait se reconnaître entre eux. Il n'aurait pas su l'expliquer, mais c'était pour lui une évidence olfactive. Chez certains, elle était plus forte, comme s'ils marinaient dedans. Alors, ces relents métalliques agressifs envahissaient ses sinus au point de lui donner la sensation d'étouffer. Chez d'autres, comme Dante et Hank, c'était plus subtil, évoquant une ferme autorité assortie d'une menace voilée : un défi d'obtempérer ou il y aurait de sévères conséquences.

L'inspecteur Delly O'Byrne portait sa *fliquerie* comme une seconde peau. De toute évidence, seuls son badge et son arme de service comptaient dans sa vie. En entrant dans le bureau de Manny, elle jeta à Rook un coup d'œil impénétrable et sans équivoque : s'il déconnait, elle ne le raterait pas.

Avant de connaître Dante, Rook aurait évité une femme pareille comme la peste. Mais là, il pesa ses options avec plus d'attention. Finalement, il décida qu'il traverserait sans doute la rue pour éviter de la croiser. Malheureusement, elle n'hésiterait sans doute pas à le suivre.

Malgré l'étrangeté de subir un interrogatoire policier dans le bureau de Manny, Rook ne parvenait pas à oublier l'atroce vision du visage exsangue de Vicks et la nausée qui l'avait secoué. Plus étrange encore était le fait d'entendre la voix mécontente de Dante résonner derrière la porte, mais O'Byrne avait insisté pour leur parler séparément afin d'obtenir un rapport objectif des évènements.

Elle posa son téléphone sur la table, ouvrit une application enregistrement audio et appuya sur un bouton. Elle annonça la date, l'heure, l'adresse du magasin et le motif de sa présence.

— Mon entretien avec Rook Stevens sera enregistré, commença-t-elle. Il en a été prévenu et…

— Et si je refuse ? ne put-il s'empêcher de dire.

Il n'avait aucune objection, mais l'arrogance de cette femme – de ce flic ! – méritait d'être provoquée. En fait, c'était aussi une forme de diversion pour oublier la panique qui lui broyait le ventre.

— Dans ce cas, je vous emmène au poste, rétorqua-t-elle sèchement. Bien entendu, vous y convoquerez aussi une meute d'avocats qui ne fera que me compliquer la vie et m'empêcher d'avancer. Ne cherchez pas les emmerdes, Stevens, ça nous profitera à tous les deux. Donnez-moi votre nom, votre date de naissance et votre adresse, d'accord ?

— Je m'appelle Rook Martin Stevens. Je suis né le premier avril, mais j'ignore mon année de naissance. Mon permis de conduire me donne vingt-six ans, c'est de la foutaise.

Il sourit en voyant O'Byrne froncer les sourcils.

— C'est la vérité, insista-t-il. Beanie – ma mère – se foutait de la paperasserie, alors elle n'a jamais pris la peine de demander mon certificat de naissance. Quant à mon adresse, c'est ici même. J'ai un appartement au-dessus de *Potter's Field*.

O'Byrne bougea dans son siège. Son blouson s'ouvrit, dévoilant une arme sous l'aisselle, dans un holster en cuir.

— Parlez-moi de l'inspecteur Vicks. Que s'est-il passé ? Prenez votre temps et n'oubliez aucun détail.

Rook soupira.

— J'ai ouvert un carton qui m'était adressé et il y avait dedans la tête de Vicks. J'ignore comment il est arrivé là. Dans ce carton, je veux dire. Bien sûr, je sais comment le carton est arrivé. Il a été livré au magasin durant mon absence.

Il s'adossa dans le canapé, posa son bras sur l'accoudoir bien rembourré et étudia l'inspecteur assis en face de lui. Le visage restait impassible, mais le langage corporel, purement policier, était facile à interpréter. Les épaules raidies et les sourcils légèrement froncés firent comprendre Rook qu'elle ne le croyait pas – du moins sentait-elle qu'il ne révélait pas tout.

Il enchaîna :

— Cet après-midi, Vicks s'en est pris à moi. Il m'a acculé *Chez Bergan*, il m'a menacé, presque agressé physiquement. J'ai des témoins. Un seul en fait, mais solide.

Elle pencha la tête pour mieux l'évaluer.

— Avez-vous déposé plainte contre lui ? En avez-vous parlé à quelqu'un d'autre qu'à Montoya ?

— Non. Pour être franc, je doutais qu'on prenne très au sérieux une plainte de ma part contre un flic. Et à part un bref coup de fil, je n'ai pas eu l'occasion d'en parler à Montoya. Je savais qu'il insisterait pour m'extirper un récit détaillé une fois rentré à la maison.

O'Byrne sortit un stylo de la poche de sa veste.

— Commencez par me relater ce qui s'est passé *Chez Bergan* et donnez-moi tous vos faits et gestes jusqu'à mon arrivée. Ensuite, je vous poserai quelques questions concernant ce que nous avons découvert depuis lors.

En moins de trois minutes, Rook raconta à O'Byrne que quelques années plus tôt, Vicks avait tenté de l'étrangler, durant un interrogatoire. Il parla ensuite du meurtre de Harold, des accusations de l'inspecteur, de ses menaces. Il passa brièvement sur la façon dont Dante et lui avaient occupé la première heure de leurs retrouvailles – amusé de voir O'Byrne rougir quand il lui demanda si elle tenait vraiment aux détails de leurs ébats. Elle l'incita à poursuivre d'un geste impatient et continua à gribouiller son bloc-notes. Rook retrouva son sérieux en parlant de l'ouverture du carton. Il perdit nouveau le souffle et la voix en évoquant la tête décapitée qui tombait sur le sol et roulait vers la bibliothèque.

Elle leva les yeux sur lui.

— Et vous connaissez cette maison de vente aux enchères ? D'après vos dires, il leur arrive souvent de vous envoyer des colis ?

Rook haussa les épaules.

— Oui. Davis Natterly, un des propriétaires, est presque un ami. Je lui ai acheté pas mal d'objets de valeur. Le faucon, en particulier, celui que Harold m'a volé.

— Oui, j'ai lu le compte-rendu de votre plainte. Je ne sais si Montoya vous en a parlé, mais cette affaire commence à dégénérer en guerre territoriale. Les gars de West LA prennent très mal le meurtre de Vicks. C'était peut-être un con, mais c'était un des leurs. Ils tiennent à mettre la main sur son assassin. Mais c'est *notre* enquête.

— Je leur souhaite de trouver le coupable, à condition qu'ils ne cherchent pas à me coller ça sur le dos.

Sa réflexion attira un regard acéré.

— Pourquoi dites-vous ça ?

Rook ricana avec amertume.

— Ce n'est pas la première fois qu'un flic m'a dans le collimateur, vous savez. Je fais un coupable idéal parce que c'est moi qui ai reçu cette foutue tête, sans compter que Vicks m'avait accusé du meurtre de mon cousin. Vous pensez vraiment que ses copains de West LA vont me laisser tranquille après tout ça ?

Elle feuilleta quelques pages de son carnet.

— Oui, répondit-elle, surtout si je peux leur prouver que vous n'avez pas eu le temps de tuer Vicks. Vous dites être revenu à *Potter's Field* en sortant de *Chez Bergan* ? Vous êtes-vous arrêté quelque part ?

— Non, je suis rentré directement. Je leur ai acheté tous leurs jouets en fer-blanc, les commis de *Chez Bergan* m'ont aidé à les charger dans ma voiture et à mon arrivée ici, Manny et moi avons tout déchargé. J'ai passé quelques minutes à lui expliquer comment je voulais voir mes achats inventoriés, puis je suis monté chez moi, à l'étage.

— Pourquoi ne pas être resté au magasin ? Il était encore ouvert.

Rook secoua la tête.

—D'abord, j'étais sacrément secoué et j'avais besoin de décompresser, ensuite, je ne travaille pas au magasin. Pour moi, c'est juste une vitrine pour attirer les badauds ; il y a des babioles, des trucs à la mode, des jouets… parfois des objets assez coûteux, mais rien d'unique. L'essentiel de mon chiffre d'affaires provient de ventes privées réservées à des collectionneurs triés sur le volet. Le magasin est important pour moi, il est solide… des murs, des briques, c'est mon refuge en cas de problème, quoi. Et il me permet d'écouler le tout-venant de mon inventaire. C'est Manny qui gère *Potter's Field*, avec Ralph, son assistant. Ils étiquètent les objets et tiennent la caisse et la compta. Je me charge personnellement de tous les objets d'exception. Aujourd'hui, la plupart des jouets que j'ai acquis étaient seulement amusants, sauf deux que j'ai fait mettre de côté dans l'entrepôt.

—Vous disiez avoir acquis *tous* les jouets de *Chez Bergan*. Pourquoi ? Vous venez d'affirmer qu'ils n'ont aucune valeur particulière.

Elle semblait vraiment désireuse de creuser les points faibles de sa déclaration. Rook réprima son irritation.

— Pour remercier le propriétaire ! C'est grâce à lui que Vicks ne m'a pas sauté dessus. Hé, ne vous faites pas d'idées, hein ? Je n'ai pas tourné du cul devant lui ! Ce sale con m'a fait suivre et quand il a appris que j'étais tout seul *Chez Bergan*, il a cru pouvoir me piéger et me casser la figure – sinon pire. Mais là, Thorkenberry – c'est le proprio – est monté avec son fusil et lui a dit de dégager. Alors oui, acheter une bonne partie de son magasin pour lui exprimer ma reconnaissance m'a paru la moindre des choses. C'était soit ça, soit une pipe, et vu que Thorkenberry est avec un flic des Affaires Internes et moi, avec Montoya, j'ai opté pour la première solution.

Il devenait agressif, il le sentait bien, mais tout allait de mal en pis et il en avait ras la frange d'être emmerdé par la police. Il aurait voulu son flic à ses côtés. Au début, il n'avait pas compris pourquoi O'Byrne insistait pour laisser Dante dans le couloir pendant leur entretien, mais maintenant, il discernait mieux ses raisons. Cet interrogatoire ne visait pas à collecter des informations, O'Byrne cherchait surtout à le prendre en défaut, à le piéger.

Rook se frotta le visage, épuisé. La fatigue de cette longue et pénible journée lui contractait la poitrine et remontait le long de sa colonne vertébrale.

Il laissa retomber ses mains sur ses genoux.

— Je n'ai pas tué Vicks, inspecteur. Je continuerai à le dire jusqu'à m'en casser la voix, je ne l'ai pas tué. Je n'en ai pas eu le temps. En quittant *Chez Bergan*, je suis venu ici, j'ai appelé Dante, puis je suis monté chez moi. Quand Montoya m'a rejoint, j'avais oublié Vicks. Je n'ai repensé à lui qu'en voyant sa tête rouler du carton. Ensuite, j'ai vomi mes tripes pendant que Dante prévenait la police. Que puis-je vous dire d'autre ?

O'Byrne pinça la bouche et leva le menton.

— Vous semblez tendu, Stevens. Je ne suis pas votre ennemie. J'essaie seulement de répondre aux questions que d'autres se poseront, des gens bien plus assoiffés de sang que moi.

— J'ai quand même la sensation que vos questions sont piégées, répliqua Rook, comme si vous espériez que je me contredise. Mais je vous accorde que je me méfie des flics.

— Je doute que ce soit le cas avec Montoya.

— C'est différent avec lui, reconnut Rook. Sur ce point-là au moins, nous sommes d'accord.

— C'est vrai. Reprenons, voulez-vous ? Je vais tenter d'aller vite.

Elle consulta ses notes, puis leva les yeux quand les voix montèrent devant la porte du bureau. La conversation restait étouffée, Rook ne distingua pas les paroles échangées.

— D'après votre première déclaration à l'agent envoyé par le 911, vous pensiez que le colis provenait de la maison Natterly – une entreprise de vente aux enchères. Or, vous n'aviez rien acheté ou commandé. Comment se fait-il que cet envoi ne vous ait pas surpris ? Est-il fréquent que… quel est son nom, déjà ? Ah, Davis Natterly ! Est-il fréquent qu'il vous envoie des articles ?

Rook haussa les épaules.

— Fréquent, non, mais ça lui est déjà arrivé. Je ne me suis pas pris la tête… Oh, mon Dieu ! Ce *n'était pas* un calembour morbide. Je jure devant Dieu que je n'ai pas voulu faire un jeu de mots.

— Je sais, oublions ça. Pourquoi Natterly ne vous a-t-il pas envoyé de la même façon ce faucon qui vous aurait été volé par votre cousin Harold Martin, selon vos dires ? Vous l'aviez bien acheté aux enchères chez lui, non ?

— À cause du prix du Faucon Maltais, répondit Rook. Il est célèbre dans le monde du cinéma. Il va faire sensation sur le marché. Davis m'envoie via la poste des articles intéressants, mais qui ne dépassent pas quelques centaines de dollars.

— Mais le faucon retrouvé chez Harold était une copie, rétorqua O'Byrne. Il ne s'agissait pas de l'original du film.

— Exact, si vous parlez du film avec Bogart. Il y a eu d'autres versions, vous savez. La statue que m'a volée Harold venait du dernier remake en date et d'un moulage du premier faucon – le vrai. Elle était conforme au détail près, avec les éclats au niveau du bec. Je la voulais à cause de… Eh bien, j'ai plus ou moins été élevé par un type qui a eu une longue aventure passionnée avec son ancien propriétaire.

Rook fit une pause, certain qu'O'Byrne allait encore tenter de faire dévier la conversation, une technique de manipulation bien connue. Il ne fut pas déçu.

— *Chez Bergan*, vous…

Il parla en même temps qu'elle :

— Bien entendu, c'est là que vous posez une question subsidiaire avant de revenir plus tard sur le point qui vous intéresse.

Elle se tut, étudia son air narquois et lui sourit, ce qui modifia totalement son expression : son visage devint plus doux, plus humain. Rook repoussa son empathie, conscient qu'elle tentait de le prendre à son propre jeu.

— Très bien, déclara O'Byrne, oublions *Chez Bergan* et restons-en à l'oiseau. Si Davis Natterly vous envoie rarement des colis sans notification préalable, pourquoi avoir ouvert ce carton sans vous poser de questions ?

Il haussa les épaules.

— J'étais fatigué, reconnut-il. Mentalement et… physiquement. Je venais de passer un bon moment avec Dante, j'avais enfin le cerveau vide. Réfléchir n'était pas ma priorité, très loin de là. Vous pensez que j'aurais dû agir avec plus de précaution ? Sans doute, mais j'ai vaguement pensé que Davis cherchait à se faire pardonner. Ça arrive parfois, vous savez, les vendeurs tiennent à garder de bonnes relations avec leurs plus fidèles clients. Davis – ou plutôt un de ses employés – a commis une erreur professionnelle en remettant ma statue à Harold. Davis m'avait déjà contacté en s'excusant platement. Il cherchait surtout à s'assurer que je ne comptais pas porter plainte contre sa maison.

— Que s'est-il passé ? Pourquoi a-t-il donné cette statue à votre cousin ?

— Il ne l'a pas fait. Il était absent. Je comptais passer récupérer mon faucon à son retour, mais Harold m'a grillé au poteau. Il a convaincu un employé qu'il comptait me l'offrir, aussi devait-il le payer lui-même et me l'apporter.

Rook s'étrangla sous l'effet de la colère qu'il avait ressentie quelques semaines plus tôt, en arrivant à la salle des ventes pour apprendre que sa statue s'était envolée. Il déglutit et reprit son récit :

— Davis m'a assuré que cela ne se reproduirait plus, mais il ne pouvait plus rien faire. Harold avait ma statue et il ne comptait pas me la rendre.

— Alors, vous avez décidé de la récupérer, c'est ça ?

— Oui. Et Sadonna est venue me voir pour m'en donner les moyens. C'était… juste une farce, putain ! Je voulais rendre à Harold la monnaie de sa pièce. Il se fichait de cet oiseau, il l'a pris uniquement pour m'emmerder ! Quel con !

— Je trouve vos accès de colère assez préoccupants, déclara O'Byrne. Dans les notes que Vicks a laissées sur son enquête, il vous décrit comme impulsif, très prompt à vous emporter. Il parle aussi de votre ego. Son accusation est bâtie sur le fait que Sadonna voulait se débarrasser de son mari et qu'elle vous a manipulé pour devenir son complice.

Elle parlait d'un ton si calme que Rook faillit s'énerver pour de bon, mais déjà elle enchaînait :

— Dans ce contexte, cependant, ce carton n'a aucun sens. Pourquoi vous l'envoyer ? Vient-il vraiment de chez Natterly ? Je les ai contactés, je suis tombée sur un certain Jeremy. Le connaissez-vous ? D'après lui, vous n'attendiez rien, alors pourquoi voir ouvert ce carton ? Jeremy aurait-il une raison de mentir ?

— Jeremy ? Oui, je le connais, c'est un Natterly lui aussi, mais c'est son aîné, Davis, qui est le principal actionnaire et le gérant de la boîte. En temps normal, j'ai plutôt affaire à lui. Ce qui m'arrive souvent, merde !

L'étiquette de ce foutu carton indiquait Natterly comme expéditeur, il ne m'est pas venu à l'esprit de *ne pas* l'ouvrir !

Le cerveau de Rook travaillait fébrilement. Il cherchait un nom, n'importe lequel, quelqu'un d'assez inconscient pour tuer un flic et envoyer sa tête au dernier quidam que Vicks avait menacé.

— J'ai interrogé Manny, enchaîna-t-il. Le carton a été déposé au magasin par un livreur, mais ça aussi, c'est normal. La maison Natterly est à peine à trois kilomètres d'ici. Ils ont un système de livraison interne qui va bien plus vite que les circuits habituels. À Tinseltown [8], les clients qui apprécient les reliques du passé ne manquent pas. Les Natterly s'en sortent très bien.

O'Byrne déplia un morceau de papier qu'elle sortit de son calepin et le tendit à Rook, l'incitant à le lire. C'était une photocopie, de toute évidence, prise ici même, au magasin – Rook reconnut la petite tache révélatrice dans le coin haut à droite, une imperfection que le technicien ne parvenait pas à corriger. Pour le moment, la photocopieuse s'obstinait à garder sa signature.

Il lut, les sourcils froncés. L'écriture était manuscrite et agressive, les traits jetés sur le papier vibraient de menace. Les mots se gravèrent au fer rouge dans son cerveau.

Rook,

Vicks a dit qu'il regrettait d'avoir mis le feu à ton magasin.

Il ne te causera plus jamais de problèmes.

Le message lui était adressé.

Rook frémit, écœuré par le ton intime de ce pli sinistre. Bien qu'il s'agisse d'une photocopie, Rook répugnait à toucher ce papier. Pourtant, il ne cessait de le lire et de le relire, comme obsédé. Un message court, mais loin d'être aussi « doux » que devait l'imaginer l'expéditeur.

— Oh, mon Dieu ! Qu'est-ce que c'est ? Qu'est-ce que ça veut dire, bordel ? Où… où avez-vous trouvé ça ?

Le souffle coupé, une grosse boule coincée dans la gorge, il s'étouffa et se mit à tousser, les yeux noyés de larmes. Ses doigts lâchèrent le papier qui glissa sur le bureau vers l'inspecteur.

Les yeux d'O'Byrne brûlaient de ferveur sombre, c'étaient ceux d'un prédateur fixant sa proie.

— C'était dans le carton, avec la tête de Vicks. Comme vous le constatez, Stevens, ce message vous est adressé. Dites-moi, qui parmi vos

8 Surnom de Hollywood (*tinsel* : clinquant)

connaissances est capable de tuer un homme, de scier sa tête et de vous l'envoyer en gage d'amour ? Si vous aviez un nom à me donner, je pense que nous saurions enfin qui a tué votre cousin Harold.

ARCHIBALD MARTIN avait l'habitude de n'en faire qu'à sa tête.

Il était clair qu'il avait été élevé avec une cuillère d'argent dans la bouche – sinon toute une ménagère. Quand il ordonnait, il s'attendait à être obéi.

Il entra à *Potter's Field* entouré d'une meute d'hommes et de femmes à la mine austère, tous portant un costume sur mesure – *des avocats*, supposa Dante. La lueur qui brillait dans les yeux vairons d'Archie annonçait son humeur combattive.

Il trouva en Manny un adversaire à sa mesure.

Le bras de fer fut intéressant. D'un côté, un despote industriel, richissime et pourri gâté, de l'autre, un Latino, ancienne *drag-queen* avec des cicatrices de cancer du sein et un sentiment farouchement protecteur envers ceux qu'il aimait. Archie n'aurait pas hésité à affronter les pires requins de la planète, mais Manny, lui, avait vaincu la Camarde en personne, aussi n'était-il pas d'humeur à se laisser marcher sur les pieds par le patriarche.

Du moins, ce fut ainsi que Dante résuma mentalement la scène ayant lieu sous ses yeux. En réalité, les deux hommes s'allièrent au premier coup d'œil sur le seul et unique point qu'ils avaient en commun : Rook Stevens.

Archie se mit à arpenter le magasin.

— Je veux qu'il vienne s'installer chez moi ! Au moins jusqu'à la fin de cette histoire. Vous aussi… tous. Je me sentirais mieux en vous sachant en sécurité. Je suis vieux. Il faut que les gens le comprennent. Je ne suis pas certain que mon cœur soit en état d'en supporter davantage.

La vivacité de sa voix infirmait ses dires. Il passa devant un long comptoir garni de balles en peluche, de pistolets laser et d'anneaux décodeurs, gesticula en désignant la porte du bureau, puis se tourna vers un de ses avocats, un homme au visage rubicond dont les yeux écarquillés évoquaient un des masques de poissons-aliens accrochés aux murs du magasin.

— Allez voir ce qui se passe, Sanders ! ordonna Archie. Et ce que fiche cet inspecteur. Je veux que…

Dante intervint :

— O'Byrne interroge Rook, Archie. C'est la procédure. Et vous allez devoir quitter la boutique avant de vous faire expulser. C'est une scène de crime.

— Mais l'inspectrice, Mme O'Byrne, a dit que nous pouvions attendre ici, protesta Manny. Seul l'appartement est une scène de crime. Ainsi que l'endroit où nous recevons les colis.

Dante ne put résister au plaisir de taquiner son oncle.

— Tiens, *tío*, tu te souviens de ce qu'on te dit ? C'est nouveau.

Manny secoua la tête.

— Ne fais pas le malin avec moi !

Il se tourna vers Archie et ajouta :

— Vous ne parviendrez jamais à convaincre le gamin de s'installer chez vous, surtout pas pour le protéger. Il est têtu, vous savez. Il n'acceptera pas d'être chassé de chez lui. Peut-être viendrait-il chez nous, mais je doute qu'il y reste plus d'une nuit.

Archie s'appuya lourdement sur sa canne.

— Oui, Rook n'aime pas perdre le contrôle, grommela-t-il. Bon, Sanders, emmenez vos hommes et voyez si vous pouvez obtenir des informations sur les progrès de la police dans cette affaire. Plus vite cette fichue femme quittera ma demeure, mieux ce sera. Pourquoi diable ai-je accepté qu'elle s'installe chez moi ? Je me demande ce qui m'a pris ! Mon personnel ne supporte plus ses exigences insensées !

Dante se mordit la joue pour retenir un commentaire. Il surprit quand même Sanders qui levait les yeux au ciel en quittant *Potter's Fields* avec ses collaborateurs. Hank qui arrivait, leur tint la porte.

Une fois le passage dégagé, il entra et fit un signe de tête à son partenaire. Dante s'excusa aussitôt auprès de Manny et d'Archie. Le vieillard maugréa, secoua sa canne et reprit ses récriminations.

Camden regarda l'étrange duo, l'air éberlué. Quand Dante le rejoignit, il remarqua à mi-voix :

— Montoya, je ne suis pas certain que ce soit sain de laisser ces deux-là dans la même pièce. Merde, même dans le même *état,* ça me semble risqué.

— Ils cherchent un moyen de gérer Rook. C'est une expérience de type force irrésistible paradoxale à laquelle je préfèrerais ne pas assister. Viens, on s'en va.

Du menton, il pointa la porte d'entrée.

— Je n'ai rien compris, mais j'aime bien ton jargon scientifique. C'est sexy.

— Tais-toi, *pendejo*. Trouvons un endroit tranquille où nous pourrons parler.

Après l'ambiance pesante du magasin, retrouver l'air frais de la nuit fut un soulagement. Dante se remplit les poumons avec délices.

Sa gorge restait sensible des morsures de Rook pendant l'amour. Dante apprécia ce rappel. Il avait accueilli Rook dans sa vie… ou, plus justement, le voleur réformé s'était faufilé par une fenêtre ouverte et installé dans son cœur pendant que Dante tentait de l'arrêter pour un meurtre qu'il n'avait pas commis.

Dante accorda son pas à celui de son partenaire, qui se dirigeait vers le camion à tacos stationné à l'angle de la rue non loin de *Potter's Field*.

— Merci d'être venu, Camden. Je suppose que tu as faim ?

— Non, soif, rétorqua Hank. Ces gars-là font une bonne *horchata*.

— Peuh ! ricana Dante. Ne sois pas naïf ! On les trouve en poudre dans tous les supermarchés du centre-ville.

Il éclata de rire devant le regard outré qu'Hank lui jetait.

— Pas du tout ! Le goût est différent. Il y a… de cannelle, je crois. Tais-toi et laisse-moi savourer mes fantasmes. Moi, je ne dis rien quand tu rêves d'avoir Rook dans un joli bungalow entouré d'une clôture blanche, avec vos deux voitures côte à côte dans le garage.

— J'ai abandonné cette utopie il y a quelques jours, admit Dante à mi-voix. J'avais promis à Manny de rentrer dans la demi-heure, il m'a appelé deux heures plus tard en me demandant ce que je foutais. Il me croyait coincé dans les embouteillages ou rappelé au poste pour une affaire de dernière minute.

— Et tu étais chez Rook…

— Oui.

Une longue file d'attente patientait devant le camion, serpentant autour d'une boîte électrique peinte comme une *calavera*. L'artiste avait plutôt bien rendu Catrina et son chapeau couronné de roses rouges. Curieusement, un taco s'y enfonçait comme un ornement de plumes. Dante secoua la tête et parcourut la foule. Des bribes de conversations voletaient autour d'eux.

Situé à la frontière d'East Hollywood, le quartier semblait se bonifier ces dernières années. Il restait cependant un *melting pot* qui attirait les ethnies diverses et les excentriques en tout genre.

Le camion à tacos, enveloppé du parfum des oignons caramélisés et des *carne asada*, était installé devant une boutique asiatique. Une jeune Coréenne au sourire timide et chaleureux distribuait des coupons de réductions aux clients qui faisaient la queue. Les autres magasins étaient plus miteux : deux sex-shops et un prêteur sur gages. Au coin de la rue, un prédicateur haranguait les passants. Finalement, rien de très reluisant, pourtant Dante s'y sentait bien. L'endroit était fantasque, imprévisible, mais intéressant.

Comme Rook, d'une certaine façon.

En ce moment, Dante trouvait son amant un peu trop imprévisible à son goût.

Il essaya de repousser l'inquiétude qui le rongeait, mais en vain. C'était comme des griffes enfoncées dans sa tête.

— Je suis d'accord avec Manny et Archie, déclara-t-il. Rook ne devrait pas rester dans son appartement. La tête coupée… tout ça… c'est très malsain. Mais il est buté ! Il va refuser de partir. L'assassin de Vicks lui a envoyé un message, tu sais. À Rook. C'était effrayant. La situation va dégénérer, tout va devenir de plus en plus tordu. Je sens dans mes tripes !

— L'a-t-il vu ? Je parle du message, pas de la tête, précisa Hank avec une grimace. D'après ce que tu m'as raconté, il était impossible de rater la tête.

— Non, sur le coup, il n'a pas vu le message, mais je suis certain qu'O'Byrne va le lui faire lire… Ne serait-ce que pour voir sa réaction. Elle me l'a montré avant de s'enfermer dans le bureau avec lui. Apparemment, Vicks était un obstacle. Son assassin prétend que c'est lui qui nous a jeté des cocktails Molotov l'autre nuit, au magasin. Le connaissant, c'est plausible. Il en voulait certainement à Rook de lui avoir échappé, mais… Je ne sais pas.

Dante frissonna en évoquant le ton du message, cette affection morbide, les taches de sang qui maculaient le papier. Une terreur soudaine lui serra le ventre.

— Il doit s'agir d'un harceleur monomaniaque, reprit-il, de ceux qui espionnent derrière les carreaux. Ces histoires-là finissent rarement bien. Je n'ai pas reconnu l'écriture, mais ça ne veut rien dire. Je connais peu les gens que Rook fréquente au quotidien. En y réfléchissant, ça fout la trouille.

— C'est vrai dans tous les couples, tu sais, répliqua Hank. Crois-tu que ma femme connaît tous ceux que je croise tous les jours ? Toi et Rook, bien sûr, vous êtes… presque des siamois, mais votre cas est une rareté. Debra sait que mon capitaine s'appelle Book, elle te connaît, mais au-delà, je doute qu'elle puisse me donner le nom d'un collègue. Bon, grande question : que faisons-nous maintenant ? Nous pourrions retourner interroger Sadonna, mais je doute que nous en tirions quelque chose. Vicks est mort, son corps a disparu et ton mec risque de devoir surveiller ses arrières jusqu'à ce que nous découvrions notre tueur.

Dante fourra les mains dans les poches de son jean.

— O'Byrne ne veut pas que nous interférions dans son enquête. Elle n'a pas apprécié que Book nous ait donné le feu vert concernant Harold.

Camden avança de quelques pas et sourit à un groupe d'enfants devant lui dans la file d'attente.

— Qu'en penses-tu ? Nous continuons ou pas ? Je me rangerai à ta décision.

Dante hésita, pesant le pour et le cotre. Il tenta d'obtenir l'avis de Hank, mais celui-ci secoua la tête, refusant de l'influencer.

— O'Byrne est un bon flic, finit par maronner Dante, si elle dirige l'enquête du meurtre de Vicks, on peut lui faire confiance. C'est en tout cas ce que me dit mon instinct. Mon ego, en revanche... Ce mec a tué un flic, Camden. Vicks était un connard, je sais, et il a passé ses deux dernières heures sur terre à menacer Rook, mais il ne méritait pas une fin pareille.

— Alors, on continue, hein ? Tant mieux. Ton instinct te dit peut-être de faire confiance à O'Byrne, mais le mien m'assure que la priorité de West LA et de Central ne va pas être de protéger Rook, mais de traquer l'assassin de Vicks.

Il pinça les lèvres et réfléchit, en se balançant sur ses talons.

— Il fait presque nuit, reprit-il au bout d'un moment. Il est rare que les domestiques travaillent aussi tard. Quand O'Byrne en aura terminé avec Rook, il faudra que nous allions rendre visite à la femme de ménage de Harold. Son avis sur tout ce bordel peut s'avérer intéressant.

— On ne va pas se faire une copine d'O'Byrne, l'avertit Dante. Elle finira par l'apprendre, tu le sais comme moi. Tu es certain de vouloir figurer sur sa liste noire ?

— Je m'en fous. Je suis avec toi, pour le meilleur et pour le pire. J'aime bien O'Byrne, même si elle ne s'en doute pas. Quand Book prendra sa retraite, d'ici quelques années, je verrais bien O'Byrne prendre sa place. Il faut seulement qu'elle comprenne que notre loyauté lui est acquise, même si nous n'agissons pas toujours de façon conventionnelle. Nous avons tous le même objectif, bon sang ! Avant d'aller plus loin, nous allons lui transmettre tout ce que nous avons, ensuite, nous filons. Qu'en penses-tu ?

Dante acquiesça.

— D'accord. Elle devrait en avoir fini. Rook n'a pas eu le temps de tuer Vicks, encore moins d'emballer sa tête. Il sera vite innocenté. Mais il y a quelque part un homme qui a du sang de flic sur les mains. Je veux lui mettre le grappin dessus avant qu'il s'en prenne à Rook.

XI

— Je persiste à dire que c'est une très mauvaise idée ! cria Alex, perché au bord du long canapé du loft. Tu ne peux pas utiliser ta chambre avant que la police scientifique ait fini de l'analyser. Pourquoi aller à l'hôtel alors que grand-père possède une immense maison vide ? Et Dante a accepté ? Il te laisse faire ? Au château, il y a une porte blindée et des gardes de sécurité armés.

Rook avait rencontré Alex Martin quelques années plus tôt, un des rares membres de son arbre généalogique qu'il avait été heureux de découvrir. Il l'appréciait beaucoup – peut-être même l'aimait-il. Son cousin était un geek intelligent, mignon et attachant. Même sa maladresse chronique devenait presque une qualité attendrissante. Il se détachait nettement du troupeau de connards que constituait la famille Martin, tous suppôts d'Archie.

Mais parfois, Rook ne comprenait vraiment pas comment Alex pouvait parler sans réfléchir. Il fixa le sac ouvert devant lui. Il était vide. Rook venait de le sortir de la penderie pour le poser sur un banc. Il n'avait encore rien mis dedans. Il n'avait pas même ouvert un tiroir pour voir ce qu'il avait de propre.

Il évoqua la grimace déçue de Dante en l'entendant affirmer avec véhémence que non, il n'irait ni chez Archie ni au bungalow que son flic partageait avec Manny. En voyant Dante se mordre la lèvre, Rook avait tout de suite compris avoir commis une erreur.

Dante et Alex avaient raison. Il ne pouvait pas rester dans son loft ou dormir dans la chambre. Il avait beau s'efforcer de garder son calme, il commençait à paniquer.

Et il refusait de l'admettre.

La nuit était presque écoulée, on était déjà demain. Si les techniciens de la PTS [9] qui fouillaient sa chambre et ses affaires finissaient un jour leur tâche, si Rook supportait l'odeur de vomi qui s'attardait dans la salle de bain et les relents d'eau de javel, il pourrait *sans doute* rester dans son salon. Il ne pouvait pas imaginer retourner dans ce lit où il avait déballé la

9 Police Technique et Scientifique

tête exsangue d'un mort. En principe, la mort ne le dérangeait pas. Mais ce cadavre particulier l'avait salement secoué.

Ce n'était pas le premier qu'il croisait, malheureusement, il avait vu plus de corps sans vie qu'il ne pouvait en compter. Les forains étaient trop pauvres pour payer un médecin et un séjour à l'hôpital annonçait le plus souvent la fin – le moment de mettre ses affaires en ordre, parce que les malades n'en revenaient jamais. Certains étés, en pleine tournée, il lui était arrivé de frapper à la porte d'une remorque, d'ouvrir et de trouver un forain décédé, son corps déjà gonflé de putréfaction. L'odeur était abominable. La vie était dure sur les routes, les gens abusaient vite de la bouteille ou de la drogue. Et quand ils étaient malades, ils laissaient l'infection s'installer jusqu'à ce qu'il soit trop tard pour les sauver.

Rook avait voulu échapper à ce cercle infernal, se créer une vie meilleure.

La journée qu'il venait de vivre l'avait brisé.

Mais il ne comptait pas le montrer. Surtout pas à Alex. Il se cacha derrière les étagères qui cloisonnaient son salon et cria à son tour :

— Me *laisser* faire ? Je t'ai bien entendu ?

Il jeta un coup d'œil entre deux rayons. L'expression d'Alex valait son pesant d'or. Comme un hibou hésitant, il clignait des yeux derrière les verres de ses lunettes rondes et se mordillait la lèvre. Le voir peser ses options aurait été comique sans la présence d'Archie. Le patriarche venait d'entrer dans l'appartement, son vieux visage crispé de contrariété.

Depuis que Rook était en âge de raisonner – d'accord, en nombre d'années, ça ne faisait pas tant que ça –, il n'avait jamais rencontré son semblable, un autre être doté des mêmes processus mentaux et cognitifs. Alex lui ressemblait *un peu*, du moins Rook s'en persuadait-il.

Puis il s'était rapproché des Martin, il les avait étudiés de près, il s'était laissé aller à éprouver des… sentiments.

Et rien ne l'avait préparé au bouleversement qu'Archie lui causait.

Rook était bien conscient que le vieillard était un despote autocratique et atrabilaire. Archie avait été élevé dans une famille aisée. Son seul dilemme était de choisir ce qu'il mettrait dans son bagel le matin. Tout au contraire, Rook avait dû se battre pour se sustenter depuis la minute où Beanie l'avait sevré. Parfois, il aurait aimé avoir un meilleur fond, peut-être ressembler à Alex qui voyait le monde à travers des lunettes roses. Mais Rook avait rencontré plus de nuits sombres que de matins ensoleillés, aussi avait-il dû lutter pour s'en sortir.

En vérité, il craignait plus *que tout* de finir comme Archie s'il s'entêtait à fermer son cœur à ceux qui l'aimaient.

Les yeux vairons d'Archie – si semblables aux siens – brûlaient d'une terreur qui laissait à Rook une amertume en bouche. C'était *pour lui* que son grand-père avait peur. Chaque fois que le vieillard se raidissait pour reprendre le contrôle de ses émotions avant que sa vulnérabilité le trahisse aux yeux des autres, Rook sentait un pic de glace se planter dans son cœur.

Alex quitta le canapé en souplesse et avança vers Archie.

— Hé, grand-père. J'essayais de convaincre Rook…

— Alex, peux-tu me laisser un moment seul avec ton cousin ? le coupa Archie.

Quand il tapota le bras de son petit-fils, ses doigts tremblaient. La lumière dorée des lampes LED transformait sa peau fanée en parchemin et soulignait le bleu passé des veines au dos de sa main. Alex hésita et jeta à Rook un regard inquiet, son expression reflétant presque celle d'Archie.

Le patriarche soupira et insista :

— S'il te plaît…

— Bien sûr, grand-père.

Alex changea d'expression. Durci, il envoyait à Rook un avertissement sans équivoque. Jamais Rook n'aurait cru son cousin capable d'une telle fermeté, mais ce regard-là promettait des représailles s'il s'avisait de dépasser les bornes et de bouleverser davantage le vieillard.

— James parle-t-il toujours avec Dante et O'Byrne ? demanda Alex.

— O'Byrne ? marmonna Archie. Serait-ce cette femme au visage en lame de couteau avec un balai dans le cul ? Dans ce cas, oui. Va les retrouver, mon garçon. Peux-tu également voir si Manny a encore du thé pour moi ? Cela me fait du bien. Sinon, j'en demanderai à Rosa une fois à la maison.

Alex se pencha et embrassa son grand-père sur la tempe.

— Bien sûr. Ne mords pas Rook, chuchota-t-il à l'oreille du vieillard. Les Martin sont indigestes, tu le sais mieux que personne.

Rook attendit qu'Alex referme la lourde porte d'entrée avant de contourner le canapé pour venir affronter son grand-père. Avec un soupir rauque, Archie serra les mains sur sa canne et s'y appuya lourdement. Rook ne fut pas dupe. Si le patriarche avait l'air d'une momie, il était bien plus solide qu'il le paraissait.

En général.

Même si le thé de Manny était censé lui avoir « fait du bien », il avait une mine à faire peur.

Rook le prit par le bras et l'attira en douceur jusqu'au canapé qu'Alex venait de libérer.

— Archie, tu devrais t'asseoir, tu parais complètement à la masse. Écoute je n'ai pas refusé de bouger pour le plaisir d'emmerder le monde. Tu aurais réagi comme moi si on avait cherché à te virer de chez toi. Tu aurais envoyé tout le monde sur les roses.

D'une secousse, Archie libéra son bras. Il était en colère, ses joues s'étaient empourprées.

— Si je suis assis, et toi debout, tu as un avantage, grommela-t-il, c'est une tactique bien connue. Je ne veux pas risquer de perdre, c'est bien trop important ! Tu devrais apprendre à écouter. Et faire parfois ce qu'on te dit.

— Je ne suis pas une marionnette, Archie. Assois-toi.

Il tira à nouveau sur le bras maigre. Cette fois-ci, le vieillard ne protesta pas.

— Pourquoi toujours compliquer les choses ? soupira Rook.

— Tu peux parler ! Tu fais pareil. Il est temps de faire des concessions, Rook. Je n'en peux plus.

Un feu nouveau brillait dans ses yeux. Quelque chose n'allait pas. Rook devina chez le vieil homme une brisure profonde, irrémédiable. Un frisson glacé le parcourut. Il eut la sensation de recevoir un coup d'épée dans les tripes.

— Archie…

— Ça recommence, coupa le vieillard. Comme avec ta mère. Parfois, je me demande pourquoi je me donne la peine de lutter. Tu n'en vaux pas la peine, finalement. Tu ne sers à rien… je le jure devant Dieu. Tu devrais t'en aller pour de bon, comme Béatrice l'a fait autrefois. Ça nous simplifierait la vie à tous.

En une seule seconde, Rook se vida de son sang. Quelque chose venait de se rompre entre Archie et lui, mettant un terme définitif à leur relation.

Il avait vaguement espéré – sans trop y croire – qu'il finirait un jour par trouver sa place dans la famille Martin, aussi gangrénée soit-elle de l'intérieur. Maintenant, c'était trop tard, c'était fini. Il cligna des yeux et libéra sans bruit ce souffle qu'il avait retenu depuis sa première rencontre avec Archie. C'était comme si l'air vicié qu'il gardait dans les poumons s'évadait enfin, maintenant que le patriarche l'avait renié.

Le problème, c'était qu'il n'avait pas imaginé en souffrir autant.

Il lâcha le bras d'Archie et recula d'un pas. La douleur… ça faisait un bail qu'il n'en avait pas éprouvé. Ce genre de douleur en tout cas, celle qui vous tranchait la gorge, vous ouvrait la poitrine et cherchait à atteindre le cœur. Un goût atroce inonda sa bouche, de la bile peut-être, ou ce qui suintait de son âme déchirée.

Il aurait dû se méfier. Peut-être l'avait-il fait, peut-être s'était-il attendu à cette gifle, peut-être lui restait-il des brides de rationalité et de méfiance qui l'avaient prévenu qu'on risque gros en s'ouvrant à autrui. Il avait aimé Archie. Il aimait Dante. Mais l'amour ne durait pas. Jamais. Et quand l'édifice s'écroulait, la douleur était assez forte pour réduire une vie en poussière.

Rook fit un effort surhumain sur lui-même pour cacher ses émotions à Archie, pour ne pas révéler que ces mots cruels avaient ouvert en lui des plaies béantes. Il se redressa donc et carra les épaules. Pas question de donner au vieil homme la satisfaction de le voir abattu. Devant lui comme devant tous ceux qui l'avaient précédé, Rook resterait impassible. Sa dernière tentative avait été avec Beanie, quand elle l'avait abandonné une ultime fois, reniant ses promesses et brisant la confiance d'un enfant apeuré. Dire qu'il avait vraiment cru que sa mère avait changé !

Rook se figea quand le vieillard tendit la main vers lui.

— Non, croassa-t-il, la gorge serrée. Ne me touche pas ! *Putain, ne me touche pas !*

— Je suis désolé. Mon garçon… Rook… Je suis…

Archie se pencha davantage et le prit par les poignets. Rook se dégagea avec un feulement.

— Non !

— Écoute, j'ai parlé trop vite ! Tu me *connais*, quand je suis en colère, je ne réfléchis pas. Je ne pensais pas ce que j'ai dit. Je n'ai pas…

Rook n'en pouvait plus. Son univers s'écroulait. Il ne pouvait plus respirer. Il mourait d'envie de fondre en larmes et d'oublier la souffrance qui le broyait.

— Dégage ! La porte est juste derrière toi, vieillard. Va-t'en !

— Rook…

Un raclement de gorge interrompit le plaidoyer d'Archie. C'était Dante.

Le patriarche se tourna vers lui :

— Montoya, vous tombez bien ! Dites-lui. Expliquez-lui…

Rook avait du mal à y croire, mais Dante lui avait manqué. Il aimait tant le voir entrer chez lui. Son flic... avec sa démarche de prédateur et son air assuré.

Rook étudia Dante, sans parvenir à déchiffrer son expression. Il réalisa alors que ses yeux étaient noyés de larmes. Il avait déjà du mal à les empêcher de couler. Il refusait d'accorder cette victoire à Archie. Il devait être fort et...

Il n'eut pas le temps d'aller plus loin, Dante s'approchait déjà. Rook tressaillit. Son instinct lui criait de le repousser... de rester à distance comme il l'avait fait pendant des années – toutes ces longues années, putain ! Chaque accès de rage ou de peur le poussant à fuir et à recommencer loin, ailleurs.

Mais sans Dante, il ne pouvait pas continuer. Il ne pouvait plus.

Sa vie n'avait plus aucun sens sans ce maudit flic. *Son* maudit flic. Ce flic qui en ce moment même posait les mains sur lui, le caressait, lui offrait du plaisir. Ce flic qui l'avait soutenu jusqu'à la salle de bain après qu'une tête coupée eut roulé sur son plancher. Ce flic qui l'avait soutenu quelques minutes après quand Rook avait vomi ses tripes.

Dante passa le bras sur les épaules raidies de Rook

— Arrête de ressasser, *cuervo*, chuchota-t-il. Ton cerveau tourne en rond. Ne fuis pas. Je sais que tu es tenté. Je le vois, je le sens... Ne le fais pas. Reste avec moi. Laisse-moi te serrer contre moi.

— Je ne comptais pas... fuir, haleta Rook. C'est juste... non ! Lâche-moi. Je ne veux pas... paraître faible. Je ne le suis pas. Merde !

Un long frisson glacé remonta de son ventre et s'enroula autour de son épine dorsale, faisant tressauter ses vertèbres. Rook essaya de se contrôler, mais sans y parvenir. Il n'en pouvait plus, les digues allaient lâcher.

— Merde ! répéta-t-il. Dante, fais-le dégager. Ah, je ne sers à rien, hein ? Après tout ce que... ras le bol. Je ne peux pas... Merde ! Il ment, il n'a rien compris. J'en ai assez des insultes et du mépris. J'en ai assez de me faire jeter.

Il allait pleurer. Et tomber à genoux et hurler. Il en avait besoin. Quelque chose venait de mourir en lui. On l'avait amputé d'un rêve, froidement, impitoyablement. Du coup, il était différent, changé, amoindri.

Dante parlait, mais Rook ne percevait pas le sens de ses mots. Ce n'était que du bruit en arrière-plan. Il crut entendre Archie plaider sa cause, implorer, mais il ne voulait pas savoir ce qui se disait.

Ou plutôt, il doutait d'avoir la force de le supporter.

Dante était là, tout près. Contact bénéfique, odeur merveilleuse, chaleur surtout, chaleur vitale. Il s'accrocha à sa taille et se colla à lui autant qu'il le pouvait, cherchant à s'incruster en lui. Il espéra ne pas mettre de morve sur la chemise de Dante, mais si c'était le cas, il n'y pouvait rien. Il n'était pas habitué à pleurer. Il tenta encore d'écraser sa douleur, mais elle ne cessait de remonter à la surface. Il finit par se laisser aller : dans les bras de Dante, il se sentait en sécurité.

Rook ne parvenait pas à absorber ce qui lui arrivait. Épuisé, désorienté, le cœur en miettes, il se laissait étreindre – *il se laissait faire !* – et son cerveau tressaillait à l'ironie de ces quelques mots.

Au bout d'un moment, ayant besoin d'espace pour réfléchir, pour respirer, il fit un pas en arrière, juste assez pour inspirer une bouffée d'air qui ne sentait pas Dante Montoya.

Archie parlait toujours, prononçant des mots qui érodaient les remparts effondrés de Rook.

— Je ne peux pas le laisser croire que... Par pitié, Montoya. Faites-le-lui comprendre. Je suis désolé, *tellement* désolé. J'ai parlé sans réfléchir... je...

— Je sais, Archie, je sais. Accordez-nous un moment, d'accord ?

Dante devait être ému ou énervé, car son accent était plus marqué, plus chantant. À l'écouter, Rook sentit sa blessure s'apaiser un peu.

Puis Dante se détourna légèrement, entraînant Rook afin de lui cacher le visage dévasté du vieillard.

— Écoutez, Archie, les mots, ça peut faire mal. Je sais bien que Rook et vous, vous vous disputez comme chien et chat, mais vous dépassez trop souvent la mesure.

— Je le reconnais. Je suis désolé. J'ai été stupide et... Les mots m'ont échappé. Je ne sais même pas pourquoi j'ai réagi aussi bêtement... Je ne voulais pas dire ça. J'étais juste... *en colère*.

Archie dut avancer, car sa canne sur le plancher marqua le rythme irrégulier de ses pas. Une main frêle et hésitante se posa sur le dos de Rook. Les doigts glacés tremblaient.

— Rook, souffla le vieillard, je te demande pardon. Je ne le pensais pas, tu le sais bien. Tu ne méritais pas ces paroles, je les regrette plus que je ne saurais te l'exprimer. Je t'en supplie, accepte mes excuses, laisse-moi réparer le mal que je t'ai fait. Je t'aime, mon garçon. Tu représentes le monde à mes yeux, alors... j'ai peur. Il m'est très pénible de le reconnaître, mais l'idée qu'on puisse t'enlever à moi me… terrorise. Je ne supporterais pas de te perdre, je ferais n'importe quoi pour éviter ça.

— Archie ! gronda Dante. Ça va, il le sait. Ça suffit maintenant. La journée a été longue et éprouvante pour chacun de nous. Vous êtes fatigué, Rook aussi. Je vais lui parler. Redescendez. Manny doit être encore en bas…

Sa voix grave et rassurante, avec une pointe d'autorité, aida Rook à échapper à sa crise de panique.

Archie, manifestement bouleversé, s'entêta :

— Mais enfin, Montoya, il faut qu'il comprenne que je suis sincère ! J'ai merdé. Une fois de plus ! J'ai agi avec lui exactement comme avec sa mère quand elle m'a tenu tête, autrefois. Il n'est pas question que je répète mes erreurs passées, je préférerais être damné !

Dante caressa les cheveux de Rook, libérant son visage. Du pouce, il effleura les hautes pommettes.

— *Cuervo*, que veux-tu faire ?

Rook recula et pressa le talon de ses mains sur ses yeux douloureux.

— Lui donner un coup de pied dans les couilles. Rigoler et recommencer.

— Rook, je suis désolé, répéta Archie. Je ne pensais pas ce que j'ai dit. Je te le promets…

Il cessa de parler en voyant son petit-fils secouer la tête, les épaules basses.

Rook s'accrocha au bras de Dante. Se séparer de son flic lui répugnait, mais il avait besoin d'espace.

— Je dois m'asseoir, souffla-t-il. Je me sens … bizarre.

Dante posa un baiser sur son front. Il frotta ensuite son nez contre le sien, puis s'écarta.

— Bien sûr, tu es vanné. C'est tout à fait normal après la journée que tu as vécue, bébé. Tu as mauvais caractère, tu sais. Archie aussi. Vous vous emportez vite et ça vous rend parfois pénibles à supporter au quotidien. Respirez tous les deux un grand coup. Ça vous éclaircira les idées.

Rook se tint au dossier du canapé et fixa son grand-père. Pour le moment, Archie était pour lui une ombre du passé… le Grand Méchant des histoires que Beanie lui racontait étant enfant, un vrai génie du Mal. Depuis qu'ils s'étaient retrouvés, il leur arrivait fréquemment de se quereller : ils se mettaient en colère et s'insultaient, puis se rabibochaient avant de recommencer. En vérité, ils se ressemblaient trop, de physique et de caractère. Les mots cuisants d'Archie l'avaient détruit, d'accord, mais

126

s'il les avait écoutés, il pouvait aussi bien écouter les excuses de son grand-père. Ne serait-ce que par respect.

Et puis Archie était le seul homme au monde à l'avoir traité en fils, ça comptait malgré tout. Rook avait passé l'âge de fuir à la moindre complication.

Dante avait raison. Rook avait mauvais caractère. Il s'était trop vite laissé emporter dans un ouragan d'émotions confuses, sinon conflictuelles. Son flic avait su le ramener à la raison avec quelques mots pleins de bon sens et de tendresse.

Quelques heures plus tôt, Rook avait ouvert un carton au contenu morbide. Avant ça, il avait été acculé par un inspecteur sans scrupules – qui fut assassiné peu après – et craint pour sa vie. En rentrant à la maison, Dante l'avait dénudé, au sens littéral et émotionnel, l'exposant à un niveau d'intimité auquel Rook avait pensé ne pas survivre. S'ajoutaient à cette liste éprouvante les efforts de Manny et d'Archie pour l'inciter à s'installer au château Martin. Finalement, Rook examina d'un œil neuf les décombres fumants de sa journée.

Parce que si Archie lui avait paru vieux avant de l'agresser verbalement, il avait pris vingt ans depuis.

Dante sentit l'ambiance changer.

— Bon, décida-t-il, je vais voir ce que devient Manny. Aux dernières nouvelles, il tentait de caser O'Byrne. Hank et moi avions l'intention d'aller voir à la femme de ménage de Harold, mais il est trop tard pour ça. Notre enquête attendra demain. J'ignore qui va reprendre le dossier sur le meurtre de Harold, mais nos investigations ne peuvent que faire avancer les choses. Tout est connecté. Il faut juste trouver le lien.

Il caressa le menton de son amant, puis lui vola un autre baiser, laissant Rook à bout de souffle.

— Que veux-tu faire, *cuervo* ? demanda Dante. Je suis à tes ordres.

— Laisse-moi une minute pour parler à mon grand-père. Ensuite, tu m'aideras à préparer mon sac. Je ne sais pas encore où nous atterrirons, mais nous en discuterons tous les deux, d'accord ?

Vexé par le soulagement évident de Dante, Rook fronça les sourcils et se mordit la lèvre inférieure.

— La maison t'est toujours ouverte, mon garçon, intervint Archie, penché en avant, une hanche appuyée contre le canapé. Aussi odieux que je sois parfois, tu y es chez toi, c'est promis.

— Je m'occupe de Manny, déclara Dante, ensuite, je verrai si O'Byrne a terminé ce qu'elle avait à faire en bas. Une de ses équipes passera demain nettoyer l'appartement. Je vous laisse parler. Nous verrons après où nous en sommes. Nous avons plusieurs options.

Après un dernier baiser assorti d'un coup de langue, Dante disparut.

Rook en ressentit un grand vide, mais il avait une tâche importante à accomplir : des liens relationnels à retisser.

Au même moment, le canapé glissa sur le plancher ciré, sans doute à cause des deux hommes qui s'y appuyaient. Déséquilibré, Archie poussa un cri et lança le bras en avant pour amortir sa chute. Mais Rook avait déjà bondi pour rattraper le vieillard chancelant. La canne tomba avec fracas et roula, vite arrêtée par le bord du tapis.

— Laisse-moi m'asseoir, haleta Archie, avant que je nous tue tous les deux.

Il contourna le canapé en boitant, appuyé au bras de Rook, et se laissa tomber sur les coussins avec un soupir de soulagement. Rook s'assit à ses côtés, soulagé de pouvoir reposer ses pieds.

— Foutu genou ! grogna Archie. J'en ai souffert aujourd'hui, mais ça ne justifie en rien ce que je t'ai dit. J'ai peur pour toi, mon garçon. Rien n'est… facile entre nous. Nous nous ressemblons trop, j'imagine. Aussi têtu et emporté l'un que l'autre. Tu as quelque chose de ta mère aussi, elle avait du caractère, ce que j'appréciais. J'aime bien les parents d'Alex aussi. Les autres… eh bien, c'est plus compliqué. Bref, j'ai déconné et j'en suis vraiment navré.

Le silence retomba, ponctué par les bruits de la rue. Une fenêtre du salon était entrouverte, la nuit apparaissant par l'entrebâillement. Même aux petites heures du matin, Hollywood continuait à suivre son rythme unique et décalé. Un chat en rut miaula à proximité, son cri rauque effaçant un moment le brouhaha constant des voitures qui passaient sur le boulevard. Il y avait encore des policiers à l'extérieur du bâtiment, on entendait un grésillement de radio, un frottement occasionnel contre la brique et des voix graves qui discutaient. Un rire résonnait aussi de temps à autre, les flics pratiquant volontiers l'humour macabre pour alléger le poids de leur charge.

Le moment semblait idéal pour faire amende honorable. Rook ouvrait la bouche quand son grand-père lâcha un pet sonore et explosif. Rook éclata de rire sans pouvoir se retenir. Archie afficha un air penaud.

— Les gaz ! grommela-t-il. Un privilège de l'âge. C'est d'un chiant ! Tu verras, ça t'arrivera aussi et tu seras obligé de boustifailler des salades et des brocolis. Mon foutu nutritionniste m'a prescrit un smoothie vert – chou frisé et épinards – chaque matin. Je ne suis pas une vache, bon sang ! Et arrête de rire, ça n'est pas drôle !

Rook s'essuya le coin de l'œil.

— Si, un peu. Péter à un moment aussi solennel ? Comment voulais-tu que j'évite de rire ? Je ne peux pas rester en colère contre toi si tu fais de la musique avec tes fesses !

Archie eut un beau sourire. Son visage s'éclaircit, sa bouche triste se releva aux commissures.

— C'est ce qui me plaît chez toi, mon garçon. Tu dis toujours ce que tu penses. Je t'aime, tu sais, je t'aime vraiment. Et je te demande pardon. Encore. Il m'est très difficile de te voir prendre des décisions que je n'approuve pas. Je suis tenté d'intervenir pour te remettre dans le droit chemin, même si je sais que tu vas t'énerver.

— Oui, tu as un don pour m'énerver. Tu es un vrai champion. Même Dante ne t'arrive pas à la cheville dans ce domaine. Et pour ce que ça vaut, je suis désolé aussi. Je… j'ai pété un câble. Sans mauvais jeu de mots…

Il parlait à voix basse, sondant la douleur qui s'attardait en lui.

— La journée a été *épouvantable*, reprit-il. Bien sûr, Vicks a connu pire, mais… j'ai été salement secoué, Archie. En temps normal, *rien* ne m'atteint, mais là… *une tête coupée* ! Oh, oui, ça m'a *secoué*. Alors quand tu m'as dit que je ne valais rien, j'ai craqué. Elle le disait toujours, tu sais. Beanie. Elle ne se souciait pas de moi, ou si peu. Je ne comptais pas pour elle. Alors que tu t'y mettes aussi… je n'ai pas pu le supporter.

— Tu *comptes* pour moi, mon garçon, tu comptes beaucoup. Alex et toi êtes ce que j'ai de plus cher sur terre. Mes héritiers ! Seigneur ! Un jour, vous comprendrez ce que vous représentez à mes yeux

Archie fit une pause, les yeux pensifs. Puis il enchaîna :

— Je vais te demander d'être patient envers un vieil homme, mon garçon. Mes mauvaises habitudes sont bien enracinées, tu sais, et j'ai plus tendance à aboyer qu'à étreindre. J'aimerais pourtant… j'aimerais te serrer dans mes bras. Me l'accorderas-tu ?

— Bien sûr. Moi aussi, je vais te demander d'être patient. Je suis tout à fait capable d'être idiot, au cas où tu ne l'aurais pas déjà remarqué.

Les étreintes de Dante étaient fortes et chaleureuses, évoquant la protection, l'amour et le plaisir qui durent. Celle que Rook partagea avec son grand-père fut très différente. Le vieillard, fragile et maladroit, était tout en os. Les deux hommes finirent par pivoter sur le canapé pour se rapprocher l'un de l'autre et c'était tout ce qui comptait. Rook s'en sentit grandement rasséréné. Cette étreinte était *authentique*. Et après la journée qu'il venait de vivre, il avait avant tout besoin d'authenticité.

— Alors, réconciliés ? demanda Rook quand il relâcha les maigres épaules d'Archie.

Le vieil homme acquiesça et détourna la tête pour se tamponner discrètement les yeux.

— Oui.

— Tant mieux ! Parce que nous devons nous entraîner, tu sais. Tu ne m'as pas l'air plus doué que moi pour les câlins. Nous avons tous les deux des progrès à faire en ce domaine.

— J'oublie parfois combien tu es jeune. C'est peut-être parce que tu es avec Montoya. Ou parce que tu as bâti tout ça. Tu as l'âge d'Alex. Ou bien est-il ton aîné ? Je ne me souviens plus.

— Je n'en sais rien. Je te rappelle que Beanie a toujours affirmé qu'elle ignorait mon année de naissance. Chaque fois que je l'interrogeais, j'avais droit à une nouvelle histoire avec un de ses ex. Un jour, elle a prétendu que mon père était Sam Wong, un des forains. Tu trouves que j'ai l'air chinois ?

Archie le dévisagea.

— Hum, marmonna-t-il. Pourquoi pas ?

— Hé, j'aurais bien aimé ! Sam était sympa. C'est aussi le premier gay que j'ai connu, mais même s'il avait été attiré par les femmes, je doute qu'il se soit approché de Beanie. Elle s'arrangeait toujours pour tout… *compliquer*. Je comprends que tu te sois disputé avec elle, Archie, tout le monde le faisait. Comme je n'avais pas de papiers, j'ai mis longtemps à avoir un vrai permis. J'ai fini par l'obtenir il y a quelques années, grâce à une avocate qui avait bataillé dur pour avoir la nationalité américaine. Avant, j'utilisais de faux papiers.

— Ta mère aurait dû te laisser avec moi. Remarque, je ne suis pas certain que j'aurais survécu à Alex et toi. Un jour, il a fait exploser une de mes tourelles avec un jeu idiot de petit chimiste ! Je préfère ne pas penser aux bêtises que tu aurais inventées, mon garçon, mais sois certain que j'aurais sacrifié un bras pour t'avoir. C'est la vérité.

— Je sais, vieillard. Je sais.

Il cligna des yeux pour chasser ses larmes. La plaie dans sa poitrine s'était refermée, laissant une simple cicatrice qui disparaîtrait avec le temps, il en était certain. Il reprit donc :

— Et maintenant, je vais te dire une chose que je n'aurais jamais pensé dire… parce que Dieu sait qu'ils ont tous été odieux envers moi, mais quand même, les autres… ne devrais-tu pas aussi leur donner une chance ? Ça fait des années que tu les emmerdes, que tu les manipules, que tu les dresses les uns contre les autres. C'est toi qui as transformé ces repas de famille dominicaux en jeux du cirque où seuls les plus sanguinaires ont une chance de survivre. Ils me voient comme un outsider, une menace, ils rêvent tous de m'égorger alors que je n'attends rien d'eux, je n'attends rien de toi. Peut-être Harold serait-il encore en vie s'il ne m'avait pas pris pour son rival ?

— Tu n'es pas responsable de sa mort, mon petit, insista Archie. Mais je tremble quand je pense à cet intrus qui t'a agressé avant de s'enfuir. Grâce au ciel, tu n'as pas subi le sort de cet inspecteur. Tu es en danger, l'oublierais-tu ?

Rook s'accrocha à la main de son grand-père.

— Non, bien sûr que non, comment le pourrais-je ? J'attendais Dante, ce soir, je comptais lui parler, mais quand il est enfin revenu à la maison, nous avons été… distraits. Ensuite, j'ai ouvert le carton et… ça a été l'horreur, *Chez Bergan* hier après-midi, après le départ de Vicks, j'ai discuté un moment avec Thorkenberry. Ensuite, je me suis regardé dans un des vieux miroirs de son magasin. Ils sont tout tachetés, mon visage était dans l'ombre. Seuls mes yeux étaient illuminés par un rayon de soleil. Et là, ça m'est revenu… C'est idiot, j'aurais dû le réaliser plus tôt. J'ai à peine distingué le gars qui était chez Harold, il portait un masque de ski avec une fente pour les yeux. Mais Archie, je pourrais jurer qu'il avait des yeux vairons ! C'est un trait de famille, non ? C'était un *Martin !*

XII

— ET C'EST *maintenant* qu'il s'en souvient ?

O'Byrne arpentait le trottoir le long de sa berline. En arrivant au niveau du coffre, elle se retourna et fit face à Dante et Hank. Il était encore très tôt, pourtant les passants ne manquaient pas. L'inspecteur faillit heurter deux jeunes hispaniques qui portaient l'uniforme d'un hôtel avoisinant. Elles lui jetèrent un regard mauvais avant de repérer deux choses : le badge à la ceinture du flic et son air hargneux. Très sagement, elles choisirent de continuer leur chemin sans piper mot.

O'Byrne enchaîna avec fureur :

— Le dossier de Vicks est si brûlant qu'il fait une marque sur mon bureau et West LA veut la tête de Stevens, Montoya, et c'est le moment qu'il choisit pour nous révéler un détail vital qu'il a remarqué chez la victime ?

Malgré l'heure matinale, deux policiers prenaient une pause-café et achetaient des *conchas* fraîchement frites à un camion du parc Mac Arthur. Le soleil n'était pas encore levé, mais le parc était toujours animé. L'ambiance s'était nettement améliorée depuis la vague de violence ayant sévi quelques décennies plus tôt, même si quelques tensions existaient encore : les différends entre le parc et la police étaient loin d'être résolus. À Los Angeles, les gens avaient la rancune tenace, en particulier dans les quartiers latinos ou coréens. Le parc, situé au carrefour de deux cultures, avec des résidents aux revenus de tous ordres, était pour beaucoup une ancre. Ses concerts et ses foires attiraient le public, mais aussi les polociers – et pas seulement ceux du quartier.

Dante adorait le parc Mac Arthur, même s'il trouvait regrettable que Manny tienne à y chanter chaque fois qu'il se promenait sous les arbres, jusqu'au lac et son immense fontaine. En soirée, c'était un endroit agréable pour se détendre et écouter de la musique. Dante avait d'ailleurs eu l'intention d'y entraîner Rook un après-midi, pour un évènement quelconque, mais l'occasion ne s'était pas encore présentée. Son amant apprécierait certainement les nombreux camions de nourriture qui s'alignaient dans les allées le samedi après-midi alors que les clients se battaient pour être servis.

Dante connaissait le vendeur de *conchas* : son café était une merveille – très noir, très fort et servi assez chaud pour se brûler la langue. Il en savoura une tasse avec délices, ayant bien besoin de caféine pour se remettre les idées en place. Après à peine quelques heures de sommeil, il aurait préféré rester blotti contre Rook. Bien à contrecœur, il avait pourtant dû quitter le corps nu et chaud son amant, couché dans ses draps froissés, pour ce rendez-vous matinal avec O'Byrne et Camden.

La veille au soir – ou plutôt cette nuit –, Rook dormait debout en arrivant chez Archie. Il avait à peine eu la force de se déshabiller avant de s'écrouler sur le lit. Quant à Manny et Archie, ils étaient dans la cuisine et tentaient de mettre en marche la machine à espresso sans attendre l'arrivée de Rosa. Ce matin, Rook s'était réveillé, les yeux battus. Sans même quitter le lit, il avait révélé à Dante ce qui lui était revenu de la nuit où il avait trouvé Harold sur le sol de sa chambre.

— Montoya, je vous parle ! beugla une voix féminine.

Ramené au présent, Dante regarda O'Byrne qui se tenait non loin de lui. Elle tendit un billet au vendeur et récupéra une tasse de café et une barquette *d'arroz con coco*.

— Oui ?

— Avez-vous dit à Stevens de ne pas bouger pendant les jours qui viennent ? Je tiens à l'avoir sous la main, je retournerai l'interroger après être passée vérifier la maison Natterly. Ces gens-là ont certainement des choses à dire.

Camden intervint :

— Vous connaissez bien mal Stevens si vous croyez qu'il obéit aux instructions, O'Byrne. Dante a sur lui une certaine influence, mais Stevens est du genre à sauter d'un immeuble simplement parce qu'on lui demande de ne pas le faire.

Le partenaire de Dante dégustait son café en suivant des yeux les joggeurs matinaux et les gens mal réveillés qui promenaient leurs chiens. Il s'éloigna de quelques pas pour revendiquer un banc, puis aida O'Byrne avec sa nourriture afin de lui permettre de s'asseoir et de manger confortablement.

Dante se jeta à la défense de son amant :

— Tu exagères !

Les deux autres se contentèrent de ricaner en levant les yeux au ciel. Dante préféra ne pas insister et dévia la conversation :

— O'Byrne, Book tient à ce que nous vous tenions au courant de nos investigations, vu que nous travaillerons probablement en parallèle. Nous

133

avons consulté West LA, les gars sont d'accord pour nous laisser suivre nos pistes, Hank et moi, mais leur capitaine tient aussi à connaître nos résultats. Book a menacé de nous retirer de l'affaire si nous créons des vagues.

Camden tourna vers lui un regard outré.

— Quoi ? Je te rappelle que nous sommes en congé ! Pourquoi auraient-ils leur mot à dire sur notre façon d'occuper notre temps libre ?

— Si nous voulons garder nos badges, mieux vaut garder un profil bas, répliqua Dante, avec une grimace fataliste. Mais rassure-toi, Book compte déchirer notre demande de congé. Si nous travaillons avec West LA pour mettre la main sur un meurtrier, autant que ce soit officiel.

— Il a raison, c'est mieux, intervint O'Byrne. Il n'y a pas conflit d'intérêts, puisque Stevens a été innocenté. L'épouse de la victime, en revanche, reste suspecte. Concernant Vicks, je vais travailler avec un des gars de West LA. Un partenariat entre deux postes ? C'est une rareté. Je suis partante, une enquête aussi merdique réclame des mesures d'urgence, l'important étant que le boulot soit fait. En priorité, il faut retrouver le corps de Vicks, nous nous sentirons tous mieux ensuite. Et la famille de Vicks également.

Hank sortit une *concha* d'un des sacs avant de continuer :

— Au moins, ils ne vous ont pas retiré l'enquête sur le meurtre de Vicks. Que comptez-vous faire maintenant ?

— Je veux interroger in situ Davis Natterly, le directeur de la maison de ventes aux enchères, son frère et son personnel. Ensuite, je reverrai Stevens pour faire le point. La grande question est de savoir si le meurtre de Vicks était réellement dédié à Rook, ou si ce message n'est qu'une diversion. J'avoue avoir du mal à croire à un dévouement aussi morbide. Mais s'il s'agissait d'un avertissement, cela aurait pu être plus clair. Votre homme ne manque pas de charme, Montoya, mais s'il avait attiré l'attention d'un harceleur aussi obsédé, je pense qu'il le saurait. Il est loin d'être idiot. Quand avez-vous parlé à Book ? Ce matin de bonne heure ou cette nuit avant de vous coucher ?

Elle ouvrit le couvercle de son récipient, puis planta sa cuillère en plastique dans le riz sucré. Hank piqua dans une *concha* et fit gicler du sucre rose.

Dante lui tendit une serviette en papier. Il sirota une autre gorgée de son café, heureux de sentir le nœud dans sa poitrine se desserrer un peu.

— Ce matin, répondit-il. Il a téléphoné juste après que vous m'avez appelé. Il est très ami avec le capitaine de West LA. Ils sont tous sous le choc, aussi sont-ils prêts à accepter toute l'aide qu'on leur propose. Comme vous le disiez, Sadonna reste suspecte et on m'a demandé de la surveiller. Elle refuse de parler. J'ai appris qu'elle a déposé auprès de l'État et du LAPD une demande pour résider chez sa belle-mère. Je ne pensais pas qu'ils la laisseraient partir, mais elle a déjà quitté le château Martin. Je trouve très étrange qu'elle ait choisi de se rapprocher de Margaret. Tout le monde sait, et Sadonna la première, que la mère de Harold la déteste.

Hank leva les sourcils.

— Comment ? La veuve n'est pas restée chez Archie ? C'était pourtant la vie de *château*, avec service aux petits oignons, café, bière et bacon à volonté.

Dante secoua la tête.

— Archie n'est pas facile à vivre, même quand il fait des efforts. Rook et lui ont eu une prise de bec hier soir, au loft. J'ai vraiment cru que ça allait très mal se passer, mais ils ont fini par se rabibocher. Aux yeux d'Archie, Sadonna a commis une erreur irréparable. C'est elle, délibérément ou pas, qui a poussé Rook dans cette histoire dangereuse. Le patriarche n'est pas homme à pardonner qu'on s'en prenne à l'un de ses petits-fils préférés. De plus, si j'en crois mon instinct, Archie soupçonne la veuve d'être impliquée dans le meurtre de Harold.

— Et vous, Montoya, qu'en pensez-vous ? demanda O'Byrne. Jusqu'ici, Stevens est le seul à avoir été innocenté. West LA n'a plus que l'épouse comme suspecte, mais le dossier d'accusation est bancal. Malheureusement, un policier a été tué. Mettre la main sur son assassin reste ma priorité. D'après moi, Vicks a été éliminé pour détourner l'attention de Sadonna et incriminer Stevens, mais les uniformes sont d'un avis différent. Peu importe, Stevens n'a pas eu le temps matériel de s'en prendre à Vicks, c'est un fait certain. Et je le vois mal engager un tueur à gages. Même Montoya aurait refusé !

— Merci de ce vote de confiance, grogna Dante, mi-figue, mi-raisin. J'ignorais que vous me suspectiez !

Elle gloussa et continua à manger son riz. Après avoir avalé, elle remarqua avec calme :

— Hé, c'est mon boulot de peser toutes les éventualités. J'ai immédiatement pensé à vous, mais comme Stevens, vous n'avez pas eu le temps de tuer Vicks. Écoutez, Montoya, j'ai vu la façon dont vous regardiez Stevens. Si vous étiez tombé sur Vicks pendant qu'il agressait votre homme, nous aurions sans doute cette conversation à Central.

Hank intervint :

— Elle n'a pas tort, Montoya. Tu es une vraie guimauve avec Stevens. Maintenant, revenons aux choses sérieuses : il faudrait vraiment savoir qui était cet homme masqué que Stevens a trouvé près du cadavre de Harold. Pour commencer, pourquoi ne pas réclamer la liste des Martin ayant hérité des yeux bizarres d'Archie ? D'après tous les témoignages reçus, Harold était un salopard arrogant. Il a pu mortellement offenser un autre membre de sa famille.

— Rares sont les Martins à avoir une hétérochromie complète, répondit Dante, mais c'est effectivement un trait génétique très marqué chez Rook et Archie, moins chez d'autres. Je les ai tous plus ou moins rencontrés, mais je ne leur ai porté aucune attention particulière. En général, ils cherchent à s'en prendre à Rook, à lui faire sentir qu'il n'a pas sa place à la table d'Archie. Je me souviens qu'un des gamins a lui aussi des yeux vairons, mais comme il n'a que dix ans, nous pouvons l'écarter. Dommage ! Ce petit morveux est particulièrement odieux !

— Un autre trait génétique, si je ne m'abuse, persifla Hank.

Dante secoua la tête.

— Un trait Martin, c'est certain, convint-il, mais plus acquis qu'inné. Un ou deux cousins sont plutôt sympas, mais je n'ai pas retenu leurs noms. En fait, j'ignore même combien d'enfants a Archie. Et les mariages consanguins n'arrangent rien ! Figurez-vous que la mère d'Alex, fille d'Archie, a épousé un de ses cousins issus de germain, aussi son nom d'épouse est-il aussi Martin. C'est ce que Rook m'a dit, en tout cas.

O'Byrne ricana.

— Et vous l'avez cru, Montoya ? Ça pouvait être une blague ! Votre copain n'est pas très fiable, vous savez.

Dante se raidit.

— O'Byrne, je vais être clair : j'ai en Rook une totale confiance. Merde, je lui confierai ma vie si nécessaire.

Il jeta un coup d'œil en direction Hank, le défiant du regard de faire une remarque désobligeante. Camden détourna la tête, soudain très intéressé par le jet d'eau du lac.

Un peu calmé, Dante reprit :

— Rook n'aimait pas Vicks – *personne* ne l'aimait ! –, mais jamais il n'a souhaité sa mort. Ou celle de Harold. Dès qu'il s'est souvenu des yeux de l'intrus, il m'en a fait part. Il savait que c'était important. Mieux vaut cependant garder nos options ouvertes. Cela pouvait être un simple jeu de lumière et Rook a pensé à des yeux vairons parce que l'hétérochromie lui est familière. Il affirme pourtant que les yeux étaient différents, un plus clair que l'autre, mais tout a été très rapide.

— Comme nous n'avons rien d'autre, autant suivre cette piste, opina O'Byrne. Quand j'entends un bruit de sabots, je pense plus à un cheval qu'à un zèbre. Montoya, je tiens à ce que vous assistiez à mon prochain entretien avec Rook. Il parlera plus facilement en votre présence. Combien de temps comptez-vous mettre pour interroger la femme de ménage ?

Ce fut Hank qui répondit :

— Pas longtemps. Jennifer Martinez habite à Pasadena, mais en ce moment, elle garde l'appartement de sa sœur au carrefour de South Westview et de Seventh. Je l'ai appelée cinq ou six fois la nuit dernière, sans réponse. J'ai d'abord cru qu'elle m'évitait, mais elle m'a laissé un message à cinq heures pendant que je sortais le chien. Nous avons pris rendez-vous chez sa sœur, j'ai les coordonnées. Ce qui explique que je sois levé aussi tôt.

Il fit une boule de sa serviette et visa la poubelle. Un tir parfait. Il eut un sourire satisfait.

— Hé ! Je n'ai pas perdu la main ! Bref, Jennifer Martinez nous attend à neuf heures, nous allons devoir nous mettre en route sans tarder. Les gens sont de mauvais poil quand un flic les fait attendre.

À son tour, Dante jeta ses détritus dans la poubelle. Il se leva et ajouta :

— Nous retournerons chez Archie vers onze heures. Nous pourrions faire le point à ce moment-là, O'Byrne ? La situation a pas mal changé hier soir, qui sait ce qui se passera ce matin ? Martinez nous donnera peut-être une nouvelle piste. Si vous n'avez pas besoin de nous, faites-le-moi savoir.

— Très bien, je vous contacterai. Je dois découvrir où Vicks a été tué. Peut-être mettrai-je enfin la main sur un témoin. Le tueur savait Stevens en contact avec la maison Natterly, il savait aussi que Vicks avait jeté ces Molotov au magasin, donc ce doit être un proche. Malheureusement, c'est son *mobile* qui m'échappe encore.

Elle se leva et cligna des yeux. Le soleil filtrait à travers les arbres. Elle sortit de son blouson des lunettes de soleil – en veillant à ne pas exposer son arme de service –, puis se pencha vers Hank et enchaîna :

— West LA cherche à déterminer ce qu'a fait Vicks après avoir quitté *Chez Bergan*, il les avait prévenus qu'il s'apprêtait à interroger un suspect – sans préciser qu'il s'agissait de Stevens. J'aimerais savoir où il s'est rendu ensuite.

— Vous savez, grommela Hank, nous aurions pu avoir cette discussion au téléphone. Oui, je sais, nous avons eu droit aux meilleurs *conchas* de Los Angeles et ça nous rapproche de la résidence de la femme de ménage, mais quand même, j'aurais volontiers dormi une demi-heure de plus.

O'Byrne enfila ses lunettes de soleil à effet miroir et toisa Hank, les yeux cachés.

— L'esprit de groupe, c'est important, Camden. Se réunir est la seule façon de souder une équipe. Maintenant, au boulot, nous avons un assassin à mettre sous les verrous. Et tâchez de ne pas vous faire tuer !

— JE N'ARRIVE pas à croire que tu m'aies obligé à marcher, protesta Hank, les épaules basses. Il y a plus de… trois cents mètres, non ? Pour un Californien, c'est quasiment un marathon. Évidemment, tu es du Texas, tu ne peux pas comprendre.

Dante était occupé à lire les numéros des rues.

— Nous ne marchions jamais à Laredo, répondit-il. Ni en été ni au printemps en tout cas. Sinon, c'était le coup de chaleur garanti.

— Ça te manque ? demanda Camden.

Il s'était arrêté net. Dante continua quelques pas, puis s'arrêta à son tour et se retourna pour lancer à son partenaire un regard interrogateur.

— Quoi ?

— Je me demande parfois si ta famille te manque. Bien sûr, tu as Manny, tu as aussi Stevens, mais tu es le genre de gars à apprécier une grande famille, des oncles, des tantes, des cousins, des gosses qui montent sur tes genoux en t'appelant tonton. Ils sont tous restés à Laredo, non ? Alors, te manquent-ils, Montoya ?

— Oui, bien sûr.

En général, il évitait d'évoquer ses parents. Sa mère lui manquait beaucoup. Manny, son frère, lui ressemblant, Dante souffrait parfois de retrouver chez son oncle des attitudes, des expressions ou des rires qui lui rappelaient sa mère. Quant à son père – c'était compliqué. Dante ne pouvait pas en parler ici, sur un trottoir. Il sourit à Camden, sachant bien que son partenaire – et meilleur ami – avait parlé avec de bonnes intentions.

— Oui, répéta-t-il, ils me manquent, mais il n'y a plus de retour en arrière possible. Ils ont clairement exprimé leurs positions, je doute qu'ils en changent. C'est vrai, j'ai Manny et Rook, mais je t'ai aussi. Et ta femme et les enfants.

Camden le rejoignit et lui envoya une bourrade dans le dos.

— N'oublie pas mon chien ! Sale cabot ! Je te le collerais volontiers, tu sais, si je pensais pouvoir m'en débarrasser sans représailles.

— N'importe quoi ! Tu adores ton chien. En outre, je ne sais pas si Rook aime les animaux.

— Il est plus du genre à avoir un chat.

Puis Hank lui désigna un bâtiment en stuc rouge à deux niveaux, avec d'épais volets blancs qui cachaient les fenêtres. Deux des appartements avaient un balcon et des bacs, l'un avec de vraies fleurs, l'autre avec un bouquet de moulins à vent miteux. Un énorme chat calicot était caché derrière, occupé à les fixer, sa queue battant paresseusement contre un rideau transparent.

— C'est là, je crois. Appartement cent-quatre, rez-de-chaussée m'a-t-elle dit. Inutile de sonner, l'interphone est cassé. La porte avant reste toujours ouverte, alors nous n'avons qu'à entrer.

Dante secoua la tête.

— Non, je suis flic, je préfère prévenir les gens de mon arrivée, surtout dans un immeuble aux couloirs aussi étroits.

Il regarda autour de lui, essayant de déterminer l'ambiance des lieux. Il était déjà passé une fois ou deux dans le quartier pour une arrestation. C'était assez rare. Les résidents préféraient régler leurs comptes en interne ou détourner les yeux plutôt que faire appel aux Forces de l'Ordre.

— Tu as son numéro, Camden ? Alors, appelle-la, décida Dante. Préviens-la que nous sommes devant chez elle. À moins que tu penses utile de la surprendre ?

— Pourquoi ? s'étonna son partenaire. C'est elle qui nous a donné rendez-vous chez sa sœur, disant qu'elle s'y sentait plus à l'aise que chez elle ! Nous n'avons qu'à entrer. Tu sens quelque chose ? Tu t'attends à des ennuis ?

Perdant son air décontracté et bon enfant, il scruta la rue, puis l'immeuble, évaluant la situation. La rue était relativement calme, mais il y avait des signes de vie. De la musique mexicaine, violente et rythmée, s'échappait d'une fenêtre ouverte. À quelques mètres, deux hommes, l'air concentré, se penchaient sous le capot d'une Honda. Un troisième tapait sur le moteur avec une clé. Le quartier était plutôt pauvre, les bâtiments auraient mérité un ravalement, les voisins vivaient les uns sur les autres. Sinon, rien d'anormal.

Pourtant, Dante n'était pas tranquille. Un pressentiment lui titillait l'esprit, un détail fugace sur lequel il ne parvenait pas à mettre le doigt.

Il finit par secouer la tête.

— Je suis sans doute fatigué, avoua-t-il. J'ai peu dormi la nuit dernière. Book veut que je voie un psy pour cette histoire avec Vicks, mais pour le moment, je n'ai pas le temps. Plus tard, peut-être…

— Tu as vu la tête coupée d'un flic sortir d'un carton, Montoya. Et c'est arrivé dans ta chambre. Nous sommes de la police, toi et moi, nous portons un badge. La mort d'un collègue, on met du temps à s'en remettre. C'est normal. Suis les conseils de Book. Trouve le temps de parler à un psy. Je ne suis pas d'accord avec O'Byrne : cette tête, c'était un message. La question, c'est : à qui était-il adressé ? À Rook ? Peut-être. Mais il était peut-être pour toi, ou pour les extraterrestres qui ont enlevé ce taré d'assassin alors qu'il se masturbait à quatorze ans dans un champ de vaches. Qu'est-ce que j'en sais ? Une seule chose me parait évidente : pour faire un truc pareil à un être humain, il ne faut pas tourner rond. Notre assassin est un grand malade, Montoya, il essaie peut-être de te contaminer !

Dante ne put retenir un bref éclat de rire.

— Des vaches ? Écoute, Camden je ne peux pas passer mon temps à ressasser cette histoire, sinon je vais me méfier de tout et de tout le monde.

Hank haussa les épaules.

— La vache, c'est juste une idée qui m'est venue. Je fais confiance à ton instinct, Montoya. Si tu as un mauvais pressentiment à l'idée d'entrer là-dedans, autant y aller mollo. Ce ne serait pas la première fois que ton instinct nous sauvera la mise. Je n'ai qu'une question : qui va interroger Martinez ?

— Nous verrons en fonction de celui de nous deux auquel elle répond le mieux. Il nous faut les noms de ceux qui ont assisté à cette fête que Harold a organisée le soir de sa mort, à condition qu'elle les connaisse, bien entendu. Sinon, peut-être nous donnera-t-elle son cercle d'intimes. Harold sortait très peu avec sa femme, sauf quand il y était socialement obligé pour des évènements mondains ou des soirées spécifiquement Hollywoodiennes. D'après Archie, Harold n'avait pas d'amis au bureau. Si Jennifer Martinez nous donnait le nom de ce fameux amant, ce serait encore mieux.

— S'il a organisé une fête, il devait avoir des amis, protesta Hank. Or aucun membre de sa famille ne lui en connaissait. C'est bizarre, non ? D'après le rapport du légiste, il a été tué aux alentours de minuit.

— Oui. Donc, soit il connaissait le tueur – et nous en revenons à son amant –, soit le gars s'est infiltré en douce en profitant de la cohue et il a attendu que tout le monde soit parti pour émerger.

Hank marmonna son approbation, aussi Dante poursuivit-il son raisonnement :

— Il a attaqué Harold au couteau. Vu le nombre des coups portés, il devait être *très* en colère. Plus tard, un intrus masqué a achevé Harold en le frappant à la tête avec cette fichue statue. Tout cela est très étrange. Même si Martinez ignore les noms de ceux qui étaient à la fête, elle peut savoir qui son patron avait l'habitude d'accueillir chez lui.

— C'est un peu tiré par les cheveux, soupira Camden, mais nous n'avons pas d'autre piste. Allons lui poser la question, nous verrons bien ce qu'il en sortira.

L'air lourd de Los Angeles les suivit dans l'immeuble. Une fois poussée la porte de sécurité – dont la serrure ne fermait plus –, les deux hommes tombèrent dans un hall étroit et sombre qui sentait le rance. Un long couloir donnait sur un petit palier éclairé d'un vasistas et une deuxième porte, ouvrant sans doute sur le parking derrière la résidence. Au milieu du couloir principal, deux autres partaient en perpendiculaire et desservaient les appartements des ailes droite et gauche. De chaque côté, un escalier raide et étroit occupait l'essentiel de l'espace disponible. Un panneau indiquait une buanderie collective au sous-sol, ainsi que des caves particulières. Dante se pencha par-dessus la balustrade pour jeter un coup d'œil et il aperçut deux paniers à linge remplis de vêtements mouillés posés près d'un séchoir. L'une des machines à laver tournait poussivement avec un grincement métallique à faire mal aux oreilles. Dante ne put retenir un sourire en reconnaissant l'odeur forte et familière qui montait du sous-sol. Il fit un pas en arrière en frottant sa langue contre ses dents.

— *Fabuloso*, murmura-t-il en rattrapant son partenaire. J'en ai pris plein la gueule.

Hank se retourna, les sourcils froncés.

— Qu'est-ce que tu racontes ? Tu mates mon cul ?

Dante le suivit vers l'arrière du bâtiment.

— Non, crétin, je parlais de la lessive. Celui ou celle qui vient de faire une machine en a mis beaucoup trop. Ça m'a tapissé les sinus. Je connais bien cette odeur. Ma mère utilisait la même lessive autrefois pour nettoyer mes uniformes de baseball. Seigneur, ça ne me rajeunit pas ! C'est drôle la façon dont le cerveau enregistre des détails. Ma mère n'achetait que des produits orange ou roses, mais ma tante les préférait vert clair, et en lot, pour profiter des soldes. Comme elle manquait d'espace de rangement, elle les entreposait chez nous. Ensuite, elle était obligée d'en faire usage parce qu'elle les avait.

— Pourquoi ne pas les donner ou même… les jeter ? demanda Hank, éberlué.

— Oh, de toute évidence, tu n'es pas né dans un quartier où le gaspillage était très mal vu. Je n'ose pas imaginer la tête que tirerait ma mère si je m'avisais d'appliquer ta solution ! J'espère qu'elle va bien…

Une vague de nostalgie le secoua soudain, sans doute attisée par cette odeur et les souvenirs qu'il venait d'évoquer.

— Cette lessive a une odeur très spécifique, reconnut Hank. Et ne t'en fais pas pour ta mère, Montoya, si elle avait des ennuis de santé, tu recevrais un coup de fil.

— J'espère. Ma tante s'en chargerait peut-être, ou bien elle appellerait Manny, c'est son frère quand même !

À l'intersection des couloirs, Hank jeta un coup d'œil à gauche, vérifia les numéros inscrits sur les portes, puis désigna la droite.

— Je crois que c'est là. Au bout du bâtiment. Le cent-quatre.

Dante ralentit le pas, l'endroit était sombre et sordide, la moquette pleine de taches.

— Merde, la porte a été forcée !

Hank se cala derrière lui et ouvrit sa veste pour sortir son arme en cas de besoin.

— Ce n'est pas forcément récent, chuchota-t-il. On dirait que cette résidence n'a pas été rénovée depuis des lustres. Rien que la chaleur ambiante a de quoi faire exploser le bois des panneaux ! Sans compter le manque de ventilation… ça pue là-dedans !

— Restons prudents, répondit Dante.

Plus ils avançaient dans le couloir, plus la pestilence qui émanait de la porte fracturée devenait intenable. Inspecteur aux Homicides, Dante savait ce que son partenaire et lui trouveraient à l'intérieur de l'appartement. Il frissonna et tenta de respirer par la bouche. Il retira aussi son arme de son étui. Derrière lui, Hank se plaqua en silence contre le mur, son arme faisant une ombre devant lui.

Il était temps de lever le rideau d'un drame auquel ni l'un ni l'autre ne tenait à participer.

Dante poussa la porte. Une vague de chaleur putride émana de l'appartement cent-quatre et se répandit dans le couloir, asphyxiant presque les deux inspecteurs. Dante se força à entrer, son arme à la main, sa main gauche plaquée sur son visage, protégeant son nez.

Hank toussa, puis croassa :

— Prends à gauche, je vais à droite.

L'appartement était à peine assez grand pour se retourner. Malgré la chaleur estivale, le chauffage électrique était à fond, les souffleries tournaient à pleins volumes. La sécheresse atroce transformait la pièce en four. En trois grandes foulées, Dante atteignit la porte de la kitchenette, au fond du studio ; cinq autres l'auraient mené du lit à la fenêtre. Les draps étaient froissés, les oreillers jetés sur la moquette. En face de la cuisine, un canapé effondré était appuyé contre le mur, sous une affreuse peinture à l'huile représentant des fleurs et des papillons. Sur les étagères qui flanquaient le canapé s'alignaient quelques livres et des bibelots sans valeur. Sur une petite table trônait un chien borgne style fête foraine, violet rayé de blanc et couvert de toiles d'araignée et de poussière.

Le verre de la table basse au centre de la pièce était cassé. Sur les tessons, gisait le corps d'un homme décapité, à plat ventre, les jambes écartées. Il avait reçu trois balles dans le dos, ce qui laissait prévoir de gros dégâts à la poitrine.

À quelques mètres du premier corps, un second cadavre, celui d'une jeune Hispanique en jean et débardeur jaune, affalée entre le lit et le canapé, la peau violacée, presque noire. De grosses mouches recouvraient un visage qui avait dû être joli, des traînées noires marquaient les joues boursouflées et les épaules nues ballonnées, une déchirure s'ouvrait le long de la clavicule.

Un badge d'inspecteur du LAPD se trouvait à quelques centimètres de la main ouverte de l'homme, l'autre était cachée sous le corps. Si Dante ne vit pas l'arme de service du policier, il ne put manquer la scie égoïne posée contre le matelas, son bord dentelé épaissi de sang et chair avariée.

Hank émit un gargouillis comme s'il allait vomir.

— Merde, Montoya, c'est Vicks ! Sortons de là, il nous faut prévenir les autres.

— Oui, et la fille doit être Martinez.

Pendant que Hank quittait l'appartement à la hâte, Dante balaya une dernière fois la pièce du regard. Il sortit ensuite et attendit d'être loin avant d'oser respirer. L'air du hall de l'entrée, qu'il avait trouvé vicié en pénétrant dans l'immeuble, lui parut soudain supportable. Il avait l'impression que l'odeur de la mort s'était à jamais incrustée dans ses poumons.

— S'il s'agit bien de Jennifer Martinez, elle est morte depuis plusieurs jours. *Merde !* Qui as-tu eu au téléphone ce matin, Hank ?

XIII

ROOK ENFILA un tee-shirt gris clair trop grand pour lui. En fait, il ne lui appartenait pas. Si la taille constituait un premier indice, le plus révélateur était surtout le sigle LAPD qui s'étalait sur la poitrine. Des petits trous se trouvaient à l'avant et une tache d'origine indéterminée marquait l'ourlet, en bas à gauche. Rook avait trouvé ce tee-shirt plié dans la salle de bain attenante à leur chambre. Dante comptait probablement le porter pour dormir.

Sa chaleur corporelle envahit vite le coton adouci par le lavage qui portait l'odeur de Dante, délicieux mélange d'eau de toilette citronnée et de musc personnel, à peine assez fort pour taquiner le nez de Rook. Quelle bêtise ! Porter un tee-shirt de Dante était puéril, un vrai cliché du secondaire ! Un comble pour Rook qui n'y avait jamais mis les pieds. Étant enfant, il avait rarement passé plus de cinq jours d'affilée sur les bancs de l'école. Et encore, uniquement durant les périodes où il avait été dûment inscrit, quand la foire s'arrêtait assez longtemps à un endroit. Pourtant, en voyant le vêtement soigneusement plié posé sur le comptoir de la salle de bain, il n'avait pas pu résister à son envie de le porter.

Devant le miroir du lavabo, la bouche pleine de dentifrice à la menthe, il respira profondément et sentit le coton lui caresser la peau. C'était merveilleux – presque comme si Dante lui-même se trouvait là, à ses côtés, à l'étreindre tendrement.

Rook fut très satisfait de ce réconfort quand il descendit peu après au rez-de-chaussée et trouva sa tante Margaret dans le bureau d'Archie. Debout, elle examinait un tableau accroché au-dessus de la massive cheminée, une scène bucolique où des épagneuls gambadaient dans la campagne anglaise. Son visage élégant était aussi figé qu'un masque de cire, ses traits tirés, fatigués et marqués par le chagrin. Dans le pâle soleil matinal qui l'auréolait de lumière dorée, elle ressemblait plus à une statue de marbre qu'à une femme de chair et de sang, une piéta de Corradini qui respirait à peine. Quand Rook entra dans la pièce, elle tourna vers lui des yeux vides et douloureux. Son expression changea très vite, ses cils assombris de mascara battirent plus vite, la colère enflammant ses prunelles.

Margaret le détestait. Elle le lui avait démontré dès leur première rencontre, lors d'un dîner en famille auquel Rook avait stupidement accepté de participer. Archie s'était chargé des présentations, avant d'abandonner Rook à la meute. Le petit-fils prodigue avait tout subi, mépris glacé et remarques perfides, sournois coups de dagues et matraquage émotionnel. Ignorant les règles de l'étiquette régissant les duels mondains, il avait brandi une batte de baseball alors que tous les autres maniaient la rapière.

Sa relation avec la famille Martin ne s'en était jamais remise.

Rook s'en était fort peu soucié, du moins pas avant de tomber aujourd'hui sur la mère de Harold. Jamais elle n'accepterait une aide de sa part, même au moment où elle en avait le plus besoin.

— Oh, j'ai cru que c'était Archibald. Alors, tu vis ici désormais ? Harold n'est pas encore inhumé que déjà tu prends sa place ? Tu n'as même pas eu la décence d'attendre !

Le ton était glacial, les mots aussi acérés que des diamants. C'était une femme sans chaleur aucune. Malgré le deuil qu'elle portait sur son visage, elle était vêtue pour la bataille. Mince et svelte, elle arborait un twinset bleu cobalt et un pantalon noir, ses longs pieds racés étant chaussés de mocassins à petits talons. À tout autre moment, Rook se serait moqué du double rang de perles drapé autour du long cou, mais aujourd'hui, c'était pour elle une armure, un contact dur et familier qui la protégeait des coups.

Margaret Martin avait auprès d'elle la Mort dont les bras squelettiques pesaient sur ses épaules. Elle vacillait presque sous ce fardeau insoutenable.

— Je ne suis là que temporairement, répondit Rook d'un ton feutré. Les flics ont pensé que c'était plus sûr après… ce qui s'est passé.

Elle le toisa d'un air hautain.

— Temporairement ? cracha-t-elle. Tu n'as rien de temporaire, hélas. Tu es comme une tique dont la famille ne peut se débarrasser. Qu'as-tu prévu de faire aujourd'hui ? Comptes-tu aller jouer dans ton ridicule petit magasin ? Tu batifoles pendant que nous nous prosternons tous aux pieds d'Archie en espérant une aumône. Peut-être devrais-tu prendre la place de Harold au bureau ? Apparemment, tu convoites tout ce qu'il possédait. Il sera vite oublié, je le sais, et tu pourras te pavaner et piétiner sa mémoire, tout comme tu as piétiné son corps le jour où tu l'as trouvé…

Rook garda son calme. Il parla aussi gentiment que possible :

— Ce n'est pas vrai ! Je n'ai pas… Je n'ai pas tué Harold. Je n'ai jamais voulu sa mort. Je voulais juste…

Elle montra les dents, la bouche tordue de dégoût. Son rouge à lèvres corail accentuait son air dramatique.

— Ce que tu voulais n'a plus aucune importance. Harold est mort et rien ne pourra le ramener. *Mon fils* est… mort. Il a passé des années caché derrière les jupes de cette femme, à faire semblant d'être normal pour que son grand-père ne le renie pas. Et tu es arrivé, tu lui as craché au visage. Qu'est-ce qui te rend si spécial ? Comment Archie peut-il te pardonner d'être une pédale…

— Ça suffit, Margaret, gronda Archie.

Il entra dans la pièce, sa canne marquant le rythme de ses pas. Le poméranien marchait sur ses talons, grosse boule de fourrure orange qui adorait son nouveau maître, sans que personne ne comprenne pourquoi.

Archie s'approcha de Margaret et enchaîna :

— Perdre Harold a été une tragédie, mais tu n'as aucune raison de t'en prendre à Rook. Il n'a rien fait de mal.

— Si, tout, rétorqua-t-elle avec fureur, les poings serrés. Harold a toujours essayé de faire ce que tu attendais de lui, mais jamais tu n'as été satisfait. Il n'était pas assez *spécial* pour toi, mais lui, il l'est ? *LUI* ? Tu n'es qu'un hypocrite, Archie, tu cherches encore à conquérir le fils de Beatrice. Une fois que tu l'auras mis au pas, tu le traiteras aussi mal que tu as traité Harold. Il a travaillé d'arrache-pied pour toi, pour ton entreprise ! La moindre des choses aurait été de… Peu importe, c'est trop tard. Je suis juste venu te dire qu'ils m'ont rendu le corps de Harold, nous pouvons organiser ses funérailles. J'espère que malgré ton emploi du temps surchargé, tu daigneras y assister. Prétends que tu tenais à lui, ne serait-ce que pour l'image.

Elle se dirigea vers la porte sans laisser à Rook le temps de placer un mot. Il avait sur le bout de la langue des paroles de consolations, douces, émouvantes, mais Margaret refuserait de l'écouter. En la rejoignant dans la pièce, il avait espéré… en fait, il n'en savait rien. Peut-être lui offrir son aide – il était prêt à tout pour la consoler.

Elle passa devant lui, digne et fière, murée dans son chagrin et son ressentiment.

Archie cria derrière elle :

— La police trouvera le coupable, Margaret. Je te le promets, nous découvrirons qui l'a tué.

Elle s'arrêta avant de quitter le bureau, les épaules tremblantes. Elle se retourna, les yeux pleins de larmes. Toujours aussi glaciale.

— Je sais déjà qui l'a tué, Archie. *C'est toi*. Tu as tué mon fils il y a bien longtemps, le jour où tu lui as dit que jamais tu n'accepterais un petit-fils gay. Tu lui as plongé un poignard dans le cœur. Et jour après jour, tu as continué à le poignarder. Tu as détruit son âme. Je me moque de savoir qui a terminé ton œuvre de mort. Quant à toi, Rook, profites-en pendant que ça durera, parce qu'un jour ou l'autre, il s'en prendra aussi à toi. Comme il le fait avec tout le monde. Tu bénéficies d'un répit parce qu'il se sent coupable d'avoir chassé ta mère. Archie, je te tiendrai au courant pour la date des funérailles de mon fils. Sois présent, c'est tout ce que je te demande. Et viens sans ton chien !

Elle s'éloigna d'un pas rapide, le claquement de ses talons évoquant un tir de mitraillette. Le chien, qui dansait autour des pieds d'Archie, s'élança dans le couloir à la poursuite de Margaret. Dans le bureau, le silence était retombé. Une voix indistincte leur parvint ; Rosa s'enquérait de Margaret. Une réponse sèche claqua, sans que Rook comprenne la nature de l'échange entre les deux femmes.

Archie tendit la main, ses doigts froids se resserrant suffisamment fort sur son bras pour arracher à Rook une grimace. Il tapota la main de son grand-père et l'entraîna vers un confortable fauteuil, où il l'incita à s'asseoir.

— Elle est en colère, vieillard. Et elle souffre. Veux-tu que je demande à Rosa de t'apporter du café ?

Archie secoua la tête.

— Non, elle a raison. Tu m'as dit la même chose, d'ailleurs. J'ai été odieux envers Harold. Je suis odieux envers eux tous. Toujours. Tout le temps. Même envers Alex… ce qui, franchement, est aussi minable que frapper un chaton. Il faut que je répare mes torts envers eux tous. Le problème, c'est que j'ignore comment faire…

Il leva les yeux et évalua Rook d'un air pensif.

— Mon garçon, reprit-il, j'ai besoin de toi. Insiste auprès des policiers pour qu'ils avancent dans leur enquête. Ton cousin Harold aurait pu être heureux et il a cru que… je voulais l'en empêcher. Laisse la police s'occuper du meurtrier, mais tu pourrais… essayer d'en savoir plus sur l'amant de Harold. Qui sait, je pourrais l'aider…

— Et si c'est lui le meurtrier ?

Archie grogna.

— Dans ce cas, évite d'être sa prochaine victime. Tu es idiot ou quoi, mon garçon ? Dois-je vraiment tout t'expliquer ?

— Tu me demandes d'intervenir dans une histoire que Dante m'a fermement conseillé d'éviter ? Je t'aime bien, vieillard, mais si je mets Dante en rogne, ma vie va passer de merdique à franchement imbuvable.

Il leva la main pour empêcher Archie d'intervenir.

— Attends avant de râler, enchaîna-t-il. Je vais essayer. Je ne te promets pas de réussir, mais je peux poser quelques questions. Je vais commencer par Davis Natterly, c'était un ami de Harold. Peut-être sait-il quelque chose... Au pire, Dante retournera voir Sadonna. Peut-être sera-t-elle plus loquace.

— J'en doute fort, grommela son grand-père. C'est une sournoise, cette fille. Si ça se trouve, elle a menti, elle a tué son mari et inventé ensuite un amant pour faire diversion. Sois très prudent, mon garçon. J'ai déjà perdu un petit-fils. Je ne veux pas en perdre un second.

ROOK ÉTAIT tombé amoureux de Los Angeles au premier regard bien des années plus tôt. La journée avait été très longue, très chaude, et il était assis dans un bus Greyhound, le nez collé à la vitre sale. Il s'amusait à souffler dessus pour dessiner ensuite des fantômes dans la buée. Il était très jeune, entre six et neuf ans, et sa vie d'alors n'était que jointures abimées, excuses larmoyantes et abandon. Sa mère s'était mise en tête de quitter la foire, aussi détruisait-elle systématiquement toutes les relations qu'elle avait en ville. Sa méthode était infaillible : elle quémandait un endroit où séjourner et une fois installée, elle volait nourriture, argent et/ou mari avant passer à une prochaine victime, avec Rook accroché à ses basques.

Le drame eut lieu un soir : des hurlements terribles, une dispute, puis un grand « *boum* » suivi de l'effrayant silence que Rook ne connaissait que trop. Une Beanie très agitée avait fourré dans un grand sac tout ce qu'elle pouvait emporter, puis s'était enfuie de nuit avec son fils. Tous les deux étaient montés dans un bus en direction de Los Angeles. Rook ne se rappelait pas grand-chose, ni d'où ils fuyaient, ni qui, ni quoi, mais dès qu'il avait aperçu les gratte-ciel, les montagnes bleues dans le lointain et le soleil matinal qui déroulait ses filaments roses dans le ciel pâle, il avait su qu'il avait trouvé ce qui lui avait toujours manqué.

Il en avait assez de cette vie d'errance. Il aimait l'ambiance de cette ville inconnue qui l'entourait comme un cocon. Pour la première fois de sa vie, il s'était senti « *à sa place* ».

Les somptueux contrastes de Los Angeles, laideur urbaine et beauté cachée, accès de violence et douceur de vivre, parlaient à son âme. Pourtant, il n'aurait su trouver les mots pour exprimer ce qu'il ressentait. Il tomba amoureux, follement amoureux, et la Cité des Anges devint pour lui un rêve de strass, aussi insaisissable qu'un flocon de poussière, aussi époustouflant et lointain que le ciel étoilé. Quand le bus Greyhound s'était arrêté à la gare routière, Rook avait dévoré la ville des yeux et s'était juré qu'un jour, il y vivrait.

Peu après, sa mère avait quitté LA comme elle en avait l'habitude : en toute hâte, entraînant son fils malheureux et inquiet. Elle avait laissé derrière elle des larmes, des cris et des cœurs brisés.

Ils étaient retournés avec les forains. Plus tard, Rook avait eu l'occasion de revenir à Los Angeles durant une tournée, mais il n'avait pas pu rester. C'était trop tôt, il n'avait pas un sou vaillant. Il avait commencé à se lasser d'entendre sa mère lui proférer toujours les mêmes mensonges. Un jour, l'œil marqué d'un coup de poing, il avait enfin décidé de tourner le dos à son ancienne vie et de se lancer à la poursuite ce rêve qui l'avait soutenu dans les temps difficiles.

Il s'approcha de *Potter's Field*, éclairé d'un rayon de soleil.

— Tout est différent aujourd'hui, se rappela-t-il.

Il y avait d'autres souvenirs, si heureux et si forts que son ventre se serra. Un kaléidoscope d'images et de sensations, sourires brûlants, paroles enchanteresses prononcées d'une voix grave à l'accent mexicain, caresses. Les mains de Dante posées sur lui… Rook frissonna et s'agita dans le siège de sa voiture.

Puis il fronça les sourcils, car un texto s'affichait sur l'écran de son téléphone.

Rentrerai tard. Ne m'attends pas. N'oublie pas de manger.

— T'es chou, Montoya. Parfois, tu es pire que Manny. Je mangerai une fois que j'aurais vu Davis.

De l'extérieur, le magasin était comme Rook l'avait laissé, la fenêtre avant bardée de bois et le drap de Manny – qui lui plaisait tant – encore en place. Rook tourna dans la ruelle et se gara à sa place habituelle, derrière *Potter's Field*. Il repéra alors une longue et maigre silhouette : l'inspecteur Delly O'Byrne émergeait d'une affreuse berline verte garée elle aussi près possible de la porte arrière.

Elle semblait épuisée, comme si elle avait travaillé toute la nuit d'arrache-pied avant de venir se poster pour surprendre Rook. Elle portait

150

un jean froissé et ses longs cheveux noirs s'étaient échappés de l'élastique qui attachait sa queue de cheval sur sa nuque. Les yeux étaient durs, la bouche pincée. Elle avança sur Rook dès qu'il émergea de son SUV. Il l'accueillit d'un sourire – qu'elle ne le rendit pas. Et ne se détendit pas. Il lui proposa un café en désignant la porte du magasin.

Elle le suivit, toujours aussi sombre.

— Ne vous avais-je pas dit de rester chez votre grand-père ? aboyat-elle. Une chance encore que j'ai passé un coup de fil avant de me monter dans les collines, sinon, j'aurai perdu mon temps. La femme de ménage m'a indiqué que vous vous rendiez à *Potter's Field*.

Rook jongla avec les clés de son trousseau avant de trouver celle qui ouvrait la porte.

— Ce n'est pas un café qu'il vaut faut, c'est un remontant, un alcool fort. Aviez-vous une bonne raison de tenir à me voir ou cherchiez-vous juste un chien à qui donner un coup de pied ? Et pourquoi diable ne pas m'avoir appelé plutôt que Rosa ? Vous avez mon numéro ! Je sais répondre au téléphone.

— Parfois, Stevens, j'obtiens de vous des meilleures réponses en vous prenant par surprise.

Le tirant par le bras, elle l'éloigna de la porte. Un geste décontracté, mais d'une étrange fermeté. C'était aussi inattendu que sa présence. En le voyant hausser un sourcil, elle le libéra et fourra ses mains dans ses poches.

— Avez-vous reçu des nouvelles de Montoya ?

— Juste un texto m'annonçant qu'il serait en retard et me demandant de manger sans l'attendre. Pourquoi ? Lui est-il arrivé…

Un frisson d'inquiétude le traversa. Il serra les poings dans le teeshirt gris qu'il avait emprunté à Dante. Des scénarios tous plus horribles les uns que les autres se bousculaient dans sa tête, lui coupant le souffle.

— Non, coupa O'Byrne d'une voix adoucie, Montoya n'a rien. *Dante* n'est pas blessé, Stevens. C'est juste que… lui et Camden ont retrouvé Vicks. Je viens de passer là-bas.

Rook écouta le bref compte-rendu en frissonnant de dégoût. O'Byrne avait beau ne donner aucun détail, il possédait assez d'imagination pour peindre un tableau peut-être pire que la réalité, aussi gore soit-elle. Il eut du mal à retenir sa nausée.

— Alors, la femme de ménage aussi… elle a été tuée ? Mais pourquoi ? Je n'y comprends plus rien ! Que se passe-t-il, bon sang ?

151

— Je l'ignore, mais je trouverai, promit O'Byrne. Maintenant, réfléchissez bien Stevens, auriez-vous oublié de mentionner autre chose concernant ce fichu soir chez Harold ? Même un détail peut nous être utile !

— Non, rien du tout, je vous ai tout dit. Pour récapituler, je suis entré dans la maison, je suis monté à l'étage et je suis tombé sur Harold. J'étais à peine dans la chambre quand ce type s'est jeté sur moi.

Il évoqua sa stupeur, son effarement. Il ne s'y attendait pas… Une minute plus tôt, il était en plein trip d'adrénaline.

— Il se battait mal, ajouta Rook, mais il était hyper nerveux et très agressif. Il gesticulait et m'envoyait des coups de poing. Je me souviens que le sol était mouillé – j'ai su par la suite que c'était la pisse du chien, celui de Sadonna. Il y avait du marbre par terre, ça glissait. J'ai pensé à… du sang, mais Harold était déjà mort à mon arrivée.

— Le chien, vous l'avez récupéré ?

Il fit une grimace.

— Non, je l'ai vu plus tard, alors que mon agresseur était déjà parti. Merde, dommage que ce chien ne puisse pas témoigner ! Archie l'a adopté, vous savez. En fait, il n'appartenait pas à Sadonna, mais à Harold. Margaret n'en voulait pas. Elle n'aime pas les chiens, alors, Archie l'a gardé.

— Vous dites que Harold était déjà mort. Comment le savez-vous ?

— Il ne respirait pas. Je me souviens d'avoir vu l'oiseau. L'intrus l'avait lâché. Le faucon… était sur le ventre de Harold. À un moment, il est tombé, il a glissé sur le côté. Je fixais Harold, son corps était … *tout raide*.

Il était si souvent revenu sur cette brève scène examinant au microscope la moindre bribe de ses souvenirs, la moindre image emmagasinée dans son cerveau… Ce n'était pas si simple. Découvrir le cadavre de son cousin lui avait causé un sacré choc.

— J'ai eu impression ajouta-t-il après une courte pause, que le gars connaissait les lieux. Moi, j'avais le plan de l'étage, mais quand l'autre m'a frappé et que je suis tombé, il s'est enfui sans marquer d'hésitation. Il a filé avant le chien… Attendez un peu ! Le chien n'a pas aboyé. Moi, il me connaissait, j'avais joué avec lui chez Archie, mais quand j'ai monté l'escalier, il n'aboyait pas.

— Dans ce cas, déclara O'Byrne, l'homme au masque de ski était un familier de la maison et le chien le connaissait. Je ne suis pas certaine que votre agresseur soit l'assassin de Harold, mais je pressens qu'il en sait plus que nous sur cette histoire. Je me demande ce qu'il était venu chercher. Pensez-vous qu'il voulait lui aussi le faucon ?

— Non, j'en doute. Cette statue ne peut attirer qu'un collectionneur ou un passionné de cinéma. C'est un oiseau génial, mais un voleur aurait plutôt cherché l'argent liquide et les bijoux cachés dans le coffre. Le faucon original du film de Bogey vaudrait dans les deux millions, mais c'est juste une copie ayant servi dans un remake. Il a une certaine valeur, c'est tout. En plus, le type l'a laissé derrière lui.

— C'est exact. Et Mme Swann affirme qu'il ne manquait rien dans le coffre. L'auriez-vous ouvert ? demanda-t-elle en le surveillant avec attention.

Il y avait pensé, mais brièvement. Il s'était surtout demandé ce que Harold pouvait bien y cacher. Il considérait avoir été plutôt clean en ne s'approchant pas des coffres – il y en avait au moins deux.

— Non, répondit-il calmement, je n'étais pas venu pour ça, O'Byrne, je voulais mon oiseau. Rien d'autre.

— N'avez-vous pas été tenté ? insista l'inspecteur, ses lourdes paupières dissimulant à moitié ses yeux attentifs. Cela aurait été en quelque sorte votre chant du cygne.

— J'ai raccroché depuis des années. Et non, je n'ai pas été tenté. Dante compte trop pour moi. Je ne vais pas risquer ce que nous avons ensemble pour une ridicule question d'ego. Le soir, quand il rentre à la maison, c'est comme…

Il fut interrompu par un bruit sourd et écœurant : une balle venait de frapper O'Byrne à l'épaule. Choqué, Rook vit le sang jaillir de la blessure, incroyablement rouge. L'inspecteur pivota sur elle-même. Un second coup de feu suivit, l'atteignant au bras. Un jet chaud et poisseux éclaboussa Rook au visage. D'autres tirs heurtèrent le goudron du parking, projetant des morceaux d'asphalte alentour. Rook faillit se retourner, bêtement tenté de vérifier où était posté le tireur. Il n'en eut pas le temps, car O'Byrne s'écroula.

Elle chercha à atteindre son arme, mais ses doigts tremblaient. Quand Rook la retint par la taille, elle bascula en arrière, manquant le faire tomber à genoux. Les coups de feu continuaient, perforant la carrosserie de la berline. Un pneu explosa avec un « *boum* » assez fort pour faire vibrer les tympans de Rook. Son tee-shirt était trempé du sang que perdait O'Byrne. Il voulut la tirer à l'écart et poussa un juron quand elle le repoussa.

L'air autour de lui avait l'odeur du sang et de la peur. Le sang du flic, la terreur de Rook. Ils étaient en pleine rue, à découvert, trop exposés. En plus, il ne savait pas d'où provenaient les coups de feu. O'Byrne se débattit pendant que Rook tentait de l'écarter du danger, les talons de ses bottes s'enfonçaient dans le goudron du parking.

— Merde, arrêtez !

Il ne savait pas trop s'il parlait à la femme aux yeux fous qu'il tenait dans ses bras ou au tireur, mais ni l'un ni l'autre ne sembla l'écouter.

— Ce n'est rien, bredouilla O'Byrne. Mettez-vous à l'abri et appelez le 911.

Elle parlait d'une voix pâteuse, au bord de l'évanouissement. Ses yeux étaient vitreux. Un éclat de brique passa devant le visage de Rook, lui éraflant la joue. Il continua à tirer O'Byrne et garda la tête baissée jusqu'à atteindre la porte du quai de réception des marchandises. Il tapa les trois chiffres de la combinaison et soupira de soulagement en voyant le panneau métallique se soulever lentement. Une fois à l'abri, il installa O'Byrne en position assise, adossée au mur du bâtiment. Elle tenait son arme dans la main gauche et le braquait sur la porte restée ouverte, sa main droite pendant mollement à ses côtés.

— Continuez, Stevens. Je vous couvre, coassa-t-elle.

Ses yeux se révulsèrent. Une balle qui jaillit de la porte manqua son pied d'au moins deux mètres. Soit l'angle de tir n'était pas bon, soit le tueur de flics s'énervait que sa proie lui échappe. O'Byrne tenta de se relever, mais Rook l'en empêcha et l'attira derrière un pilier.

— À terre !

Ils luttèrent l'un contre l'autre. Rook essayait de protéger O'Byrne tout en se méfiant de l'arme qu'elle tenait toujours. Il tomba sur les fesses et le poids du flic l'écrasa au sol. Il poussa un cri de frustration en constatant qu'il n'avait plus accès à son téléphone portable, coincé dans sa poche arrière. Il se tordit pour l'atteindre et grimaça quand l'inspecteur gémit. Puis elle devint toute molle et son bras armé retomba.

Un rugissement de moteur retentit dans la rue, secouant l'après-midi hollywoodien. Quelque chose de lourd frappa la berline d'O'Byrne, l'envoyant valdinguer. Dans un grand crissement de métal froissé et de verre cassé, le véhicule banalisé s'incrusta dans l'ouverture du quai de réception où il resta coincé. Rook aperçut brièvement une portière gris métallisé, qui disparut dès que la voiture-bélier recula et s'éloigna.

Le cœur battant à tout rompre, les doigts tremblants, il récupéra enfin son téléphone, et essaya de taper le numéro des urgences. La respiration d'O'Byrne devenait de plus en plus erratique. Elle se stabilisa quand Rook appliqua un point de compression sur sa blessure la plus importante.

154

Une opératrice lui répondit et voulut savoir la nature de son appel, mais elle parlait de très loin…

Et Rook réalisa qu'il avait perdu sa voix.

— Rook !

Étrangement, la voix grise de Manny lui sembla encore plus lointaine. *Grise ?* Pourquoi grise ? Manny n'avait rien de gris. Pourtant, c'était bien lui qui s'accroupissait à ses côtés, de plus en plus gris.

— Oh, mon Dieu, Rook. Laisse-moi…

Rook haleta. La douleur le frappa tout d'un coup, lui volant son souffle. Il tenta de repousser O'Byrne, mais ses bras ne répondaient pas, trop faibles pour la soulever. Et son tee-shirt – non, celui de Dante – trempé collait à sa poitrine et à son flanc. Il avait mal sur le côté, où le tissu râpait, à sa hanche et au creux de son dos. Son ventre était mouillé lui aussi, bien trop pour qu'il s'agisse uniquement du sang d'O'Byrne. Rook essaya de bouger, une onde de choc explosa le long de sa colonne vertébrale et descendit jusqu'à ses jambes.

Le beau visage de Manny, penché sur lui, se brouillait. Le monde s'obscurcissait.

— Ne bouge pas, bébé, chuchota Manny. Reste avec moi, d'accord ? Tu saignes, tu as été blessé. Je t'en supplie, ne bouge pas. Oh, mon Dieu, tu as reçu une balle !

XIV

— TU FINIRAS par me tuer, *cuervo*, chuchota Dante en embrassant Rook sur le front. J'ai toujours cru que ce serait Manny, mais tu es en passe de le surclasser.

— Hé, je n'ai pas demandé à prendre une balle !

Sa protestation manquait de conviction. En empoignant O'Byrne pour la mettre à l'abri, il avait tout fait pour se faire tirer dessus, mais il préférait ne pas y penser. Surtout pas en ce moment, dans le bureau d'Archie, entouré de flics et shooté aux analgésiques. Ces satanés produits étaient assez puissants pour que son visage soit devenu insensible.

— D'ailleurs, reprit-il, la balle n'a fait que m'effleurer. Ça m'a fait un mal de chien, mais je n'ai rien de grave. C'est pour ça que les toubibs m'ont libéré aussi vite. Heureusement que je me suis abrité, tu sais. Sinon, je serai encore à l'hôpital, dans le lit voisin d'O'Byrne.

— Ou dans le même état que Vicks, gronda partenaire de Dante, un homme très grand et efflanqué, mais étonnement agile malgré sa taille. Assieds-toi, Montoya. Tu vas l'asphyxier en restant comme ça.

Dante lui lança un regard assassin.

— Il a été blessé ! Il devrait être au lit. Son médecin lui a conseillé du repos et du calme. Il n'est pas en état de subir un interrogatoire !

Malgré cet éclat, il céda au conseil de son partenaire et s'assit sur un pouf près du fauteuil dans lequel Rook était vautré.

Il était tard, vingt-deux heures trente environ. Rook avait beau être épuisé, il était heureux d'avoir quitté l'hôpital et appréciait le confort des sièges rembourrés de son grand-père. Et plus encore d'avoir les doigts de Dante serrés sur les siens. Il avait surpris les mots presque incohérents que lui marmonnait son flic. Leur relation était compliquée, surtout ces dix derniers jours, à cause des menaces de différents genres qui pesaient sur lui.

Rosa entra en poussant devant elle un chariot avec un plateau bien garni, tasses et assiettes tintant gaiment.

— Voici du café et de quoi manger. Puisque vous êtes réunis, autant que ce soit confortablement.

156

La tasse que Rosa tendit à Camden parut disparaitre dans sa grande main.

La cloche de l'entrée retentit. Rosa fronça les sourcils et toisa Dante d'un air féroce.

— Vous attendez *encore* quelqu'un ?

Ce fut Hank qui répondit :

— Oui, l'inspecteur qui va remplacer Vicks. C'est une femme, d'ailleurs. Book m'a appelé à l'hôpital pour m'annoncer sa venue. Hé, ne me regardez pas comme ça ! Stevens a accepté de la rencontrer. Voulez-vous que j'aille ouvrir ?

— Non, grogna Archie qui venait d'entrer dans la pièce, appuyé sur sa canne, inutile de vous déranger. J'ai du personnel, et des gardes. Votre flic trouvera son chemin, ne vous en faites pas. Rosa, je veux du café très fort et très sucré. Je vais en avoir besoin pour survivre à ce que me fait subir ce garçon.

Il créa un brin de remue-ménage en s'installant à côté de Rook, car Dante dut s'écarter pour lui faire de la place. Rook surprit le regard qu'échangeaient les deux hommes : s'y mêlaient inquiétude et affection. Manny était lui aussi au château, il dormait dans une chambre d'amis – du moins, Rook l'espérait-il déjà couché. L'oncle de Dante était resté à son chevet dans l'ambulance et à l'hôpital, pendant que les urgentistes l'auscultaient. Il avait cédé sa place à Dante dès l'arrivée de ce dernier. Derrière le rideau de sa stalle d'examen, Rook avait entendu Camden réclamer des informations d'une voix tonnante. Le personnel hospitalier avait essayé – en vain – d'interdire aux deux inspecteurs l'accès aux deux blessés en cours de traitement.

Le chien pointa la tête de sous le siège d'Archie, il reconnut Rosa et s'approcha pour quémander un sucre.

Puis le téléphona de Camden bourdonna, annonçant un texto. Il plongea la main dans sa veste.

— O'Byrne a été opérée, annonça-t-il. Tout s'est bien passé, elle est en salle de réveil. Le capitaine m'informe que son frère est à son chevet et terrifie les infirmières. On dirait que le mauvais caractère est un trait génétique des O'Byrne.

Dante se leva et caressa l'épaule de Rook.

— Sa sœur s'est fait tirer dessus, rétorqua-t-il. Il a de quoi être en colère.

Puis se tournant vers la femme de charge :

— Rosa, laissez ce plateau. Nous nous servirons nous-mêmes.

— Quoi ? s'étrangla Archie. Vous êtes fou mon garçon ? Rosa est la seule à savoir me faire un bon café. Pourquoi croyez-vous que je la paie aussi largement ?

Sa main tremblait quand il voulut prendre le café réclamé. Sa gouvernante préféra poser la tasse sur une petite table à sa portée. Le vieillard constata qu'elle n'était remplie qu'à moitié et grommela :

— Je veux une tasse pleine ! Je ne suis pas encore sénile !

Rook intervint :

— Nous le savons tous, vieillard, mais tu es fatigué. Tu devrais être au lit. Sois reconnaissant à Rosa de t'avoir donné du café. Elle aurait pu t'assommer et demander à Dante de te monter dans ta chambre. Tu sais, au lieu de râler, tu pourrais la remercier de temps à autre, ça ne te tuerait pas. Tu ne veux pas monter te coucher ?

Rook savait bien qu'il plaidait une cause perdue. Archie avait beau être épuisé – ses yeux battus le trahissaient –, jamais il n'accepterait d'aller dans sa chambre tant que la police était chez lui. Même si Rosa insistait, le patriarche resterait dans son siège pour entendre ce qui se dirait.

— Je la remercie fréquemment ! protesta Archie. Que ferais-je sans elle ? Je me le demande.

Rosa déposa une assiette de biscuits près de lui, il marmonna un merci en espagnol

— Tu vois ? ricana Rook. Ça n'était pas si difficile. Bon, je dois parler au nouvel inspecteur. Ensuite, j'irai me coucher.

Dante lui tendit un breuvage marron très parfumé.

— C'est du thé herbal bien sucré. Tu n'as pas droit au café, *cuervo*. Question stimulants, tu as eu ta dose.

Sceptique, Rook renifla sa tasse. L'odeur était suave et fruitée, de la mangue peut-être, ou de l'orange, des fruits qu'il aimait bien. Mais c'était de caféine dont il avait besoin pour s'éclaircir les idées. Il planta son doigt dans le flanc de Dante.

— Il me *faut* du café ! protesta-t-il. Je ne sens plus mon visage ni mes orteils.

— Tu devais te reposer, grogna Archie. Vivement que cette histoire soit réglée ! Que fait donc cet inspecteur ? Rosa ! Allez voir ce qui les retient.

Il se tut en entendant claquer des talons sur le marbre du couloir. Un garde ouvrit la porte et fit entrer une femme dans le bureau. Camden sifflota discrètement. C'était une blonde aux traits aquilins, très mince, presque osseuse. Elle portait des talons rouges, un jean, une chemise blanche masculine et un blazer bleu marine de la couleur de ses yeux. Le badge doré accroché à sa ceinture scintilla sous la lumière du lustre en cristal. Le blaser s'écarta, révélant brièvement un holster sous l'aisselle. Elle traversa la pièce d'un pas décidé et tendit la main à Dante.

— Inspecteur Montoya ? Anna Cranston, de West LA. Ravie de faire votre connaissance. J'ai entendu beaucoup de bien vous concernant, j'espère que nous ferons du bon travail ensemble.

Sa main fine disparut un moment dans celle de Dante. Elle se tourna ensuite vers Camden et échangea avec lui une autre poignée de main. Cranston était observatrice : Rook aurait pu jurer qu'elle avait tout vu de la pièce en un simple tour d'inspection. Son regard bleu survola Archie, tomba sur Rook, puis revint au vieillard comme pour vérifier la similitude étonnante existant entre eux.

Hank avança jusqu'au chariot et servit un autre café.

— C'est pour vous, inspecteur Cranston. Voulez-vous du lait ? Du sucre ? Dites-moi, les gars de West LA vous auraient-ils conseillé de passer de la pommade à Montoya ?

Elle eut un petit rire.

— Noir, le café, répondit-elle. J'ai pris l'habitude de celui de la police. Je n'arrive plus à boire s'il n'est pas amer à vous arracher la bouche. Et j'ai appris pour d'O'Byrne. J'espérais travailler avec elle, mais je suis heureuse de savoir qu'elle s'en tirera sans séquelles. Faisons bref, d'accord, nous pourrons organiser une autre réunion demain, une fois que vous aurez récupéré votre retard de sommeil. Merci d'avoir accepté de me rencontrer. J'en suis encore à lire le dossier de l'enquête. Après ce qui s'est passé cet après-midi, j'ai préféré aller au plus pressé.

Archie pencha la tête en arrière, son nez en bec d'aigle projetant une ombre sur son menton arrogant.

— Depuis combien de temps êtes-vous dans la police, inspecteur ? Vous paraissez ne même pas avoir l'âge légal de boire. Quoi, Rosa ? Je parlerais si j'en ai envie ! J'aimerais savoir qui est chargé de cette enquête et ce que font les flics pour protéger mon petit-fils.

— Vous êtes aussi pénible que d'habitude, répliqua Rosa, d'un ton affectueux je vais faire sortir Queequeg. Vous savez, il faudrait éduquer ce chien ou lui mettre des couches.

159

— Il n'en est pas question ! aboya Archie. Il a juste besoin d'un peu de discipline. Maintenant, inspecteur, répondez à ma question.

Rook dut reconnaître que Cranston gérait bien les vieillards atrabilaires. Elle géra les questions de son grand-père avec une aisance digne d'un forain retors. Puis Dante insista pour qu'il boive son thé et Rook se cramponna à sa main et caressa ses doigts en écoutant la conversation se poursuivre. Très vite, il en eut assez.

—Archie, je t'adore, mais je dors debout. Fiche la paix à l'inspecteur pour qu'elle puisse passer à ce qu'elle est venue faire et en terminer au plus vite, d'accord ? Tu n'as pas été aussi pénible avec Montoya et Camden.

Hank leva les yeux au ciel et Dante ricana. Rook le remarqua.

— Non, sans blague ? s'effara-t-il. Sérieusement ? Archie !

Son grand-père sirota son café, puis répondit d'un ton hautain :

— Je paie des impôts. Vous, je vous aime bien, déclara-t-il à la jeune femme blonde. Eux… hum, disons qu'il m'a fallu plus de temps pour m'y faire. J'aimerais remettre ma maison en ordre. Veuillez attraper le responsable de tous ces meurtres.

— Oui, monsieur, je ferai de mon mieux, promit Cranston, un léger sourire aux lèvres.

Elle brandit un téléphone et s'adressa à Rook :

— Je compte enregistrer cet entretien. Vous n'y voyez pas d'inconvénient, je présume ? Ça m'aide à remettre mes notes à jour.

— Bien sûr. J'ai déjà tout dit à O'Byrne, vous savez, je ne vois pas ce que je pourrais ajouter. Merde ! J'oubliais… elle a été blessée juste après notre entretien. Elle n'a pas eu le temps de transmettre…

Il haussa les épaules – et regretta instantanément son geste. Il avait très mal aux côtés. L'effet des analgésiques s'atténuait. Une douleur diffuse semblait envahir son corps.

Il reprit d'une voix lasse :

— Je suis allé à *Potter's Field* pour y rencontrer Davis Natterly. O'Byrne m'attendait derrière le magasin. Nous avons échangé quelques mots sur le trottoir, puis un inconnu nous a tiré dessus.

Cranston lui posa des questions, revenant sur l'incident sous différents angles. Rook avait oublié s'il était tourné à gauche à droite quand O'Byrne avait reçu une balle dans l'épaule. L'inspecteur continua ses questions, dont celle à laquelle Rook n'avait pas pensé.

— Natterly était-il au magasin ?

160

La question paraissait innocente – une parmi tant d'autres. Étonné, Rook réalisa qu'il n'en savait rien.

— Euh…

— Vous a-t-on dit s'il était passé ? insista Cranston. Ou s'il avait laissé un message pour annuler ce rendez-vous ?

Rook secoua la tête.

— Je ne l'ai pas vu, mais je suis arrivé en avance, aussi il a pu passer plus tard, à l'heure prévue. Je n'en sais rien. Sur le coup, je n'ai pensé qu'à O'Byrne, ensuite, j'étais dans l'ambulance. Je n'ai pas vu Davis, ça, j'en suis certain. Et les seuls messages que j'ai reçus venaient de Dante. Quand les médecins m'ont lâché, je suis venu directement ici, chez mon grand-père. Ce soir, j'ai reçu deux textos concernant une succession – une vente à laquelle je voulais assister –, rien d'autre. Rien de Davis. Mais il a pu se présenter au magasin plus tard et apprendre ce qui s'était passé… d'un des flics restés sur place, par exemple.

— J'ai son numéro, répondit-elle. Je vérifierai demain ce qu'il a à dire. Est-il ponctuel d'ordinaire ? Ou bien lui arrive-t-il d'oublier un rendez-vous avec un client ?

Son insistance attira l'attention de Rook. Il rendit son thé à Dante – qui le posa sur une table sans y goûter – et se redressa dans son siège.

— Non, ce n'est pas son genre. Davis est très fiable, bien plus que Jeremy, son jeune frère. Une véritable tête de linotte, celui-là ! Chaque fois qu'il s'occupe d'une livraison, il fait une boulette. Ensuite, il m'envoie un mot d'excuse.

— Vous pensez à un problème, Cranston ? demanda Montoya. Nous pourrions envoyer une patrouille vérifier que Davis Natterly est bien chez lui.

— Ça me paraît une bonne idée, intervint Camden. Notre tueur a un modus operandi des plus basiques : il cible tous ceux qui sont sur son chemin. Si ça se trouve, Harold a été tué parce qu'il se trouvait au mauvais endroit au mauvais moment. Mais je ne vois toujours aucun lien entre tous ces meurtres.

— Moi non plus, répondit l'inspecteur Cranston, mais Stevens semble être l'épicentre de toute cette affaire. Auriez-vous un ennemi récent, Stevens, une querelle peut-être ayant eu lieu peu avant le début de cette série de crimes ? Si je ne me trompe pas, tout a débuté quand vous avez acheté à Natterly un article que votre cousin a intercepté. Quelqu'un d'autre s'intéressait-il à ce faucon de cinéma, quelqu'un qui serait prêt à tout pour l'obtenir ?

— Je n'en sais rien, répondit Rook. De plus, l'oiseau était toujours là quand j'ai trouvé le corps de Harold. Si l'assassin était venu pour ça, il l'aurait récupéré.

La vision du faucon maltais sur le ventre de son cousin mort, puis roulant sur le sol continuait à le hanter aux moments les plus étranges.

Rook ajouta :

— La statue d'origine pesait près de vingt-cinq kilos. En revanche, les répliques sont beaucoup moins lourdes, elles sont en résine. Donc, l'oiseau s'emporte facilement, même si on est pressé de fuir. Mon agresseur... l'assassin de Harold... aurait pu le prendre...

Cranston tapota l'écran de son téléphone et ouvrit sa galerie photos.

— À ce propos, M. Stevens, les gars de la PTS m'ont fait part de faits curieux. Pour commencer, ils ont trouvé une lentille de contact verte près de la main droite de votre cousin. Voilà qui pourrait expliquer la différence de couleur d'yeux que vous avez notée chez votre agresseur. Plus intéressant encore, le faucon en lui-même...

Elle agrandit une photo de l'oiseau, couvert de poils de chien, de sang et de débris douteux dont Rook préférait ne pas connaître la nature. Ce qui attira son attention, cependant, ce fut l'entaille blanche à l'aile gauche. Des éclats et de la poussière couvraient le gant du technicien qui présentait la statue au photographe, le blanc du plâtre contrastant sur le latex noir.

Sidéré, Rook, se pencha pour regarder de plus près. Les détails de l'aile étaient parfaits et les éclats du bec exactement ceux de l'oiseau original, mais cette fichue statue n'était pas la sienne.

— Du plâtre ! C'est un faux, putain ! Ce n'est pas de la résine, ce n'est pas l'oiseau que j'ai vu chez Natterly. J'en suis absolument certain. Le poids aurait été différent. J'ai tenu *mon* faucon dans les mains, c'était le vrai – du moins, c'était une vraie réplique.

Cranston sourit, d'un sourire inquisiteur de flic. Et sa voix sèche arracha Rook au tourbillon de ses pensées éparses :

— C'est un faux, Stevens, oui, c'est aussi l'avis de nos spécialistes. Dans ce cas, je répète ma question : qui d'autre que vous voulait cette statue ? Plus important encore, qui serait prêt à tuer pour elle ?

Hank se versa une autre tasse de café – la quinzième, d'après Dante.

— Pour résumer, la réplique est une réplique et nous ignorons où se trouve le vrai faux. Nous avons aussi perdu Natterly, le gars qui a vendu cette statue à Stevens. Cette enquête avance de façon remarquable, vraiment !

Finalement, mettre Rook au lit s'était avéré assez simple. Il était tellement épuisé qu'il s'était presque endormi pendant sa douche – Dante s'étant laissé convaincre de le laisser en prendre une. Rook avait réussi à ne pas mouiller ses points de suture, prouvant ainsi une fois de plus sa souplesse et sa flexibilité. Dante l'avait aidé à se savonner et à se débarrasser des traces de sang séché qui lui maculaient le dos et le ventre. Le voyant grimacer de douleur en se séchant, Dante lui avait préparé une dose d'antalgique, et Rook l'avait avalée à contrecœur.

Le voleur réformé était dans un sale état. Dante avait hésité à le laisser seul, mais une fois enfoui sous les couvertures, Rook l'avait renvoyé vaquer à ses occupations, prétextant avoir besoin de dormir. Il ronflait déjà quand Dante éteignit les lumières de la chambre. Il s'arrêta à la porte et regarda le lit, pris dans un dilemme. Il aurait voulu s'étendre près de celui qui s'était emparé de son cœur, quitte à envoyer au diable le reste du monde.

En vérité, Dante était terrorisé. Un goût métallique s'attardait dans la bouche depuis l'appel de Manny lui annonçant que Rook était blessé. Une peur pareille… il doutait de s'en remettre un jour.

Il retourna cependant au bureau où Cranston et Camden reprenaient l'intégralité du dossier, espérant y trouver un élément qui leur aurait échappé, ou un nouvel angle d'enquête. Dante se sentait prêt à tout pour libérer Rook du nœud coulant qui se resserrait autour de son cou.

L'inspecteur de West LA leva les yeux des notes étalées sur la table. S'y trouvait en particulier un tableau composé de diagrammes et de listes.

— Je voudrais savoir ce que vous en pensez, Montoya. Les gars l'ont établi en récupérant le dossier de Vicks pour tenter de voir où il en était. Je sais qu'il suspectait Stevens, mais il n'a rien écrit qui étayait sa théorie. Il avait ressorti la copie d'une ancienne interpellation de Stevens – non suivie d'arrestation – concernant un cambriolage. C'était il y a des années. Ce n'était pas Vicks qui s'en occupait, d'ailleurs, et le rapport stipule que le prévenu a subi des brutalités policières. Stevens se souvient-il d'avoir croisé Vicks à l'époque ? Vous en a-t-il parlé ? Pourquoi Vicks s'intéressait-il à cette ancienne affaire ? Je ne comprends pas.

Ce fut Hank qui répondit :

— Connaissant Stevens, il a disparu juste après avoir été interpellé. Il était plutôt anguille à cette époque. Si Vicks avait l'habitude d'agresser ses suspects, peut-être n'en tenait-il même plus compte. C'est un peu gênant.

Cranston baissa les yeux sur sa tasse.

163

— Travailler avec lui n'était pas facile, reconnut-elle. Nous tirions à la courte paille pour savoir qui s'y collerait. Et je préférerais que vous n'ébruitiez pas ce que je viens de vous confier. Avec lui, tout était une question d'ego, il réfléchissait plus avec sa queue qu'avec son cerveau. Récemment, j'ai bien cru qu'il était fini… puis l'affaire Martin lui est tombée entre les mains et il a cru avoir gagné en accusant l'épouse et… hum, votre copain, Montoya.

Dante remua ses épaules pour tenter de dénouer ses muscles crispés.

— Rook n'a pas tué Harold. J'avoue que sa présence sur les lieux est regrettable, mais Sadonna m'a toujours semblé une suspecte bien plus plausible. J'ai tenté de l'interroger après la découverte du corps de Martinez. En vain. Pourtant, je ne la vois pas tirer sur un flic. Elle affirme que Harold était gay et que leur mariage était une imposture, et elle nous a lancés sur la piste de l'amant mystérieux. Elle peut avoir menti… mais je ne la vois toujours pas en tueuse.

— Harold Martin avait *effectivement* un amant, confirma Cranston. J'ai interrogé sa mère, elle m'a parlé d'une relation que son fils taisait au reste de la famille – à son grand-père en particulier. Je ne vois pas pourquoi. Après tout, Archibald Martin accepte l'homosexualité de Rook, non ?

Si Dante aimait bien Archie, il n'était pas aveugle : le vieillard était un emmerdeur qui régentait sa famille depuis des décennies. Et il avait continué à le faire même après avoir retrouvé Rook.

— Archie s'est adouci en prenant de l'âge, mais il n'a pas toujours été un modèle d'ouverture d'esprit. Harold a maintes fois été témoin de ses accès d'homophobie. Il est dans le placard depuis des années. Il ne devait pas savoir comment faire son *coming-out*. Il a choisi la facilité.

Camden se balança dans son siège.

— C'est la devise de la famille : *ne pas contrarier le vieil homme pour éviter d'être déshérité*. Ils la pratiquent pendant des années, puis Stevens se pointe, la bouche en cœur, il les envoie tous se faire foutre – et le vieux adore ça. Pas étonnant que Harold l'ait eu en travers de la gorge. Ça fait des années qu'il se cache, il se soumet à un faux mariage pour satisfaire son grand-père, il travaille comme un esclave et il se fait coiffer au poteau par un outsider ouvertement gay et provocateur !

— Oui, concéda Dante, Rook a le don de prendre les gens à rebrousse-poil. Mais il n'a jamais été une menace pour la famille Martin. Il ne travaillera jamais pour Archie, il l'a dit et affirmé.

— Je suspecterais volontiers l'épouse d'avoir poignardé Harold, répliqua Hank. Elle voulait divorcer, elle nous l'a dit… et son mari refusait. Pire encore, il envisageait des héritiers. À mon avis, elle l'a planté, puis elle s'est enfuie.

— Dans ce cas, sur qui Stevens est-il tombé quelques heures plus tard ? demanda Cranston. Si Sadonna Martin croyait avoir tué son mari, elle n'avait aucune raison de revenir sur les lieux de son crime. Je pense plutôt que le tueur est repassé s'assurer que sa victime n'avait pas survécu.

Camden fronça les sourcils et étudia à nouveau les photos étalées devant lui.

— Harold savait-il que son faucon était un faux ? Contrairement à Stevens, il n'était pas collectionneur. Peut-être a-t-il été grugé ?

Avec un soupir, Cranston retomba dans son siège.

— Pourquoi échanger ces statues ? Natterly devait bien savoir que Stevens découvrirait aussitôt l'imposture, alors… soit celui qui a donné le faux à Harold pensait s'en tirer, soit…

— … c'était une erreur, termina Hank. Les gars de la PTS ont-ils autopsié cette statue ? Elle contient peut-être un truc de valeur, de la drogue ou le Saint Graal…

Elle secoua la tête.

— Non, ils l'ont juste examinée. Vous n'imaginez pas la liste d'attente qu'il y a au labo ! Je me demande comment O'Byrne a pu faire passer cet oiseau aussi vite. Je vais leur demander de la radiographier.

Dante se tourna vers son partenaire :

— Ton idée est intéressante. Il y aurait une cache à l'intérieur de l'oiseau en plâtre et Natterly l'aurait remis à Harold par erreur… D'accord, mais pourquoi s'en prendre à Rook ?

— Parce qu'à part la police, Rook et Alex sont les seuls à savoir que le faucon a été trouvé près du cadavre. Imagine que tu es l'intrus, que tu viens de la maison Natterly… n'aurais-tu pas illico pensé que Rook avait empoché la statue ? Les voleurs pensent toujours le pire des autres. Sauf ton mec, bien sûr, Stevens est l'exception à la règle.

— Oh, non ! répondit Dante. Rook pense aussi le pire des autres. C'est quand il s'en abstient qu'il a de véritables ennuis. Regarde les photos de la scène de crime. Personne n'a marché dans le sang. L'intrus n'a pas vérifié si Harold était encore en vie… Il était venu pour autre chose. Rook l'a surpris… Peut-être aussi avait-il déjà découvert, en voyant le plâtre, que le faucon était un faux. Voilà pourquoi il ne l'a pas emporté.

165

Plus Dante réfléchissait, plus cette théorie lui plaisait. Il reprit :

— Jeremy *Natterly* a dit à O'Byrne que Harold était passé récupérer la statue. Et aujourd'hui, Davis *Natterly* ne s'est pas présenté à son rendez-vous avec Rook. C'est louche. Je vois mal Sadonna tuer Harold, mais un des frères Natterly, pourquoi pas ? Tous les deux le connaissaient bien. D'après Rook, Davis était même un ami de Harold. Supposons qu'ils aient été plus que ça…

Hank frotta la courte barbe rousse qui lui hérissait la mâchoire.

— Furieux contre Harold pour une raison ou une autre, il l'aurait poignardé ? Peut-être, mais pourquoi tuer aussi Vicks et Martinez ?

— Parce qu'ils sont intervenus dans une affaire d'ordre privé. Et c'est aussi le cas de Rook. Le tireur ne visait pas O'Byrne, elle a été touchée parce qu'elle était avec Rook. Ce putain d'assassin doit tirer comme un cochon ! Cette statue est un vrai MacGuffin [10] ! On se croirait au cinéma. Le nœud de cette histoire est le meurtre de Harold.

Dante récupéra un des diagrammes et un crayon, puis réfléchit un moment.

— D'après moi, reprit-il, l'intrus était un « nettoyeur », il est venu pour la statue. Il n'a pas été surpris de trouver le corps, il savait déjà que Harold était mort ou mourant. Peut-être l'amant insistait-il pour que Harold échappe à l'emprise d'Archie… Au cours d'une querelle, les esprits s'échauffent et les coups volent vite. Harold a été poignardé à plusieurs reprises, MO qui indique une grande colère. La victime et l'assassin se connaissaient intimement.

Cranston secoua la tête.

— Aucune trace d'un mystérieux amant n'a été retrouvée dans la chambre de Harold, ni photos, ni *sex toys*, rien. Bon sang, bien sûr ! Voilà le rôle du nettoyeur : effacer les preuves. Sinon, une liaison, aussi secrète soit-elle, aurait laissé des traces ! Ma vie personnelle en est la preuve…

Camden acquiesça.

— La mienne aussi, soupira-t-il. Ma femme occupe l'essentiel de la place dans la salle de bain. Le reste de la maison appartient aux enfants. Donc, si Montoya a raison, la question est de savoir lequel des frères Natterly était l'amant de Harold.

— Et jusqu'où l'autre est-il prêt à aller pour le protéger !

---

10 Objet qui, pour un prétexte ou un autre, lance un scénario de film (expression attribuée à Alfred Hitchcock).

XV

— COMMENT VA Stevens ? demanda Camden. Il a toujours aussi mal ?

Au volant d'une berline banalisée, il arpentait les rues sinueuses d'un quartier cossu.

— Il s'est réveillé le temps que je lui colle dans la bouche ses analgésiques et que je le force à les avaler avec un peu d'eau, répondit Dante. Il m'a mordu, le salaud ! Je comptais l'embrasser, mais le soigner m'a paru plus urgent. Il n'a pas apprécié ce changement. Il a passé une mauvaise nuit. Il a eu mal, ses points de suture le tiraillaient. Il bouge beaucoup quand il dort. Ça n'a pas arrangé son humeur.

— Je te trouve courageux d'approcher Stevens dans cet état. Si j'étais toi, je ne dormirais que d'un œil.

Son partenaire eut un petit rire, puis sirota son café.

— C'est déjà le cas, pour qui me prends-tu ?

Dante soupira. Rook l'avait mordu par accident, il se savait bien. Il revit son amant s'agiter dans le lit en grognant de douleur, puis haleter, les yeux vitreux.

Il reprit :

— Je suis… inquiet. Je n'y suis pas encore habitué, je suppose. Bien sûr, j'avais déjà Manny dans ma vie, mais là… c'est différent.

Hank lui lança un coup d'œil que Dante ne sut déchiffrer.

— Je sais. Je te charrie souvent, mais Stevens a un bon effet sur toi. Il te détend. Tu ris plus facilement, tu parais savourer la vie. Avant, tu ne pensais qu'à bosser. Tu rentrais chez toi pour dormir avant de reprendre le harnais. Stevens te rend dingue, d'accord, mais ça te fait du bien. Je ne comprends toujours pas ce que tu lui trouves, mais bon sang, chacun ses goûts, hein ?

Du pouce, Dante caressa son gobelet de café.

— Grâce à lui, je me sens vivant, reconnut-il à mi-voix. Et quand un Cubain tombe sur celui ou celle qui lui révèle ce qu'est la passion, il s'y accroche, crois-moi. Même si le chemin est des plus chaotiques.

— Tu me reparleras de passion une fois marié depuis dix ans quand tu passeras tes soirées *romantiques* à nettoyer le filtre du sèche-linge, grommela Hank. Il m'arrive d'apprécier que mes gosses aient la grippe : au moins, ils se couchent tôt et la maison est calme.

— Je te rappelle que je vis avec Rook Stevens. Tu nous vois avec des enfants ?

Hank éclata de rire.

— Pourquoi pas ? J'ai vu pire. Je détesterais être le prof de ton gosse ou, pire encore, son directeur d'école. Stevens et toi auriez de vrais risque-tout ! Je n'ose même pas penser aux conneries qu'ils vous inventeraient, aux excuses qu'ils trouveraient, aux fous rires…

— Rook et moi commençons à peine à vivre ensemble, Camden. Ne mets pas la charrue avant les bœufs.

Puis Dante tapa sur le tableau de bord.

— Hé, recule. Tu viens de le dépasser !

Hank freina et fit demi-tour en débordant sur le bas-côté. La berline rebondit violemment.

— Excuse-moi. Comment diable peux-tu savoir où nous sommes avec ces saloperies de haies qui empêchent de voir les panneaux et les numéros ? Tu es certain que c'est le bon endroit ? Je ne vois qu'un portail en bois. Même Godzilla ne pourrait pas entrer là-dedans. Il nous faut peut-être un lapin blanc ?

Dante eut un sourire en coin.

— Ce n'est pas un lapin, mais une chenille, avec cheveux bleus et un foulard. Je vis avec un cinéphile acharné, ajouta-t-il devant le regard éberlué de Hank. J'ai fini par apprendre des tas de trucs bizarres. Eh oui, c'est bien l'endroit. Le numéro est écrit sur le trottoir.

Hank avança dans l'allée, s'arrêta devant le portail, baissa sa vitre et appuya sur l'interphone

— Pour le moment, on attend. Si personne ne nous répond, on part à l'assaut, d'accord ? O'Byrne doit s'emmerder comme un rat mort à l'hôpital. Quant à Cranston, j'espère qu'elle trouvera les frères Natterly pendant que nous interrogeons Margaret.

— Elle cherche les divers endroits où ils peuvent se planquer. En attendant, elle a posté des uniformes dans leur maison de vente aux enchères. Ce matin, le personnel a reçu un message de Davis, l'aîné, annonçant son absence jusqu'à la fin de la semaine. Jeremy, lui, a disparu, mais d'après la réceptionniste, il n'a pas vraiment d'horaires. Il vient travailler quand ça lui chante. Il en a de la chance d'avoir de quoi vivre en dilettante ! Bon, sonne encore. Ils n'ont peut-être pas entendu la première fois.

Hank obtempéra.

— Tu ne supporterais pas de ne rien à faire, Montoya. Et notre boulot, c'est d'enquêter sur des meurtres. Si nous étions laxistes, les assassins ne seraient jamais arrêtés. Et les crimes se multiplieraient. Dans une minute, j'enfonce la porte.

Les deux partenaires devenaient claustrophobes dans ce quartier aux rues étroites et sinueuses, avec d'énormes maisons cachées derrière de hautes haies et de grands arbres. Dans les collines de Los Angeles, les parcs avançaient jusqu'au bord des gorges et canyons, et s'étendaient le long des mesas, utilisant tout l'espace disponible. D'architecture moderne, les demeures étaient essentiellement de verre et d'acier, perchées sur d'épais pilotis ancrés sur la falaise. L'endroit, dépourvu de vie ou de mouvement, paraissait presque post-apocalyptique. Los Angeles était nichée en dessous, silencieuse et lointaine. Les seuls sons de cette étrange atmosphère feutrée venaient du vent qui bruissait dans les arbres et d'une tondeuse à gazon qui vrombissait en sourdine.

Hank dégrafa sa ceinture de sécurité et ouvrit la portière de la voiture.

— Toujours rien. Sortons et marchons un peu. Je vais essayer à nouveau l'interphone. Pourquoi ne vas-tu pas jeter un coup d'œil à travers les grilles ? Essaie de voir s'il y a du mouvement là-haut. Sadonna savait que nous venions. C'est elle qui nous a donné ce rendez-vous.

— Oui, elle a encore confirmé l'heure ce matin.

À son tour, Dante quitta la voiture, heureux de respirer. L'air était plus pur dans les hauteurs, c'était agréable. La clim de la voiture n'avait que deux positions : polaire et glaciale. Aussi Dante était-il soulagé de retrouver une température plus clémente. Il referma la portière derrière lui et s'étira. Il se sentait courbaturé et fatigué. À s'inquiéter pour Rook, il n'avait quasiment pas fermé l'œil de la nuit.

— L'interphone est peut-être cassé, lança-t-il au bout d'un moment. Essaie de téléphoner.

Les haies avaient été taillées récemment, de la sève séchée perlait sur les branches le long des piliers du portail. Dante voulut voir à travers et posa les mains sur les battants. Ils s'ouvrirent en coulissant sur leurs lourds gonds.

— Nom de Dieu ! jura Hank derrière lui. Ça n'est même pas...

Dante entendit les ratés du moteur avant de voir la voiture. Un bosquet de l'allée intérieure cachait la majeure partie de la maison et le véhicule – une grosse européenne grise au nez court, avec des enjoliveurs clinquants

169

et des vitres teintées – mit du temps à apparaître. Quand il surgit enfin dans un rugissement de tondeuse à gazon lancée à plein régime, les graviers crissèrent. Soit les pneus étaient lisses, soit l'allée était mouillée… en tout cas, la voiture dérapa en sortant du virage et fonça sur le côté du portail.

Droit sur Dante.

Il plongea et s'étala sans grâce. Le gros poteau conçu pour bloquer la porte était son meilleur espoir – son seul espoir ! – de ne pas se faire écraser. Il atterrit sur l'épaule et roula sur lui-même en criant à Hank de se mettre à l'abri. Malgré les vitres foncées, il aperçut brièvement le chauffeur de la berline : il portait un masque de ski. La voiture passa à toute allure. Dante bascula à la renverse et heurta un arbuste dont les branches lui griffèrent le torse. Il s'écrasa sur le dos, le souffle coupé. La voiture s'encastra dans le portail entrouvert, dans un terrible fracas de métal et de bois fracassé. Un des battants fut arraché de ses gonds. La voiture partit en tête à queue et manqua de faucher Hank. Il l'esquiva en se collant à la haie. Puis il ouvrit son blouson et sortit son arme.

— Dante, tu n'as rien ? Réponds, merde !

Haletant toujours, Dante se releva et se dégagea de l'enchevêtrement de branches dans lequel il était coincé.

— Ça va. Il y a une caméra à la porte. On aura peut-être sa plaque. Je vais aller voir là-haut. Appelle…

— Je m'en occupe. Demande des renforts, Montoya ! N'y va pas tout seul !

Hank était déjà en mouvement : il se glissa au volant de sa berline banalisée, fit demi-tour et démarra en trombe, projetant derrière lui une pluie de feuilles et de gravillons. Toute sirène hurlante, Hank se lança à la poursuite du fuyard.

Les poumons toujours douloureux, Dante partit en courant le long de l'allée. Il réalisa vite s'être blessé au genou, mais il ne prit pas le temps de s'arrêter pour vérifier, trop impatient d'atteindre la maison. Il ne pouvait pas attendre les renforts. Affronter seul une situation potentiellement dangereuse était une stupidité, il le savait, mais il n'avait pas le choix. Le temps pressait. Le tueur était aux abois.

Dante ne pouvait pas oublier le sinistre spectacle découvert dans l'appartement de la sœur de Jennifer Martinez. Il ne pensait qu'à Sadonna, peut-être étendue quelque part dans la maison, mourante.

L'énorme demeure de style espagnol était à plusieurs niveaux avec de larges balcons et une grande porte en bois clouté, encadrée de vitraux colorés. Devant la maison, une fontaine coulait dans un parterre de fleurs jaunes, violettes et orange dont les arômes embaumaient la brume vaporisée. Des genévriers plantés devant la façade la protégeaient du vent de la falaise. En effet, la construction se trouvait très près d'un profond canyon, une bande de terre étroite la séparant de la crête.

Dante ralentit le pas, dégaina son arme et monta les quelques marches menant à la porte d'entrée. Ouverte, elle donnait accès à une zone d'ombre immobile et inquiétante. Dante sentit une raideur à l'épaule et du sang coulait le long de sa jambe droite. Le vent qui se levait accentuait la sensation humide. Il frissonna et baissa les yeux : son jean était déchiré au niveau du genou. Une douleur lancinante lui martelait le flanc. Comme Rook… Il faillit rire de cette similitude.

Il ne pouvait être certain que le fuyard ait été seul. Et s'agissait-il d'un simple cambrioleur ou du tueur que toutes les polices de Los Angeles recherchaient ?

Dans tous les cas, le silence de la maison devenait angoissant. Dante se prépara au pire.

— Police ! Je rentre. Mme Swann, vous m'entendez ? Mme Martin ! Vous êtes là ? Y a-t-il quelqu'un ?

Il pressa son épaule contre le bois, se pencha vers l'ouverture et écouta. Il poussa prudemment la porte avec son pied. Une sirène hurlait dans le lointain, un son partiellement réconfortant. De toute façon, Dante ne comptait pas attendre.

Il entra, balaya le hall d'entrée à cent-quatre-vingts degrés, puis avança et se mit à explorer la maison, pièce par pièce. Il passa au salon, puis dans la bibliothèque attenante. Avant d'entrer, il annonçait chaque fois sa présence. Il trouva des signes de lutte : une table tombée sur le sol en marbre, un vase rempli de tournesols qui s'était brisé contre un mur, les fleurs flottant dans une flaque d'eau. Dans la cuisine, des livres étaient dispersés autour du coin-repas à l'extrémité d'une table en verre dont le plateau avait été fracturé par quelque chose de lourd.

Mais toujours aucun signe de présence.

Enfin, Dante perçut un son, un faible gémissement émanant du fond de maison. Il le suivit en accélérant le pas. Après avoir traversé un dédale de pièces, il arriva dans un patio protégé d'un écran qui longeait la cuisine et la salle à manger. L'une des portes-fenêtres qui y menaient était arrachée de ses gonds, deux des vitres cassées, des tessons de verre crissant sous ses pieds. Dans le patio, les meubles en rotin et les palmiers étaient renversés.

Sadonna s'y trouvait, étalée sur le ventre. Le soleil éclairait ses cheveux blonds, de longues mèches souillées de sang croulaient sur son dos nu. Elle portait un peignoir de bain blanc enroulé autour de ses genoux, dont le col ouvert exposait les épaules et le dos marbrés de coups qui commençaient à jaunir. Du sang coulait aussi de plusieurs entailles au bras droit. Un couteau à steak à lame crantée gisait à côté d'une chaise de rotin.

Dante posa les doigts sur le cou renversé et poussa un soupir de soulagement en y trouvant un pouls solide. Il se redressa et hésita à ranger son arme, conscient de ne pas avoir inspecté toute la maison.

Sadonna s'agrippa à sa cheville et gémit.

— Aidez-moi… Oh, mon Dieu ! Ma… poitrine. J'ai mal.

Elle tourna la tête et grimaça, ses cheveux glissèrent et dégagèrent son visage. L'œil droit était enflé, la lèvre inférieure entaillée et sanguinolente.

— Tenez bon. Je vais appeler une ambulance.

Les sirènes étaient plus fortes. Dante sortit son téléphone et contacta le 911. Il se présenta et fit un bref compte-rendu de la situation. L'opérateur lui assura que les urgentistes étaient déjà en route. Dante raccrochait quand une voix se fit entendre, hurlant son nom.

Il répondit sur le même ton :

— Je suis au fond avec une blessée. Le rez-de-chaussée est clair. Je ne suis pas monté vérifier les étages. Il y a peut-être encore quelqu'un dans la maison.

Il se pencha et incita Sadonna à rester étendue.

— Ne bougez pas, les urgentistes ne vont pas tarder. Savez-vous s'il y a encore quelqu'un ici ? Du personnel peut-être ? Margaret ?

Elle s'agita sous sa main, puis retomba en arrière, pantelante.

— Margaret, coassa-t-elle. J'ai entendu… crier. Je prenais… une douche, je suis sortie et…. Oh, pauvre Margaret ! Ils ont dû la tuer. Elle criait… et puis… *plus rien*.

— TOUJOURS AUCUNE trace de Margaret Martin, déclara Hank. Il est déjà vingt heures, Montoya, ce n'est pas bon signe. Elle a disparu et il n'y a pas eu de demande de rançon. Je n'aime pas ça.

Il se frotta le visage et soupira lourdement.

— L'hôpital vient d'appeler, ajouta-t-il. Sadonna va s'en sortir, mais ils la gardent quelques jours en observation. Elle a reçu un violent coup à la poitrine, pas un poing, un objet plus lourd. Les médecins sont prudents : ils craignent sans doute qu'Archie leur tombe sur le râble.

— Archie doit être fou de rage. J'ai appelé Rook pour m'assurer qu'il est toujours au château Martin et non à l'hôpital au chevet de Sadonna. Je préfère le savoir protégé par des gardes du corps et des alarmes de sécurité. Il a tenté de me convaincre qu'il ne risquait rien à faire une petite visite, mais j'ai menacé de lui envoyer Manny. Espérons qu'il écoutera.

Dante fixa l'équipe de la PTS qui œuvrait dans la cuisine de Margaret Martin.

— Je ne vois toujours pas le lien entre le meurtre de Vicks, le message envoyé à Rook et la disparition de Margaret. S'il s'agit d'un enlèvement, pourquoi ne pas demander une rançon à Archie ? L'homme au masque compte-t-il la tuer ? Mais pourquoi ? Et il s'est attaqué à Sadonna, mais pourquoi la laisser vivre alors qu'il a tué tous les autres ?

— Notre arrivée l'a probablement dérangé, répondit Hank, pensif. Il y a une caméra de surveillance au portail et l'écran est dans la cuisine. Il nous a entendu sonner, ça l'a effrayé. Peut-être avait-il mis Margaret dans la voiture et essayait-il de maîtriser Sadonna quand nous l'avons interrompu. D'après son état, Sadonna s'est battue farouchement. Les gars vont vérifier les films de sécurité. Nous avons une bonne chance d'avoir la plaque d'immatriculation de la voiture ou même le visage de notre assassin. Qu'en penses-tu, Montoya ? Tu l'as vu passer. Aurait-il pu avoir Margaret avec lui ?

Dante observa les dégâts des pièces avant et fronça les sourcils.

— Il m'a paru mince, comme Rook a décrit l'intrus qu'il a surpris chez Harold. Comment a-t-il pu abattre Vicks, qui était grand et lourd ? Bien sûr, il lui a tiré dans le dos. Les autres étaient plus faciles à éliminer. Harold était mou, Martinez mince et Margaret osseuse. Que Sadonna lui résiste avec un tel acharnement a dû être une surprise pour notre assassin.

Hank s'écarta pour laisser le passage à un technicien. Puis il fit remarquer :

— Nous n'avons pas encore le rapport de toxicologie : Vicks a pu être drogué avant d'être abattu. D'après le sang répandu, il a été tué chez la sœur de Martinez. Sinon, le corps aurait été trop difficile à déplacer. Au fait, Cranston a téléphoné, elle voulait savoir si nous avions besoin d'elle. Je lui ai dit qu'il était inutile qu'elle monte. Elle a une piste concernant les Natterly. Leurs parents possédaient une maison à Santa Monica. Ils sont morts il y a une quinzaine d'années, les deux frères en ont hérité. La maison était louée, mais les derniers locataires sont partis il y a deux mois.

Dante siffla entre ses dents.

— Deux mois ? C'est long pour qu'une maison reste vide à Santa Monica. Les loyers atteignent des prix fous ! Même si les Natterly ne sont pas dans la misère, un loyer leur permettrait de compenser les impôts fonciers et l'entretien de la maison. Crois-tu qu'ils laisseraient passer cette opportunité ?

— C'est justement la question, Montoya. Sans doute est-il trop tard pour que Cranston intervienne ce soir, mais elle agira demain, j'en suis certain.

Camden se retourna quand on appela son nom.

— Oui ? Quoi ?

Un technicien chauve arrivait vers lui, le front plissé.

— J'ai pu récupérer votre vidéo surveillance, inspecteur, mais la visionner va nous prendre du temps, la qualité n'est pas terrible. Je crois aussi qu'il y a eu tentative d'effacement, j'ai eu du mal à l'avoir, il a fallu aller la chercher sur le serveur de maintenance. J'aurais sans doute un visage et peut-être même une plaque, mais pas avant demain.

Montoya tapota l'épaule de son partenaire.

— Une immatriculation ! Ça serait parfait vu que tu as perdu notre fuyard.

Hank le repoussa d'un air outragé.

— Merde, c'est à cause de ce camion de la voirie qui m'a coupé la route ! Tu verrais dans quel état est la voiture ! L'autre connard m'avait déjà démoli l'avant, le second choc n'a rien arrangé. Je ne suis même pas certain que nous arriverons à rentrer au poste avant que... Attends, mon téléphone sonne. Bizarre. Pourquoi est-ce moi qu'on appelle et pas toi ?

— Tu as plus d'ancienneté que moi, ricana Dante.

— Seulement six mois. Merde, c'est l'hôpital. Sans doute O'Byrne qui veut des nouvelles. Cette femme a des indics parmi les flics, je te le garantis !

Il porta son portable à son oreille et changea de ton :

— Oui ? Ici Camden.

Dante écouta deux minutes – Hank ne s'était pas trompé, c'était bien O'Byrne. Abandonnant son partenaire au téléphone, il alla voir où en était la police scientifique. Le rez-de-chaussée était bien avancé, mais aucun technicien n'était encore monté. En principe, il n'y avait pas eu de violence à l'étage. Ni trace de sang ni évidence de coups de feu, mais comme la maison comptait d'innombrables pièces, les analyses étaient loin d'être terminées. Il était peu probable de tomber sur des empreintes utilisables, même si Dante ne pas pouvait s'empêcher de l'espérer, surtout sur le couteau qu'il avait aperçu dans le patio.

Il gardait un mauvais pressentiment, comme un malaise qui lui remontait le long de la colonne vertébrale. Depuis qu'il connaissait Rook, il avait passé pas mal de temps chez Archie, entouré de meubles et d'objets de prix qui démontraient un mode de vie dépassant (de très loin) le salaire d'un inspecteur du LAPD. La maison de Margaret avait aussi des meubles anciens et raffinés, des sièges délicats où s'empilaient des coussins soyeux. Dante les trouvait d'aspect trop fragile pour envisager de les utiliser. Hank s'y était pourtant risqué sans dommages. La moindre surface brillait, polie et parfaitement époussetée. Du moins, avant que les techniciens mettent de la poudre partout !

Un grand piano à queue trônait au coin du bureau. Dante entra dans la pièce, écoutant d'une oreille Hank qui conversait toujours avec O'Byrne. Des cadres affichaient des photos de groupes durant des réunions familiales. Dante ne reconnut pas tous ceux qui y posaient avec un sourire figé. De rares photos spontanées se trouvaient dans d'autres cadres en argent massif disposés pour suivre les courbes du piano. Dante les étudia de près.

Il en prit une de Margaret et Harold à une fête d'anniversaire, un faux sourire aux lèvres, visiblement mal à l'aise. Il ne vit aucune photo du père de Harold, le fils d'Archie, mais n'en fut pas surpris. Avec quelques verres dans le nez, Margaret ne cachait pas son opinion concernant son ex.

Il n'y avait aucune photo de Sadonna.

— Et pourtant Margaret l'a accueillie, marmonna-t-il. Elle la haïssait, mais elle l'a invitée chez elle. Pourquoi ? Est-ce à cause de Harold ou pour un autre motif ?

Il s'apprêtait à rejoindre son partenaire quand un éclat vert vif attira son attention. Au début, il crut à un reflet. Il chercha parmi les cadres agglutinés et finit par trouver celui qu'il cherchait.

Une photo de Harold dans un paradis tropical ; il avait pris un coup de soleil et ses épaules étaient écarlates. Il brandissait un cocktail exotique garni d'un petit parasol. De somptueux palmiers ondulaient tout autour de lui. Le vert ne venait pas de leurs lourdes palmes, mais des prunelles de l'homme qui le tenait par le cou.

L'inconnu était bien plus jeune que Harold, avec des yeux d'un vert si vif qu'il s'agissait certainement de lentilles. Il était beau avec des traits classiques et de longs cheveux dorés flottant sur ses épaules, un sourire de star, sensuel. Dante reconnut le logo de son tee-shirt – il le connaissait même par cœur.

— Eh merde ! C'est un tee-shirt de *Potter's Field*. Et j'ai déjà vu ce garçon quelque part.

D'une main que l'impatience faisait trembler, il récupéra son téléphone et chercha parmi les photos de l'enquête. Quand il se retourna, il fut surpris de trouver Hank derrière lui, son visage constellé de taches de rousseur tout assombri.

— Hé ! cria Dante. J'ai enfin la preuve formelle que les Natterly ont un lien avec cette foutue enquête. Regarde le jeune blond qui est avec Harold sur cette photo ! C'est Jeremy Natterly. Et il porte des lentilles de contact du même vert que celle qui a été découverte sur le corps de la victime.

— Bonne nouvelle ! lança son partenaire. Parce que nous avons un problème : Sadonna a disparu de l'hôpital. Les toubibs l'ont libérée des urgences et installée dans une chambre particulière, mais quand O'Byrne a voulu passer l'interroger, Sadonna n'était plus là.

Dante en fut sidéré.

— Plus là… ? Mais comment est-ce possible ? A-t-elle été enlevée ou bien a-t-elle disparu volontairement ? Comment a-t-elle fait ? Elle n'avait aucun vêtement. Quand l'ambulance l'a emmenée, Sadonna ne portait qu'un peignoir de bain couvert de sang.

— Je n'en sais rien, Montoya, répondit Hank. Voilà une autre question à ajouter à toutes celles que nous nous posons déjà. Sadonna est en cavale, c'est tout ce que je sais. Avec elle, nous perdons aussi toutes nos chances de savoir ce qu'est devenue Margaret Martin.

XVI

CE FUT la douleur au flanc qui réveilla Rook, en plus du courant d'air glacé lui remontant le long du dos. Aussi confortable que soit le lit d'Archie, il regrettait son appartement… *leur* appartement, à Dante et lui. Il regrettait son lit et la lumière d'Hollywood qui éclairait le loft la nuit quand les stores occultants restaient entrouverts. Dans les collines, c'était trop calme. Rook avait récemment découvert qu'il détestait le silence des riches. Pire encore, il n'avait-il aucune idée de l'heure. Il devait être très tard – ou très tôt.

Et Dante n'était pas couché.

— Quelle heure il est ? Merde, j'ai mal !

Il déglutit, un goût de poussière et de rance envahit sa bouche.

La voix de Dante lui répondit dans l'obscurité :

— C'est normal, tu as été blessé. Ton entaille est peu profonde, je te l'accorde, mais tes points resteront douloureux quelques jours. As-tu pris les analgésiques que le docteur t'a prescrits ?

— Non, maudits médecins ! marmonna Rook, le nez dans son oreiller. J'ai… oublié. Viens te coucher. Ta présence m'est plus bénéfique que des cachets.

Aussi pénible que soit le fait de cligner des yeux, Rook s'y efforça et regarda autour de lui pour trouver son amant. Ah, il était au pied du lit, torse nu, occupé à déboutonner son jean. Sa ceinture était devant lui, sur le lit. Puis le matelas bougea et Rook tressaillit – le moindre mouvement lui était douloureux. Dante dut le sentir, car il releva la tête, son regard d'ambre scruta les traits crispés de Rook, descendit sur ses épaules et vint se poser sur le pansement sur son côté. Alors, le feu s'éteignit dans ses yeux, sans doute à cause de l'état du blessé.

Pourtant, Rook commençait à oublier ses maux – même les bleus qui lui marbraient le bas de son dos – sous la montée irrépressible du désir. Même à moitié mort, il trouvait magnifique ce beau corps musclé, ce ventre dur souligné d'une fine toison sombre autour du nombril. Il regrettait seulement que son amant porte encore un boxer, cachant ainsi son sexe à ses yeux avides. L'eau à la bouche, Rook décida qu'il adorait les larges épaules, si puissantes après des années passées à accomplir d'innombrables tâches viriles et domestiques – Dante savait tout faire dans une maison, il avait entièrement retapé son bungalow, acheté quasiment en ruines. Avant de rencontrer Dante, Rook avait ignoré combien un homme pouvait être sexy en tondant sa pelouse, le dos mouillé de sueur, son tee-shirt soulignant le moindre de ses muscles. Il s'enflammait aussi en voyant Dante penché pour boire au tuyau d'arrosage avant d'en diriger le jet sur sa tête pour se rafraîchir le cuir chevelu et le cou.

— Tu devrais dormir, chuchota Dante.

Le reproche était ferme, mais l'accent cubain avait un parfum de tequila, de citron vert et une promesse de baisers profonds. Dante lui devait bien une nuit de tequila ! décida Rook, boudeur. Il se voyait déjà étendu avec son amant sur le porche derrière le bungalow, à écouter la ville danser à la lueur des lampadaires urbains.

— Dis, Stevens, tu m'écoutes ?

— Non, je préfère fantasmer sur ton corps collé au mien, me réchauffant l'arrière des cuisses. Mais bien sûr, tu vas trouver des excuses pour me repousser, tu vas prétendre qu'il est tard et que j'ai besoin de récupérer. Merde, quoi ! Où est mon téléphone ?

Dante sourit.

— Confisqué. Je l'ai mis sur la commode, hors de portée. Inutile de me fusiller des yeux, *cuervo*, je l'ai trouvé par terre en arrivant. Archie est-il passé te voir avant que tu t'endormes ? T'a-t-il tout raconté ?

— Oui. Et après, tu m'as interdit d'aller à l'hôpital. L'aurais-tu oublié ?

— Non, j'ai eu du nez de prévoir des ennuis. Sadonna a disparu. O'Byrne s'emmerdait tellement dans sa chambre à l'hôpital qu'elle a voulu lui parler. Elle a découvert la chambre vide. En principe, un uniforme devait monter la garde devant sa porte, mais il n'était pas encore arrivé.

Dante posa une main fraîche contre sa joue. Il tressaillit quand Rook lui mordit le pouce.

— Aïe ! J'espère que tu ne vas pas me coller le tétanos, *cuervo*. Je n'ai vraiment pas le temps pour ça. Nous n'avons toujours pas réussi à localiser ta tante et voilà que Sadonna joue les Houdini…

— Plutôt Ivan le fou, coupa Rook.

Il fut ravi de voir Dante ouvrir de grands yeux éberlués. Il adorait troubler son amant, il adorait son amant, point barre.

— J'ai tant de films et de séries à te faire voir ! reprit-il. Je faisais référence au passeur Gorram [11]. Il incendie l'atmosphère et disparaît pendant que ses poursuivants sont incinérés. Franchement, Montoya, on croirait que tu as été déposé sur cette planète par des extraterrestres qui ne t'ont rien expliqué des us et coutumes terrestres. Maintenant, parle-moi de Sadonna.

— Il n'y a pas grand-chose à dire. Elle a été blessée chez Margaret par un homme masqué aux mobiles encore inconnus. Je l'ai vu s'enfuir, il a tenté de m'écraser. Le problème, c'est que depuis que de Sadonna a pris la fuite, je commence à douter de sa déclaration.

Rook tenta d'imaginer la blonde glamour poignarder son mari ou penchée sur son cadavre. Il secoua la tête.

— C'est absurde ! Tu as dû prendre un coup sur la tête, mec. Sadonna est un peu menteuse, je te l'accorde, mais tu la vois vraiment tuer Vicks ? Ou Margaret ? Elle s'est peut-être sauvée parce qu'elle a peur qu'on lui fasse la peau !

— Peut-être, concéda Dante, mais son comportement ne plaide pas en sa faveur. Surtout que nous n'avons aucun autre suspect.

Du bout du pied, Rook tenta de le déshabiller. Dante gloussa et le repoussa, puis il se pencha et ramassa sa ceinture. Il la roula et l'emporta jusqu'à la commode.

— Cette histoire ne cesse de se compliquer, reprit-il. Chaque nouvelle piste contredit la précédente. C'est comme un ruban de Möbius [12]. Un des frères Natterly est impliqué, c'est certain, il a pu entraîner Harold. J'ai trouvé chez Margaret une photo de ton cousin avec Jeremy, il est donc probable que le jeune Natterly était son amant, ou au moins qu'ils se connaissaient bien. Peut-être y a-t-il eu bagarre et un des frères a-t-il tué Harold, mais comme les deux Natterly ont disparu eux aussi, nous ne pouvons pas leur poser les questions qui nous permettraient d'éclaircir cet embrouillamini. C'est louche, d'ailleurs. Quand un citoyen respectueux des lois apprend que la police veut l'interroger, il coopère en général, ne serait-ce que pour se disculper.

— Ah, tu crois ? ricana Rook. Je n'ai jamais connu ça !

— As-tu oublié que j'ai précisé « respectueux des lois » ?

---

11 Contrebandier de la série *Firefly*.

12 Référence topologique, surface compacte créant une boucle tordue sur elle-même, sans intérieur ni extérieur.

Il esquiva le coup de pied sans conviction que Rook tentait de lui lancer. Puis il se rapprocha et demanda d'un ton plus sérieux :

— Que peux-tu me dire de Davis et de son frère ? Crois-tu que Jeremy pourrait être l'amant de Harold ? Ou Davis. Il a pu prendre cette photo de ton cousin avec son jeune frère…

Rook se redressa contre ses oreillers et retint à grand-peine un gémissement.

— Plutôt Jeremy. Davis est un peu… asexué. Il porte ses chemises boutonnées jusqu'au cou et des lunettes à monture d'écaille. Très années 50 quoi. Il ne pense qu'à son travail. Il n'a aucun sens de l'humour. Jeremy est plus… poète. Des cheveux longs, la tête ailleurs, l'air distrait. J'ai toujours pensé qu'il travaillait dans la boîte par convenance sociale, tandis que Davis, lui, adore ça. Il prend son pied à dénicher les objets rares. Un jour, je l'ai vu flipper devant des ballerines rubis, on aurait cru qu'il venait de tomber sur la coupe en argile du Christ et qu'il s'apprêtait à y boire l'eau de la vie éternelle.

— Un poète n'est pas forcément gay. Et un gay n'est pas forcément poète. Il y a toutes sortes d'homosexuels, je te le rappelle.

— Je sais, mais je vois très mal Davis s'intéresser au sexe. Il est maniaque, tu sais, il porte des gants en latex pour décapsuler une boîte de pâté pour chats.

Rook soupira. Sa libido commençait à perdre la bataille contre sa fatigue. Les draps étaient doux au toucher, bien chauds. Pourtant, il manquait quelque chose. Une terreur diffuse envahissait son esprit, tourbillonnant de plus en plus fort. Il aurait voulu y échapper, mais comment faire ? Il lui fallait s'amarrer dans la tourmente. Il se sentit mieux en posant la main sur la cuisse de Dante.

— Pourquoi n'as-tu pas fini de te déshabiller ? se plaignit Rook. Pourquoi ne viens-tu pas au lit me faire tout oublier ? Je ne veux plus penser à mes bleus ou à mes points douloureux !

Dante le dévisagea longuement, puis posa un baiser chaste sur sa joue.

— Ce serait bien plus sage que tu prennes tes analgésiques et que tu dormes.

— Si tu veux que je dorme, viens me border. Mieux encore, viens me baiser. Les endomorphines sont excellentes pour l'endormissement. Vraiment, il faut tout t'apprendre, Montoya ! Même les plans drague !

— Tu es blessé.

— Ce n'est qu'une égratignure, tu l'as dit toi-même

— Tu as des points de suture, insista Dante. Tu as besoin de repos.

Pourtant, il ne résista pas quand Rook l'attira plus près.

— J'ai surtout besoin de toi.

Rook se redressa, s'assit sur le lit et fit doucement descendre le boxer de son flic. Il se pencha et titilla de la langue le nombril de Dante, avant de le mordre délicatement. Pour être franc, il avait mal, vraiment mal, mais son besoin de toucher de Dante était le plus fort. C'était comme… rentrer à la maison. À cette réalisation, son cœur faillit s'arrêter de battre. Depuis quand Montoya était-il intimement lié à son idée de… foyer ? La douleur à son flanc s'accentua au point qu'il ne put retenir une grimace.

— Bon, reconnut-il en s'écartant. Tu as peut-être raison, je vais prendre des analgésiques. Mais ensuite, je te veux, bébé. J'ai … besoin de toi, putain !

— Chut, on verra.

Dante se leva et passa dans la salle de bain. Il en revint très vite avec un verre d'eau et trois gélules au creux de la main.

— Prends ça.

— Non, pas la rose.

Rook accepta le verre et les gélules blanches. Il voulait bien prendre un antidouleur, mais pas le sédatif. Il s'en méfiait trop.

Il se recoucha en marmonnant :

— Je déteste les somnifères, ça me donne la migraine. Ce toubib est un grand malade ! Tu as vu tout ce qu'il m'a prescrit ?

D'innombrables flacons s'alignaient sur le comptoir de la salle de bain.

Dante déposa la gélule rose sur la table de nuit.

— Le sommeil, naturel ou pas, est souvent le meilleur des remèdes, *cuervo*. Mets-toi sur le côté, tu auras moins mal et tu t'endormiras plus facilement.

Rook obtempéra. Peu après, les antalgiques commencèrent à faire effet et il put se détendre. Sa tête était posée sur l'épaule de Dante dont les doigts montaient et descendaient le long de sa colonne vertébrale, l'aidant à dissiper la tension qui lui tordait le ventre. Rook s'enfonça davantage au creux du bras de Dante. Ses paupières s'alourdirent.

— Merde, grommela-t-il, je crois que je vais sombrer. Je voulais profiter de toi. Je voulais… tout. Je veux tout… de toi. De nous. Nous pourrions avoir un poisson rouge…

Il sentit un rire secouer la poitrine de Dante.

— Un poisson rouge ?

Rook le pinça au mamelon.

— Aïe, protesta Dante. Hé, les voies de fait sur un agent de police, ça coûte cher !

— Je plaiderai les circonstances atténuantes. Et un poisson rouge, c'est l'animal de compagnie qui me correspond le mieux. Je vais m'endormir, je crois…

Sous l'effet de la fatigue, sa voix s'éraillait. Son bref élan de désir avait disparu, malgré les caresses de Dante au creux de ses reins.

— Oui, *cuervo*, dors, chuchota Dante d'une voix aussi tendre que le doigt qui effleura la tempe de Rook. Je serai là à ton réveiller. Nous reparlerons alors de ce poisson rouge.

FOUTU LIT ! Non seulement il était vide, mais en plus Rook avait froid. Pourtant, il bougeait plus facilement que la veille, aussi se redressa-t-il avec prudence pour poser ses pieds nus sur le sol, à l'affut d'une éventuelle douleur dans les côtes. Il ne sentit qu'un tiraillement très supportable. Il se leva donc et tenta quelques étirements.

— Putain, il faut vraiment que je pisse !

Il fonça vers la salle de bain, les pieds glacés malgré le tapis qui les protégeait du sol. Quelques minutes plus tard, il prit une nouvelle dose d'analgésiques et changea son pansement. Il se brossait les dents quand la porte de la salle de bain s'ouvrit. Dans le miroir au-dessus du lavabo, Rook croisa le regard inquiet de Dante.

Il cracha la mousse de son dentifrice et grogna :

— Quoi ?

— Rien. J'espérais juste te trouver encore au lit.

Dante attendit qu'il se rince la bouche, puis le rejoignit, le fit se retourner et le pressa contre le comptoir.

— Comment ça va ? souffla-t-il.

— Mieux. J'ai nettement moins mal. Je viens de refaire mon pansement, ça cicatrise bien. Aucune trace d'infection ou de rougeur. Pourquoi tires-tu cette tête ? demanda Rook, soudain soupçonneux.

— Je viens d'avoir Book au téléphone, il m'a accordé ma matinée. Je tenais à passer quelques heures avec toi, *cuervo*, après ces derniers jours difficiles. Et voilà que je te trouve tout habillé ? C'est… regrettable.

Il se pencha vers la lèvre inférieure de Rook. Il la suça, joua avec la chair ferme, puis la relâcha quand Rook gémit. Il lui caressa les épaules et murmura :

— Je t'ai apporté du café et de quoi te sustenter. J'avais pensé t'offrir un petit déjeuner au lit, puis discuter avec toi.

Rook se renfrogna.

— Je vois que ma conception de « passer quelques heures » ensemble diffère notablement de la tienne. Dans un lit avec toi, je pense au sexe et toi à me… *sustenter* ? Je ne veux pas de raisin, merde, je veux baiser !

Il secoua la tête quand Dante éclata de rire.

— Arrête, Montoya. Tu es un sale…

La bouche de Dante le bâillonna et lui vola son souffle. D'ailleurs, Rook ne pensait plus à respirer. Son sang s'échauffait, le battement frénétique de son cœur lui martelait les tympans, de plus en plus fort. Il commença à chercher l'air, mais Dante ne le libéra pas, refusant d'abandonner sa bouche. Le monde de Rook se limitait au contact de son flic, à ses lèvres, ses mains, ses paumes rugueuses… Un incendie prenait naissance au creux de son ventre. Il sentit les doigts qui s'accrochaient à la ceinture de son pantalon souple et caressaient ses os iliaques.

Quand Dante s'écarta enfin, Rook pantelait, les bras appuyés contre lavabo derrière lui, les reins collés au comptoir. Le marbre dur et froid contrastait avec la chaleur du corps pressé contre le sien, par devant.

Dante le mordit à la gorge, assez fort pour laisser une trace.

— Je n'ai pas pris de raisin. J'ai des fraises et du café. Du champagne aurait été plus romantique, mais nous avons… à travailler.

Il s'attaqua ensuite à sa clavicule. Rook haleta et chercha à reculer. En vain, il était coincé et Dante ne le lâchait pas. Pas avant de lui avoir fait tout ce qu'il voulait. Après une longue séance de tortures, Dante recula, l'air satisfait.

Rook savait que sa peau pâle portait le sceau des dents de son beau flic.

— *Dios !* s'exclama Dante. Tu es du feu liquide entre mes mains, *cuervo*. Une simple caresse et tu… tu es prêt.

Ils tinrent jusqu'au lit. De justesse.

Du coude, Rook heurta le plateau posé sur la table de nuit, manquant faire voler le café et les fruits dans la pièce. Par chance, Dante le stabilisa à temps, évitant le désastre.

Une fois sur le lit, Rook s'étira et leva les bras. Dante s'étendit sur lui. Il modifia sa position en entendant Rook gémir.

— Je te fais mal ? Si tu veux, nous pouvons juste…

— Non, ça va. J'ai pris mes médocs, je veux ne plus penser qu'à baiser. Et si tu ne t'occupes pas très vite de mon cas, je ne réponds plus de rien. J'étais gelé en sortant du lit, Montoya. Maintenant, je brûle ! Et c'est ta faute !

Son sexe douloureusement érigé était coincé entre sa cuisse et le bas-ventre de Dante, mais ce frottement était agréable, sinon jouissif.

— Je m'inquiète pour toi, répondit Dante

Il bougea sur le côté. Rook en profita pour passer la main sous la ceinture élastique du pantalon, malaxant les fesses fermes de son flic. En réponse, Dante ondula contre lui sans plus cacher son état d'excitation. Tout à coup, il frissonna

— Qu'est-ce que tu as fait, *cuervo* ? Tes mains sont glacées !

Rook le pinça.

— J'avais froid, je te l'ai déjà dit. Je suis heureux que tu sois commando. Ça me donne un accès plus facile à ton cul.

— Et toi, l'es-tu ? Commando, je veux dire.

Rook fit la grimace

— Non, j'ai un caleçon. Aide-moi à l'enlever, d'accord ?

— C'est la meilleure proposition que j'ai entendue ce matin ! Quoique… Rosa m'a offert du café, ajouta-t-il avec un sourire taquin.

Rook s'attaqua aux mamelons de son flic.

— Mec, si je te fais une proposition malhonnête et que je passe après Rosa, il va sérieusement falloir que je revoie ma technique. Décide-toi : que veux-tu faire de ta matinée ? Me déshabiller ou siroter un café ?

Dante souleva son tee-shirt.

— Oublions le café ! Je suis idiot ! Lève les bras, aide-moi, j'ai peur de te faire mal si je te secoue trop.

L'excitation de Rook grandit quand il sentit la caresse furtive du coton sur son dos et ses épaules. Puis la fraîcheur de l'air ambiant le fit frissonner et sa peau se hérissa de chair de poule. Dante le déshabilla avec célérité et précaution, pressant régulièrement des baisers sur le corps qu'il dénudait. Quand Rook souleva les hanches, il perdit son pantalon et son caleçon. Deux secondes plus tard, Dante était nu lui aussi, exhibant un cul bombé, des cuisses solides et une érection palpitante. Une vision qui vida complètement l'esprit de Rook. Plus de pensées aléatoires tourbillonnantes, de questions sans réponse, plus de bruit et de fracas quand le regard de miel se posait sur lui.

Son flic se mit à genoux sur le lit, sans bouger, les mains sur les cuisses. Du bout des doigts, Rook caressa la toison sombre qui allait du nombril au bas-ventre, formant un nid frisé d'où jaillissait le sexe fier. Son effleurement fit tressaillir les muscles du ventre dur.

Dante fronça les sourcils, deux traits noirs et touffus cachant presque ses yeux dorés. Mais son visage se détendit peu à peu quand les doigts de Rook dessinèrent ses traits, les hautes pommettes, le menton ferme, puis se perdirent dans les cheveux épais. Rook s'émerveilla de la vulnérabilité qui perçait parfois sous l'aspect dur et viril de son flic.

— Tu es magnifique, *cuervo*, souffla Dante. J'ai *beaucoup* de chance.

Sous l'effet de l'émotion et du désir, son accent était plus marqué, sa voix éraillée amplifiant la chaleur de ses paroles. Il passa lentement la main sur la longue cuisse de Rook, puis se pencha et l'embrassa profondément. Leurs langues entamèrent un ballet sensuel, ponctué de gémissements et de soupirs. La bouche de Dante avait un goût de fraise et de menthe.

Puis Rook en voulut davantage. Il y avait un flacon de lubrifiant dans la table de nuit, aussi fouilla-t-il le tiroir d'une main impatiente, rendue maladroite par le fait qu'il refusait de quitter son amant et d'interrompre leur long baiser.

Dante l'installa plus à son aise dans le lit, entouré d'oreillers. Un soleil matinal aux tons de beurre frais se déversait dans la chambre par l'entrebâillement des chatoyantes tentures dorées qui protégeaient les portes-fenêtres. Au-delà, le patio était trempé de rosée. L'air était souvent humide à Los Angeles et il arrivait que le vent souffle les embruns du Pacifique jusqu'aux collines. Les rayons d'or donnaient un ton de bronze la peau de Dante.

Rook savait que son flic n'était pas *absolument* parfait. Il gardait des cicatrices d'une enfance passée à jouer sur l'asphalte. Une dent ébréchée, côté droit, venait d'une dispute avec un cousin pour une manette de jeu vidéo. Rook y passait souvent la langue, car il aimait explorer les imperfections du beau Mexico-cubain.

Il connaissait l'histoire de la bosse sur l'arrière du crâne de Dante, il y pensait parfois assis sur le canapé, en regardant Dante couché par terre avec les enfants de Hank devant un match de *fútbol*. Dante avait aussi des taches brunes sur les épaules et une minuscule cicatrice en forme d'étoile due à un accident de pêche. Et Rook adorait l'annulaire droit de Dante avec sa première phalange tatouée. Plus jeune, son flic jouait avec les mots et écrivait poèmes et histoires. Très vite, hélas, son père l'en avait dissuadé, coupant net à ses rêves pour lui conseiller de se consacrer à « des choses utiles ». Ses premiers récits s'étaient perdus au fil du temps, mais le désir d'écrire était toujours là, brûlant l'âme de Dante.

Rook prit en coupe le beau visage non rasé et savoura le contact de la barbe qui lui râpait les paumes. Sa gorge se serra. Le désir l'étouffait, mais plus encore ce que Dante représentait pour lui.

— Tu es… *tout* pour moi, Montoya. Je n'ai jamais tenu à ce point à quelqu'un. Et ça me fait terrifie, bébé, à bien des égards. *Tu* me terrifies… et pourtant, mon cœur ne cesse de me répéter… que je suis à toi et que…

Il ne put continuer, aussi préféra-t-il se perdre dans un baiser, oubliant tout ce qui n'était pas le poids de son amant sur lui. Il n'était pas complètement remis, une douleur diffuse s'attardait à son flanc, des tiraillements. Il geignit. Dante se redressa aussitôt et l'examina, l'air inquiet, une tendre interrogation dans les yeux.

Rook secoua la tête et se remit à dévorer sa bouche. Puis Dante lui lécha la mâchoire et mordilla le lobe de son oreille.

— Tu es certain que ça va, bébé ? Où as-tu mal ? Dis-moi. Je ferai tout ce que tu veux.

Rook s'accrocha à ses épaules.

— Je veux t'avoir près de moi, tout autour de moi. Je suis trop collant peut-être… ça te dérange ?

Dans le passé, baiser n'avait été pour lui qu'une rencontre anonyme entre deux corps échauffés, des mains avides, un visage entraperçu, un plaisir rapide et une séparation sans regret. Avec Dante, c'était différent. Avec Dante, Rook voulait prendre son temps, goûter et même savourer chaque centimètre carré de son flic et écouter les soupirs qui s'échappaient de ses lèvres.

Pourtant, parler, demander ce qu'il voulait, c'était… encore trop neuf, trop effrayant. Rook n'osait pas énoncer à haute voix ses désirs les plus secrets. Il tentait toujours de se convaincre qu'il était digne d'être aimé… de Dante, tout en craignant de rêver et d'être déçu.

Dante effleura les bords de son pansement.

— Doucement, ne bouge pas trop. Mieux encore, reste couché et laisse-moi m'occuper de toi.

— Non, c'est moi. Je te veux.

Le lubrifiant était froid. Dante grimaça, exagérant son inconfort quand Rook insinua ses doigts en lui et commença à le préparer. Au début, ils allèrent lentement, puis l'ambiance changea, une urgence naquit en eux.

Peut-être était-ce dû aux risques inconnus, mais imminents qui attendaient Dante une fois qu'il remettrait son badge à sa ceinture et son arme dans son holster après ce bref répit. Ou aux ombres menaçantes qui se rapprochaient de Rook, le condamnant à rester caché à l'abri du château Martin, si outrageusement décoré, sanctuaire transformé en prison par la folie d'un assassin.

Le soleil disparut, ne laissant qu'un rai de lumière pour éclairer la chambre. Rook s'en soucia peu. Le corps de Dante était une carte au trésor qu'il dessinait avec un plaisir toujours renouvelé. Il se délecta des cris qu'il arrachait à son flic et déposa une pluie de baisers sur ses épaules et sa gorge. Puis il le pénétra, savourant l'étau de velours chaud se refermant sur lui. Dante lui facilita la tâche en se redressant pour mieux s'empaler. Très vite, Rook se mit à le marteler.

Mais Dante le bloqua, se dégagea et taquina son gland, poussant Rook à feuler une menace informulée. Dante prit alors son visage en coupe et caressa de sa langue le nez arrogant. Chatouillé, Rook se tortilla en gloussant.

— Va doucement, susurra Dante. Je ne veux pas que tu fasses sauter tes points.

Il s'empara du sexe érigé et se positionna, puis glissa sans se presser. Rook grinça des dents : le temps lui paraissait long ! Tenté de s'enfoncer d'un coup de reins, il se retint, prit Dante aux hanches et le laissa choisir son rythme. Face à face, c'était plus intime. Jamais Rook ne l'aurait accepté avec un autre homme.

En vérité, avant de connaître Dante, personne n'avait atteint son cœur.

De temps à autre, il s'émerveillait encore de l'aisance avec laquelle son flic y parvenait d'une caresse, d'un regard, d'une parole. Dante savait aussi le protéger des doutes qui, comme un ouragan, menaçaient de l'emporter.

Une fois empalé jusqu'à la garde, Dante se mit à onduler sur Rook, d'avant en arrière, de haut en bas. Ils entamèrent la danse éternelle des amants, ponctuée de baisers et de mots marmonnés. Leurs souffles se firent haletants, erratiques même au fur et à mesure que le plaisir montait. Rook se contracta, les muscles raidis sous le poids du corps qui rebondissait sur lui. Il tenta de contrôler son orgasme et masturba son amant, dont le sexe trempé annonçait une jouissance imminente.

Puis une vague irrépressible emporta ses bonnes intentions. Une goutte de sueur tomba du front de Dante et humidifia son mamelon, avant de disparaître dans la moiteur qui perlait sur sa peau dorée. Rook souleva les hanches, pilonnant Dante de plus en plus vite. Il adorait la vision de ce corps perdu dans le plaisir, mais malgré l'effet anesthésiant du plaisir, sa douleur revenait.

La réalité lui rappelait que ses efforts physiques étaient prématurés. Comme pour accentuer ce rappel à l'ordre, le lit grinça et tapa contre le mur. Rook ralentit, peu désireux que leurs ébats soient perçus par les autres habitants du château.

Dante se pencha en avant et s'accrocha à deux mains au bois de la tête de lit.

— J'y suis presque, *cuervo*, grimaça-t-il. *Dios* !

Rook n'entendit pas la suite, car la verge qu'il tenait parut exploser entre ses doigts. Ce qui déclencha son propre orgasme, presque trop violent. Rook trembla de passion, le ventre et la poitrine inondés de sperme. Une forte odeur monta dans la chambre, mélange de sexe, de musc et d'émotions fortes.

Sa vision se brouilla, tout devint gris. Rook s'abandonna, tout amolli pendant que Dante s'écartait de lui. Rook regrettait ce départ qui le laissait vacant, mais sans le poids de son flic sur lui, sa douleur au flanc s'apaisa. Il reprit son souffle avec effort, glissa sa main le long de ses côtes et chercha le pansement qu'il venait de changer… en vain. Ses points étaient exposés et sensibles, et la gaze collait aux poils de sa cuisse.

— Ouille, s'écria-t-il en l'arrachant.

Rook était poisseux de sperme et de lubrifiant, mélange qui ne tarderait pas à se répandre sur les draps. Il devait se nettoyer.

— Bébé, aide-moi…

Mais Dante était debout, son téléphone à la main. Rook reconnut son expression, dure et concentrée : c'était le flic qui lisait un message, l'amant détendu et rieur avait disparu. Rook rampa jusqu'au bord du matelas, les côtes en feu, et s'accrocha au poignet de Dante. En vain. La lueur matinale éclairait un monolithe en granit.

— Qu'est-ce que tu as ? Un problème ? Que s'est-il passé ?

Cette enquête impliquait trop de monde qu'il connaissait – et aimait. Y avait-il encore un blessé ? Ou pire ? Et si… Son cerveau s'embrouilla à imaginer des scénarios d'horreur. Le tueur s'en était-il pris à Manny ou à Archie avec la même brutalité que Vicks et les autres ?

— Il faut que j'y aille, *cuervo* ! lança Dante, d'un ton pressé.

— Non ! Parle-moi d'abord. Qu'est-ce qui se passe ?

Dante soupira et laissa tomber le téléphone sur le lit. Il passa le pouce sur la bouche de Rook avant de révéler la vérité :

— On vient de retrouver Sadonna dans l'eau à Santa Monica. J'ignore ce qui s'est passé et si elle arrivera vivante à l'hôpital, mais… ils l'ont trouvée.

Son baiser fut bref, avec un goût de colère et de terreur. Rook éprouvait les mêmes sentiments.

— Si tu m'aimes, Rook, reprit l'inspecteur Montoya en se redressant, tu feras pour une fois ce que je te demande : tu resteras ici. Parce que sans toi, ma vie ne signifie plus rien.

XVII

L'ODEUR DU sel de mer piqua le nez de Dante et le vent marin emplit ses poumons tandis qu'il avançait le long du quai. De minuscules gouttelettes se déposaient déjà sur son manteau noir. Il rejoignit Hank, qui portait un pardessus trop mince dont les pans battaient ses longues jambes, comme pour applaudir l'arrivée sur scène de son partenaire.

L'énorme grande roue, emblème de la jetée Santa Monica, grinçait de façon inquiétante au-dessus de leurs têtes, le vent vif secouant ses nacelles métalliques. Si les néons avaient été coupés, la musique continuait à jouer, ses airs entraînants contrastant sinistrement avec la récente tragédie s'étant jouée ici même. Un vol de mouettes planait au bout du quai, ailes déployées, profitant paresseusement des rafales glacées. Les moineaux picoraient des miettes sur les planches de la jetée. Ils se dispersèrent au passage de Dante, puis reprirent leur quête de nourriture.

Un jeune homme roux était accroupi près du compresseur alimentant la roue. Les uniformes avaient envahi la jetée et fouillaient les stands, les manèges et les magasins à la recherche d'indices.

Camden s'approchait d'un manège avec des chevaux aux yeux fous. Une mouette fit un piqué pour lui voler son muffin. L'inspecteur s'écarta, mais ne fut pas assez rapide. L'oiseau s'envola avec son butin, suivi par une volée d'imprécations sonores.

Dante ricana.

— Si j'avais su que tu tenais à nourrir les oiseaux de mer, je t'aurais apporté du pain.

— Va te faire foutre ! Et te voilà enfin ? Tout arrive. La morgue nous a envoyé un débutant. Il s'appelle Taylor, je crois. Euh… Chase Taylor.

Du menton, il désignait le jeune homme mince avec des cheveux presque aussi carotte que les siens. Le technicien dut l'entendre, car il leva les yeux de sa tablette et salua de la main, avec un sourire enthousiaste.

Hank soupira.

— Mon Dieu, nous est-il arrivé d'être aussi jeunes ? On dirait un sandwich au fromage avec mayo et Jell-O.

190

— Jamais, affirma Dante. Et je doute d'avoir mangé le sandwich que tu décris. Du fromage même pas grillé ? Quelle idée !

Son partenaire eut un petit rire.

— J'en prenais souvent avant le dîner en rentrant de l'école. Imagine une *quesadilla* insipide qui te colle au palais. Impossible à avaler quoi ! C'était dégoûtant, mais les gosses, ça bouffe tout et n'importe quoi, c'est bien connu. Je mélangeais aussi des nouilles *ramen* crues et du coleshaw. Chouette recette !

Dante sentit une nausée monter.

— Tu as eu une enfance de merde, Camden. *Dios*, même Rook mangeait mieux que ça dans son cirque !

— J'en doute fort. Tu devrais l'interroger. Tu apprendras certainement qu'il considérait les Cheetos trempées dans du lait comme des céréales au petit déjeuner. Bon, où est Cranston ? La trouver dans un bordel pareil ne va pas être facile. Elle a probablement du boulot à nous confier.

Dante enjamba un tuyau d'arrosage coupé d'où jaillissait un filet d'eau.

— As-tu reçu d'autres nouvelles de l'hôpital ? Je sais juste que Sadonna a bien failli y rester ! Les urgentistes ont réussi à la ranimer dans l'ambulance. J'ai été surpris que Cranston nous convoque ici. Pourquoi ne pas aller à l'hôpital ?

Hank prit Dante par la manche et se pencha vers lui :

— Sadonna n'est pas encore sortie d'affaire. Ici, en revanche, les premières fouilles sur le terrain ont donné quelque chose. C'est pourquoi Cranston nous a appelés. Son message disait : « la jetée, à droite, après la grande roue tout au fond. *Sans passer par la case départ. Sans toucher les deux cents dollars.* Sans caresser le chat ».

Dante surveilla le félin d'un œil suspicieux. Puis il fit un grand cercle pour l'éviter. Hank suivit son exemple. Le chat coucha les oreilles en voyant un goéland se poser sur une nasse humide.

— Vu son air aimable, lança Dante, on n'est guère tenté de s'en approcher. Je vois Cranston ! Cet endroit est sinistre, malgré la grande roue, les montagnes russes et les manèges. Comment ont-ils encore des clients ?

Hank regarda autour de lui.

— Je l'ignore, mais j'ai l'impression que tous les flics de Santa Monica sont ici aujourd'hui. Pourquoi diable se sont-ils déplacés ? Et sur quoi travaille la PTS ? Sadonna est déjà sortie de l'eau.

Les deux partenaires se baissèrent pour passer sous un rail de manège que Camden faillit emplafonner. Il poussa une bordée de jurons.

Cranston les vit et leur fit signe. Ils durent contourner un stand de glaces pour la rejoindre. L'inspecteur de West LA portait un pardessus beige, comme Camden, mais sans taches de confiture. Elle leur serra fermement les mains, des rides de fatigue marquaient son visage et sa bouche.

— Quand avez-vous pris le temps de dormir, Cranston ? aboya Camden. Vous semblez avoir un retard de sommeil d'au moins… trois ans.

— Ne l'écoutez pas, intervint Dante. Il est toujours grincheux au bord de l'océan. Sans doute ne sait-il pas nager…

Hank ricana bruyamment.

— Il y a dans ces eaux des monstres capables de vous avaler tout rond et de recracher vos… disons vos globes oculaires. Imaginez un peu un malheureux gosse jouant au frisbee qui tombe sur ce genre d'horreurs échouées sur le sable, hein ?

— Ne dites pas de bêtises, Camden ! rétorqua l'inspecteur. Un globe oculaire est de la viande molle, sinon gélatineuse. Jamais un prédateur digne de ce nom ne recracherait un aussi délicat morceau !

— En revanche, un globe devient dur une fois cuisiné, précisa Dante. Recraché, il coulerait instantanément.

— Vous êtes aussi taré l'un que l'autre ! Vous devriez consulter un psy.

Dante se contenta de rire.

Camden retrouva son sérieux et interrogea Cranston :

— Dites, pourquoi y a-t-il autant d'uniformes pour une noyade ? À moins qu'il s'agisse d'une tentative de suicide, mais même dans ce cas…

— Non, coupa l'inspecteur, ce n'est pas un suicide. Sadonna Swann a été poignardée à l'épaule. La lame s'est coincée quand son agresseur a tenté de la récupérer. C'est enregistré. Venez par ici. Derrière ce stand en bois. Je dois vous montrer ce que les plongeurs recherchent dans l'eau.

— Pourquoi avez-vous fait appel à eux ? demanda Hank.

Il se pencha et regarda par-dessus la rambarde bleue.

— C'est sacrément profond ! reprit-il. On ne voit pas le fond.

— Une question plus urgente est de savoir comment Sadonna est passée à l'eau, déclara Dante. Cette rambarde est relativement haute.

Il évalua la hauteur de la barrière avec la taille de Sadonna, d'après ce dont il se souvenait d'elle. Trois plongeurs en combinaisons noires étaient dans l'eau, et un quatrième, sur le côté, semblait discourir, mais le vent violent emportait ses paroles, Dante n'entendait rien. Apparemment, l'homme envoyait le trio vers une autre section sous la jetée.

192

— Avons-nous le visage de l'agresseur sur la bande ? demanda Dante.

— Le film a été pris du manège, on distingue bien la querelle… ça n'a pas duré longtemps, mais c'était plutôt violent. Je l'ai déjà regardé, mais je veux vos impressions. Allons au bureau. La porte est juste là.

Elle désignait du doigt une cahute blanche sous une haute structure métallique.

Le bureau était minuscule et sentait le moisi. Il y avait à peine la place pour deux petites tables. Les murs extérieurs, en bois massif, étaient percés d'une étroite fenêtre à guillotine. Des piles de papiers agrafés couvraient la moitié du bureau du fond tandis qu'un vieux portable et une petite télévision massive connectée à un disque dur trônaient sur celui près de la porte.

Hank examina l'espace entre le bureau et l'une des chaises à roulettes, puis il secoua la tête.

— Laisse-moi deviner, il faut être nain pour travailler dans un endroit pareil ? Avant de commencer, qui a trouvé Sadonna ?

— Un couple qui promenait son chien sur la plage, répondit Cranston. Ils ont remarqué un bras accroché au pilier de la jetée. Le mec a plongé dans l'eau glacée pour la sortir et commencer la respiration artificielle jusqu'à l'arrivée des secouristes. Elle était bleue et inerte, mais dès qu'elle s'est un peu réchauffée, ils ont trouvé un pouls. Je vais vous brancher ça…

Cranston se mit à tripoter la télévision. Camden s'assit au bord du bureau.

— Étonnant que les urgentistes ne l'aient pas cru morte.

— Si elle saignait, elle était encore en vie, répondit Dante. L'eau froide a pu ralentir l'hémorragie, mais une fois sortie, ça a dû se remarquer, d'où leurs efforts.

— Les urgentistes n'aiment pas quand un patient décède dans leur ambulance, intervint Cranston. Nous y voilà. L'équipement n'est pas génial et il n'y a pas de son. Les gars de la sécurité cherchent d'autres films, avec de meilleures images, mais pour l'instant, c'est le seul que nous avons.

Elle fit pivoter le petit écran pour que tous voient. L'enregistrement était flou, l'image sautait, mais on voyait quand même les silhouettes pixelisées. Dante repensa à un zoétrope jauni que Rook lui avait un jour montré en faisant l'inventaire de l'arrière-boutique. Il reconnut la blonde qui arrivait sur la jetée, ses bottes à talons créant des ondulations dans les flaques sous les montagnes russes. Les mains enfoncées dans sa veste épaisse, elle avait la tête nue et ses cheveux flottaient dans le vent. Elle fit les cent pas, regardant par-dessus son épaule et scrutant les ombres autour des stands et des magasins regroupés autour des attractions. Puis elle tourna la tête pour regarder la rue.

C'était bien Sadonna Swann. L'ecchymose de sa joue et son œil enflé étaient encore choquants, même si le noir et blanc atténuait les traces du passage à tabac.

— Elle vient d'arriver, remarqua Hank. Personne ne l'a interceptée. Si je me souviens bien, la foire est ouverte vingt-quatre heures sur vingt-quatre. Y a-t-il seulement un vigile de garde ?

— Il faisait sa ronde, répondit Cranston. Il met parfois une heure avant de revenir à son poste. C'est du moins ce qu'il prétend. D'après moi, il s'absente plus longtemps.

Hank vérifia l'horodatage sur l'écran.

— Il était encore tôt, à une heure pareille, seuls les surfeurs endurcis sortent quand les vagues sont bonnes, ou les joggeurs acharnés. Qui sait ? Quelqu'un a pu voir quelque chose. Il nous faut juste retrouver cet éventuel témoin. Le soleil n'est pas encore levé, mais il fait déjà clair. Elle est en plein air, en public… Elle ne faisait pas confiance à celui qu'elle attendait. On la voit parfaitement. Où est son agresseur ?

— Le voilà ! s'écria Dante.

Une ombre bougeait sur la droite, presque hors du champ de la caméra. On ne voyait qu'un capuchon foncé, un pantalon de survêtement et des sneakers. La silhouette avança la main.

— Pas de gants ! ajouta Dante. Peut-être a-t-il laissé ses empreintes.

— Justement, répondit Cranston. C'est pourquoi j'ai demandé l'aide de la PTS. Nos équipes essaient de couvrir toutes les surfaces disponibles. Et les uniformes sont là pour empêcher le public d'approcher et de gêner leur travail. Maintenant, regardez avec attention…

Elle appuya sur un bouton, ralentissant le déroulement du film. La querelle fut aussi saccadée qu'un spectacle des marionnettes Punch et Judy. L'attaquant frappa le premier, mais Sadonna vit le coup venir et le bloqua du bras. Sur le visage de la star, la fureur était palpable, ses traits crispés en un masque grotesque. Elle agita les bras, la bouche ouverte sur des cris muets – une vraie pantomime ! Malheureusement, son agresseur restait dans l'ombre. Seuls apparurent brièvement son nez et son menton. D'après son langage corporel, il était en colère. Il poussa Sadonna à la poitrine, elle recula d'un pas.

— Elle lui désigne quelque chose qui se trouve derrière elle, sur la rive, murmura Dante. Elle est furieuse, mais elle reste à découvert. Elle n'a pas peur. Pas encore. Elle le connaît, elle le connaît même bien. Regardez comme ils sont près l'un de l'autre. On ne s'approche jamais autant d'un étranger !

— Dans ce cas, pourquoi ce rendez-vous ici, à l'aube ? demanda Hank. Parce que c'est en public ? Elle se méfie de lui, mais pas au point de refuser de le rencontrer à l'écart.

Cranston agita sa télécommande.

— Attention, c'est là ! Je ne sais pas ce qu'il lui dit, mais Sadonna explose et lui envoie un gnon.

Le coup de poing atteignit sa cible. La tête de l'inconnu partit en arrière. Hank siffla son admiration.

— Joli crochet !

— Il va sortir son couteau, c'est ça ? demanda Dante.

Cranston acquiesça. Très attentif, Dante vit un reflet de lumière dans la main de l'assassin. L'angle ne lui permettait pas de voir son visage, mais Dante le devina plus grand que la femme blessée. Le coup fut rapide, presque trop, aussi Cranston recula-t-elle pour leur faire revoir ce bref passage.

— Seigneur ! Il n'a pas hésité à la planter ! La lame était certainement tranchante. Vous disiez qu'il n'a pas pu récupérer son couteau ?

— Non, Sadonna est passée par-dessus la balustrade. Regardez, c'est là ! Elle se retourne et met le pied sur la barre du bas. La rambarde est neuve et solide, elle a supporté son poids. Peut-être avait-elle perdu la tête, parce que l'eau est glacée, alors, dans son état…

Hank exhala bruyamment.

— Elle a sauté ! Nom de Dieu, elle a sauté ! Avec le couteau dans l'épaule ! Vous aviez raison, le gars a tenté de le récupérer. Enfin, je pense qu'il s'agit d'un gars, c'est difficile à dire. Il m'a paru grand.

Dante se tourna vers Cranston.

— Y a-t-il du courant sous la jetée ? Quelles sont nos chances de remettre la main sur ce satané couteau ? Il garde peut-être des empreintes !

Cranston pinça les lèvres.

— Les plongeurs le cherchent, mais jusqu'à présent, rien. Ils n'ont même pas retrouvé la besace de Sadonna et vous avez vu comme moi qu'elle était immense ! C'est frustrant, car j'espérais enfin une piste solide.

— Inspecteur ! Nous avons quelque chose !

En entendant cet appel, les trois inspecteurs quittèrent le bureau. À la porte, ils faillirent heurter le jeune roux que Hank avait raillé précédemment. Dans son empressement, le technicien planta un coude osseux dans les côtes de Hank. Écarlate, il recula et écrasa les orteils de Dante. Éperdu, il se mit à bredouiller des excuses.

— Oh, merde. Pardon. Désolé.

Hank le poussa fermement à l'extérieur du petit bureau encombré.

— Dehors ! Nous vous suivons.

Il lut un reproche dans le regard de Dante et haussa les épaules.

— Quoi ? reprit-il. Impossible de discuter dans un espace aussi restreint, j'étouffe ! Allons voir ce qu'ils ont trouvé.

— Si c'est le couteau, jeta Cranston, très excitée, je vais exiger qu'on me sorte les empreintes de toute urgence, quitte à tirer toutes les ficelles de mon carnet d'adresses ! Je tiens à boucler cette enquête, les garçons. West LA tient *vraiment* à mettre la main sur l'assassin de Vicks.

Durant le bref moment que le trio avait passé dans le bureau, la jetée s'était transformée en sauna aux relents de saumure. Le soleil s'était levé, les nuages au-dessus des eaux sombres s'effilochaient en longues traînées grises, la chaleur naissante transformait les flaques d'eau le long du quai en vapeur marécageuse. Le jeune technicien – Chase, selon Hank – se précipita pour passer devant les inspecteurs et les conduisit jusqu'à un cercle de stands de l'autre côté de la jetée.

Une meute de flics s'agglutinait autour une tente en plastique constellée d'étoiles de mer, ses pans avant relevés en auvent pour protéger le seuil.

Devant, posé sur le bois de la jetée, il y avait un colis gondolé par l'humidité et à moitié éventré d'où s'écoulaient des copeaux d'emballage. Le logo Natterly s'y affichait encore.

Vision hélas trop familière pour Dante. Le dernier carton de ce genre qu'il avait reçu contenait la tête exsangue d'un flic assassiné. Il ralentit le pas, se préparant à un autre choc. Il respira un grand coup et rattrapa Hank dont la longue foulée l'avait porté en avant. Dante remarqua alors que les flics en uniforme regardaient le carton sans horreur, paraissant plus curieux que troublés.

Cranston traversa la jetée et rejoignit ses hommes.

— Merde, pourquoi n'est-il pas déjà emballé comme pièce à conviction ? aboya-t-elle. Qui l'a ouvert ?

Chase vit Hank arriver et libéra prestement le passage.

— Personne, répondit-il. Nous l'avons trouvé comme ça. L'un des gars a donné un coup de pied dans la pile, faisant tomber le carton en même temps que d'autres objets. Il s'est ouvert en heurtant le sol. Je suis allé vous chercher avant que…

Une femme en blouse blanche passa, des sacs en plastique dans les mains, assez âgée et très renfrognée.

— Protégez-le avec du plastique ! lui ordonna Hank. Si l'eau rentre dedans, on est dans la merde !

Elle s'approcha aussitôt. Dante s'interposa :

— Camden, attends. Je veux d'abord savoir ce qu'il y a dedans.

Le carton lui avait paru familier, mais ce qu'il y avait à l'intérieur était comme le reflet brisé des heures passées à regarder des films en noir et blanc sur le grand écran de Rook, alors que son amant discourait sur des sujets qui ne représentaient rien pour lui. L'oiseau trapu en résine noire était intact, son regard hautain fixant l'océan, mais la base s'était cassée. Les griffes et la queue du faucon formaient une couronne dentelée sur le carré du socle.

Dans la lumière du soleil, les pierres qui s'étaient échappées du socle éventré étincelaient de tous leurs feux, chaque facette renvoyant toutes les couleurs du prisme. La plupart étaient petites, à peu près de la taille d'un ongle d'auriculaire, mais quelques-uns étaient plus imposantes, en particulier une émeraude presque aussi longue que le pouce de Dante. Quelques diamants s'étaient coincés dans les planches de la jetée et scintillaient sous les gouttes accumulées dans les fissures du bois.

L'étiquette de livraison du carton était protégée par un plastique froissé. Dante y lut le nom de Rook Stevens et l'adresse du magasin en grosses lettres bleues.

Dante ne connaissait pas grand-chose aux diamants, à part ce qu'il avait lu dans des articles conseillant tel ou tel achat – ou vu à la télé.

Rook, en revanche, aurait pu en donner la valeur au dollar près, évaluant chaque caillou et rejetant ceux qu'il estimait indignes de lui et de son temps précieux.

Il avait parlé à Dante de son passé, du temps où il ne dormait que d'un œil, où il souffrait fréquemment d'un lumbago pour être entré par une fenêtre ou avoir sauté par-dessus une clôture pour échapper à des chiens dont il avait ignoré la présence avant qu'il soit presque trop tard. Jamais Rook ne donnait de nom ou d'indications spécifiques, préférant sans doute ne pas prendre de risques avec un inspecteur de police Il évoquait seulement la jouissante décharge d'adrénaline que lui procurait un travail bien fait, malgré – ou plutôt *à cause* des risques encourus.

Pouvoir jeter un coup d'œil derrière cette porte que Rook avait gardée fermée à tout autre que lui avait permis à Dante de mieux comprendre l'homme dont il était tombé amoureux.

Sous le choc, Hank siffla, les yeux écarquillés.

— Seigneur, tu as vu ? Ce n'est pas possible ! Ce ne sont quand même pas des… Et s'ils sont vrais, Montoya, ils étaient destinés à ton… à Rook Stevens. Il est impliqué dans…

— Non, il ne l'est pas, il n'est plus un voleur !

Enragé, Dante se tourna vers son partenaire. Seule l'amitié qui les liait depuis des années lui permit de tempérer la fureur que les paroles de Camden avaient déclenchée en lui. Cette satanée statue en résine noire allait nécessiter beaucoup d'explications. Des théories s'agitaient déjà dans la tête de Dante.

Il restait certain d'une chose. Il l'annonça sans ambages :

— Rook est clean, Camden, il n'est pas responsable de tout ce merdier. En revanche, quelqu'un était au courant, quelqu'un savait que le faucon de Rook contenait des diamants et c'est bien pour ça qu'on le lui a volé et que les gens meurent autour de lui. Malheureusement, nous ne savons toujours rien concernant l'assassin.

XVIII

— Hein ? Quoi ? Quels diamants ? Quel oiseau ? Où ça ? Je jure devant Dieu que si tu me réponds une connerie du genre, *ici, loup, ici château* [13], je pisse sur tes chaussures la prochaine fois que je te vois !

Rook se frottait les yeux en quittant la chambre qu'il utilisait chez Archie. Il se cogna le coude au chambranle et poussa un juron, avant de frictionner l'endroit douloureux. Il passa son téléphone de l'autre côté et le coinça entre son épaule et sa joue.

— Écoute, Montoya, geignit-il, je n'ai pas encore pris de café. Qu'est-ce que tu racontes ?

— Nous avons retrouvé ton faucon. Le vrai, celui en résine, répondit Dante qui semblait tendu à l'autre bout du fil. Pourrais-tu m'expliquer pourquoi le socle était creux et bourré de diamants ?

— Ben merde alors ! Le vieux salopard !

— De qui parles-tu ? D'Archie ?

Rook descendit l'escalier en comptant mentalement les marches comme il le faisait toujours, satisfait de trouver le bon nombre en arrivant au rez-de-chaussée.

— Non, de Travis Bluthenthal, l'ancien propriétaire du faucon. Il est mort. Si tu te souviens, je t'en avais parlé. Il était lié à Hawkins, un des ex de Beanie. Celui qui m'a appris le métier… Bref, Bluthenthal était un gentleman cambrioleur, un peu *vieille école*. Pour accéder aux maisons qu'il comptait dévaliser, soit il utilisait des cordes et passait par les toits, soit il séduisait une domestique. Comme Cary Grant, quoi ! Il est resté une légende dans le milieu.

Le soupir de Dante aurait pu servir de bande-son pour un pneu crevé.

— Tu es vraiment le seul à trouver qu'un voleur doué est une légende !

— Non, je ne suis pas le seul. Bluthenthal faisait partie du Tout Hollywood. Il était invité aux plus grandes soirées parce qu'en ce temps-là, il était l'agent de stars – juste pour le fun. D'après ce que j'ai entendu dire, il s'en sortait très bien et ses protégées signaient des contrats en or. Il est mort

13 Citation du film *Frankenstein Junior*

199

il y a quelques mois, mais comme ses biens étaient nombreux, sa succession s'est avérée plutôt compliquée à liquider et il a fallu un bail pour que ses collections arrivent sur le marché.

Rook s'arrêta net et huma l'air : aucun arôme de café ! Il se renfrogna.

— Merde ! reprit-il. Il n'y a personne dans cette baraque. Je crois qu'Archie avait un rendez-vous ce matin et Rosa a dû sortir faire des courses. Quand elle m'a demandé si j'avais des désidératas particuliers, j'ai réclamé des olives noires, des glaces et des pastilles au tamarin. Les épicées. Je n'ai pas tout compris de ce qu'elle a marmonné en espagnol, à mon avis, ce n'était pas très flatteur. Tu as remarqué qu'elle ne mâche pas ses mots ?

Parler à Dante de son ancienne vie ne le gênait pas, mais concernant Bluthenthal, Rook se sentait étrangement sur la défensive, presque protecteur. En vérité, il ressentait pour le vieux cambrioleur une affection très particulière, alimentée par les histoires que Hawkins lui avait racontées. Et d'autres forains parlaient avec respect du vieillard qui s'était toujours montré juste envers eux, charitable même, car il n'hésitait pas à aider financièrement ceux qui se trouvaient en position précaire.

C'était à Travis Bluthenthal que Rook enfant voulait ressembler une fois adulte.

Toujours pieds nus, il se mit à arpenter le rez-de-chaussée. Il ne trouva personne. Après un coup d'œil à la véranda, derrière du château, il revint sur ses pas et décida de se rendre dans la cuisine.

Rompant enfin un long silence, Dante reprit :

— *Cuervo*, je sais que tu connaissais cet homme. Peut-être même l'admirais-tu, hmm ?

— Je ne l'ai jamais rencontré, affirma Rook.

Il rit en entendant le grognement sceptique de Dante.

— C'est vrai, je t'assure. Je le croyais même mort depuis des années, pendant mon séjour à Seattle. Sinon, j'aurais tenté de le contacter en arrivant à Los Angeles. Il a beaucoup appris à Hawkins, qui m'a transmis son enseignement quand… tu sais… Du coup, je considérais Bluthenthal comme une sorte de… grand-père. Il est mort il y a… un an, je crois. En l'apprenant, j'ai surveillé sa succession. Je voulais un… un souvenir de lui. Je me suis dit que la copie du faucon, c'était parfait. C'était même drôle, d'une certaine façon.

— D'accord. Revenons-en à Travis Bluthenthal. Tu savais que c'était un voleur et c'est pour cette raison que tu as acheté sa statue, c'est ça ?

Un coup de klaxon résonna à l'autre bout du fil, arrachant à Dante un blasphème en espagnol, suivi d'une remise en question de l'intelligence du conducteur incriminé. Puis il reprit son interrogatoire :

— Rook, savais-tu que cette statue renfermait des pierres ? Ou le soupçonnais-tu ?

Sa voix paraissait menaçante, mais peut-être était-ce seulement dû à l'imagination de Rook. Il arriva devant la bibliothèque de son grand-père. Il se figea sur le seuil, les yeux rivés sur le portrait narcissique du seigneur du manoir. Quand Rook se retourna pour ne plus voir Archie, il remarqua une vitrine du couloir, remplie de babioles, essentiellement des poupées de porcelaine vêtues de costumes russes. Leurs yeux larmoyants et sans vie paraissaient le juger.

— Bébé, quel crétin cacherait des diamants dans un accessoire de cinéma ? C'est le premier endroit où les flics iraient regarder, tu ne crois pas ?

Il grimaça et croisa les doigts.

— Attends, reprit-il, ce faucon était en résine. Comment diable avez-vous pu l'éventrer ? Avec un modèle en plâtre comme celui retrouvé chez Harold, j'aurais mieux compris.

— Nous partons du principe que l'oiseau en plâtre était un leurre. Quelqu'un de la maison Natterly l'a fait exécuter pour un échange discret avec celui de… comment s'appelle-t-il déjà ? Ah oui, Bluthenthal. Moi aussi, j'aurais pensé plus logique de cacher quelque chose dans du plâtre, mais la résine, en fait, c'est bien mieux, parce que c'est plus solide. Nous avons trouvé ce faucon cassé en deux. C'est comme ça que nous avons su ce qu'il contenait. *Cuervo*, reprit Dante d'un ton plus bas, tu ne m'as pas répondu : savais-tu que Bluthenthal avait ces diamants ? Est-ce pour cela que tu tenais tant à cette statue ?

La franchise était étrange. L'entourage de Rook en réclamait constamment. Or, il était *presque* franc de nature, même après une bonne partie de son existence passée à voler sans tenir compte des lois. Avec Dante dans le tableau, le « presque » était testé, encore et encore, surtout quand Rook tentait d'esquiver une réponse sans pour autant proférer un mensonge. Cette fois, il était coincé : Dante insistait trop.

Rook déglutit, le cœur battant si fort qu'il résonnait dans sa gorge et sa poitrine.

— Oui, je savais qu'il avait caché un butin quelque part. Ou plutôt, je le suspectais. Nous le faisons tous. Les gens intelligents, en tout cas. Nous nous préparons une assurance-vie au cas où tout déraille et qu'il faille partir… *très vite*. Quant au faucon, je le voulais seulement en souvenir de cet homme. Il ne me connaissait pas, mais je me sentais une connexion avec lui. Voilà.

Seul le silence lui répondit. Les bruits de la rue avaient cessé. C'était troublant. Rook se sentit nerveux, d'anciennes peurs lui revenaient, alimentées par son sentiment d'insécurité. Il entendit claquer une porte à l'autre bout du fil et un soupir. Puis à nouveau un silence si pesant que Rook ne put ignorer plus longtemps qu'il ne le supportait pas.

Dante reprit alors la parole.

— Ces bijoux volés qui ont été rendus à Central il y a quelques semaines. C'est toi qui les as envoyés, pas vrai ?

Rook ne répondit pas. Il n'en avait pas besoin. Dante connaissait la réponse à cette question. La vérité pesait au-dessus d'eux comme une lame de guillotine aiguisée par la méfiance de Rook. Allait-elle tomber et trancher le lien qui les unissait ?

— Où les gardais-tu ? demanda encore Dante.

— À l'entrepôt.

Une fois sortie du puits, la vérité n'y retournait jamais, comme Rook était en train de le découvrir. C'était comme un génie malveillant enfoncé dans une lampe rouillée au moment où il empochait son premier butin.

— J'ai une Arche d'alliance là-bas, enchaîna-t-il, décidé à boire la coupe jusqu'à la lie. Il y a un faux fond qui n'a jamais été utilisé. C'est là que je cachais… des trucs. Celui-là en particulier.

Seigneur, encore ce silence ! Il détestait le silence. Cela le terrifiait. Le silence avait le pouvoir d'anéantir la vie qu'il s'était bâtie. Rook vacilla jusqu'à l'escalier, un peu plus loin dans le couloir. Les jambes coupées, il s'assit sur une marche. Il n'entendait plus rien, pas même une respiration. Comment sauver une relation ? Il ne connaissait rien aux règles à suivre, il n'en avait jamais eu besoin. Pourquoi ne vendait-on pas de guide pour les Nuls ? Il aurait voulu tout arranger et enfin respirer plus facilement.

— Il faut qu'on parle, finit par dire Dante. Face à face. Tu es toujours chez Archie ?

Rook ravala les mots qu'il avait sur le bout de la langue, des paroles acerbes et provoquantes qui lui venaient pour se protéger. Une nausée lui tordit l'estomac, un goût de bile remonta dans sa gorge. Il déglutit péniblement. Sa bouche avait un goût de cendres et d'amertume.

— Oui. Tu m'as dit de ne pas bouger, tu te souviens ?

— Comme si tu m'écoutais si souvent. Bon, je te rejoins dès que je peux, d'accord ? Ne bouge pas.

Rook faillit s'étrangler.

— Bien sûr. Je reste ici.

— Très bien, répondit son flic (… à moins qu'il ne soit plus ?) Et *cuervo* ?

Parler devenait difficile, surtout quand l'esprit de Rook s'emballait à la perspective de tout ce qu'il risquait de perdre.

— Oui ?

— Je t'aime. Il faut que… je clarifie un truc ou deux avec Camden et j'arrive. Ça ne me prendra pas longtemps. Nous sommes actuellement dans l'un des entrepôts Natterly, près de Larabee. Mais souviens-toi que je t'aime.

Rook passa la main dans ses cheveux emmêlés.

— Je t'aime aussi, murmura-t-il. C'est juste que je…

— Quinze minutes, bébé, coupa Dante. Je te retrouve dans quinze minutes.

Cette fois-ci, un clic annonça que l'appel avait été coupé. Et Rook resta seul à mijoter dans ses inquiétudes.

— Eh merde !

Il eut très envie de jeter son téléphone contre un mur. Pour ne pas céder à cette impulsion puérile, il serra son appareil dans la main, si fort que ses jointures devinrent blanches, le temps de se calmer. Puis il respira un grand coup et se frotta les yeux du dos de la main, peu étonné de les trouver humides.

— Je ne pleurais jamais avant de rencontrer ce maudit flic ! Bon sang, ma vie était tellement plus simple !

Et incroyablement solitaire, murmura son cerveau, ignorant ses émotions conflictuelles. *Tu veux mourir seul, comme Hawkins ?*

Quinze minutes avant d'avoir le cœur brisé ? Cela paraissait une très longue attente. Rook se demanda s'il serait soulagé d'entendre la voiture de Dante remonter l'allée ou s'il irait vomir dans la poubelle la plus proche avant de faire ce qu'il s'était promis de ne jamais faire : demander pardon pour ses fautes passées et espérer l'absolution.

— Arrache-toi les couilles pendant que tu y es, Stevens. Mais avant ça, fais-toi du café et… tu peux le faire. Il t'aime, bordel. Il ne cesse de te le dire. Et tu l'aimes aussi. Merde… il sait qui tu es. Ou qui tu étais Arrête de déconner. Montoya ne va pas te tuer.

Une voix glacée lui répondit :

— Non, sans doute pas.

Un spectre pointait une arme vers lui.

Rook se redressa, alarmé. Margaret était blême et entièrement vêtue de noir, pantalon de yoga, pull à manches longues et ballerines. Comme le canon menaçant de son arme, les yeux hantés étaient braqués sur lui. Elle avança sans faire de bruit sur le marbre du hall. Son faux sourire n'adoucissait nullement ses traits tendus. Au contraire même, car son visage était déformé d'aigreur et de haine. Une meurtrissure violacée lui marbrait la mâchoire.

Elle pencha la tête avec un soupçon d'amusement sardonique.

— Mais moi, j'en ai bien l'intention. En fait, je rêve de te tuer depuis que tu es apparu à cette maudite porte pour entrer dans la vie d'Archie.

ROOK TENTA d'oublier l'arme que tenait fermement Margaret et la regarda dans les yeux. Il fit un pas en avant, quittant les marches de l'escalier lorsque d'autres talons résonnèrent dans le couloir.

L'homme qui sortit de l'ombre aurait dû s'affoler en voyant une femme armée. Mais non, il continua à avancer, à s'intéresser au contenu des niches et vitrines de l'immense entrée. Ses cheveux blonds foncés étaient soigneusement peignés en arrière. Sans l'exprimer ouvertement, Rook avait toujours trouvé ce style rétro plus Mayberry [14] qu'Hollywood.

De plus, cela ne couvrait guère l'alopécie de Davis Natterly.

D'une main manucurée, tout tremblant d'émotion, il caressa plusieurs des vases imposants que la manie de collectionneur d'Archie avait accumulés sur une console. Si le bureau et les pièces principales contenaient de véritables trésors, c'était dans le hall que se trouvaient les plus gros objets du château Martin.

Davis lança à Rook un coup d'œil, puis ses yeux bleu pâle se tournèrent vers Margaret. Une émotion passa brièvement sur son visage hiératique, mais Rook n'aurait pas su dire si c'était de la colère ou du désir.

— Bon sang, Davis ! Que diable faites-vous là ? Merde, que manigancez-vous tous les deux ?

— Où est la statue, Rook ? demanda Margaret.

14 Communauté fictive de Caroline du Nord et cadre de deux séries télévisées américaines.

Elle s'approcha de lui, les narines palpitantes, l'expression plus pincée que jamais.

— Quelle statue ? répliqua-t-il sans regarder le pistolet. Il y en a partout dans cette maudite maison !

La colère était le meilleur moyen de faire passer un mensonge, il le savait. La plupart des gens préféraient jouer l'indignation ou l'incrédulité, mais Rook avait toujours préféré l'arrogance avec un soupçon d'outrage, subterfuge qui demandait un dosage subtil – un peu comme un curry émotionnel. Trop épicé, le mensonge brûlait, difficile à avaler.

D'après l'expression de Margaret, elle ne comptait pas croire un seul mot de sa bouche. Rook vit ses soupçons se confirmer quand elle pressa la gâchette de l'arme qu'elle braquait sur lui.

La balle le frôla et heurta une marche derrière lui. Des éclats de marbre et de tapis partirent dans tous les sens, frappant Rook au bras. Furieuse, Margaret avança vers lui, avec son arme brandie comme une massue. D'instinct, il se retourna pour protéger son visage. Elle le frappa dans les côtes.

La douleur fut atroce. Soit baiser Dante avait rouvert sa blessure, soit celle-ci n'était pas aussi bien cicatrisée qu'il l'avait cru. Dans tous les cas, l'agonie lui coupa le souffle. Rook tomba à genoux, la bouche ouverte. La salive lui envahit la bouche. Il tenta de déglutir, mais sa langue le gêna. Sa gorge s'assécha, se contracta autour de la bile qui menaçait de jaillir de son estomac vide. Il se plia en deux et chercha à retrouver sa respiration. Il avait mal partout désormais, au genou sur lequel il était tombé, à la hanche où il s'était heurté au pilier, même ses dents étaient sensibilisées !

— Margaret ! hoqueta-t-il. Vous êtes devenue folle ou quoi ? Qu'est-ce qui vous prend, bon Dieu ?

— Ce qui me prend ? hurla-t-elle.

Elle se pencha et le prit par les cheveux, lui renversant la tête en arrière. Son haleine puait la tequila. Toujours agenouillé, Rook voulut reculer pour échapper à cette odeur épouvantable. Il ne le put.

Sa tante n'était pas folle, mais saoule, en plein délire. Pourtant, elle restait calme et décidée, la main gauche dans ses cheveux, la droite toujours serrée sur son arme. Elle planta le canon encore brûlant dans son cou vulnérable, l'enfonçant sans ménagement, déchirant sa peau.

— Mon fils est mort ! *Mon Harold* ! Et pour quoi ? Pour qui ? Quel idiot ! Il a été baiser avec un inconnu rencontré à sa fête et l'autre abruti l'a surpris alors que…

Davis sortit la tête d'une grande vitrine remplie de figurines en porcelaine.

— Jeremy n'est pas un abruti, protesta-t-il. Ce n'était pas sa faute. C'était un accident. Il nous l'a expliqué.

Rook porta la main à son flanc. Il saignait, constata-t-il, peu rassuré. Sans doute le pansement qu'il avait refait avait de descendre n'était-il pas assez serré.

Puis il réalisa ce qu'il venait d'entendre.

— Attendez un peu. C'est Jeremy qui a tué Harold ? Et tous deux étaient… vraiment ? Jeremy et Harold ? Margaret, c'était votre fils, mais lui et Jeremy ne boxaient pas dans la même catégorie, vous devez bien vous en rendre compte, quand même !

Elle le lâcha et s'écarta de lui. Il cacha son soulagement en sentant la brûlure de son cou s'atténuer. Elle le dévisagea, perplexe.

— Comment ça, ils ne boxaient pas dans la même catégorie ? Qu'est-ce que ça veut dire ?

Davis ricana sans conviction.

— Il semble d'avis que Jeremy aurait pu trouver mieux que Harold. C'est vrai, bien sûr, mais Harold avait… une bonne influence. Il motivait mon frère. En revanche, jamais il n'aurait dû le tromper. C'était… mal. Vraiment ! Il n'aurait pas dû faire ça à Jeremy.

Sa voix qui tremblait de colère froide et refoulée éveilla les soupçons de Rook. Quelque chose sonnait faux, les motivations correspondaient peu aux personnalités des participants. Rook connaissait Jeremy : cocu, le jeune écervelé serait parti voir ailleurs. Peut-être aurait-il engueulé Harold, mais le poignarder à maintes reprises ne lui ressemblait pas. Il était trop indolent pour réagir avec tant de rage.

Margaret s'étrangla d'indignation.

— Vous trouvez Jeremy trop bien pour Harold ? Peuh ! Votre décérébré de frère a eu de la *chance* que Harold condescende à le regarder. C'est à cause de lui que nous sommes dans ce pétrin, Davis. S'il ne s'était pas trompé de statue, nous n'aurions pas à réparer ce désastre et je n'essayerais pas d'arracher à ce minable saltimbanque la cachette de l'oiseau. Je vous rappelle que la statue *en résine* a disparu. Si Rook ne l'a pas prise, c'est forcément Jeremy qui l'a emportée en s'enfuyant.

Rook recula de quelques pas et s'appuya contre le pilier. Ainsi soutenu, il avait moins mal. Par chance, Margaret, occupée à se plaindre de Jeremy, ne semblait plus aussi pressée de tirer dessus.

— Nous reviendrons plus tard à la statue, lança-t-il. En premier lieu, il est évident que Jeremy n'a pas tué Harold. Il a reçu… quinze de coups de couteau. Cela démontre une rage folle, d'accord, mais de la concentration. Jeremy a déjà du mal à choisir le thé qu'il prend au quotidien. Voyons, jamais il n'aurait attaqué Harold pour le transformer en passoire !

Il secoua la tête.

— Ta gueule, Rook, grogna Davis, qui devenait nerveux. Tu n'étais pas là…

— Oh, je vois ! reprit Rook sans tenir compte de l'interruption. C'est sur Jeremy que je suis tombé chez Harold ce fameux soir… Il a sans doute voulu réparer sa bêtise et rapporter la bonne statue, celle en résine, mais il n'a pas tué Harold ! Il n'en a ni les couilles ni la force physique. Il m'a fait tomber par hasard, parce que j'ai glissé et qu'un de ses coups a porté.

Margaret l'écoutait avec une attention avide. Quant à Davis, étrangement raidi, il vibrait sur place. Rook le désigna du menton, impatient de continuer à poser ses jalons pour ébranler les convictions de Margaret et lui fournir de quoi étayer une nouvelle accusation. Pauvre Margaret ! Elle saignait de l'intérieur, elle était déjà au bord du gouffre. La faire basculer ne serait pas très difficile. Mais elle était armée.

Rook n'aurait droit qu'à une seule chance.

Pour convaincre un auditoire, il était important de parler d'un ton calme et posé, presque conciliant. De se démarquer du chaos habituel de l'existence.

Déjà, Margaret avait légèrement pivoté, ses épaules oscillaient entre Rook et Davis, signe de son indécision grandissante. Rook n'avait qu'à continuer son réquisitoire pour lui démontrer la vérité.

— Voici ce qui s'est réellement passé… Harold a-t-il trompé Jeremy ? Oui, sans doute, parce qu'il avait pour habitude de prendre la mauvaise décision chaque fois qu'il était à un carrefour important. Il a épousé Sadonna, il a couché avec Jeremy, il a volé mon oiseau… Ce qu'il avait de bon dans la vie, il le gardait rarement. Jeremy s'est pointé à la fête avec la statue – celle qu'il *croyait* être la bonne, parce qu'il est tête en l'air, mais sans malice. Il a trouvé Harold avec un autre… Qui ? C'est sans importance. Ils se sont disputés et Jeremy est parti.

Rook fit une pause stratégique, agitant son hameçon devant Margaret pour voir si elle allait mordre à l'appât.

— Jeremy n'a pas tué Harold, répéta-t-il. S'il l'avait poignardé dans un accès de jalousie, il aurait aussi tué celui qu'il avait trouvé avec Harold et repris l'oiseau. Si Jeremy avait su ce qui se trouvait à l'intérieur du faucon en résine, tout aurait été bien différent. Mais vous ne lui aviez rien dit, n'est-ce pas, Davis ?

Davis s'emporta :

— Non, parce que je ne voulais pas qu'il aille en prison si nous nous faisions prendre. Jeremy n'est pas *idiot* ! Mais il ne sait pas tenir sa langue, il vaut mieux le tenir à l'écart de certaines choses.

Furieux, il s'adressa à sa complice :

— Margaret, pourquoi écouter ces inepties ? Demandez-lui de nous dire où se trouve la statue ! Vous avez une arme, utilisez-la !

Rook se pencha en avant, espérant créer un sentiment d'intimité avec sa tante, mais aussi soulager la tension qui lui nouait le ventre.

— Margaret, je sais que vous me détestez, mais je ne vous ai jamais menti, comme je n'ai jamais menti aux autres Martin. Si je savais où était cette statue, je vous le dirais. Maintenant, je reprends mon raisonnement... J'avais acquis mon faucon aux enchères, officiellement. Davis ne pouvait me le refuser sans perdre sa licence, mais il ne pouvait pas non plus courir le risque de me le remettre. Quant à me refiler la copie en plâtre... Davis, j'espère au moins que vous auriez pensé à la différence de poids, hmm ? Dans tous les cas, je l'aurais su instantanément. Donc, vous avez dû faire intervenir Harold. Qui en a eu l'idée ?

— Quelle importance ! s'impatienta Davis. Tout cela ne nous mène nulle part !

— Oh, laissez-moi encore un peu de temps, persifla Rook. Vous allez très vite comprendre où cela nous mène. Donc, Jeremy s'est trompé de statue, il a envoyé à Harold le modèle en plâtre. Un des frères Natterly a réalisé la méprise et Jeremy est retourné chez Harold avec le véritable oiseau, celui en résine. Il devait vouloir réparer sa faute et assumer sa tâche jusqu'au bout. Parfois, lui expliquer ce qu'on attend de lui prend du temps, mais une fois qu'il a compris, il est très consciencieux.

— C'est vrai, concéda Margaret, d'une voix pâteuse. C'est une des rares qualités que Harold lui trouvait. Il aimait diriger Jeremy, lui expliquer ce qu'il devait faire.

— Malheureusement, poursuivit Rook, Jeremy, en arrivant chez Harold, est tombé sur une situation... délicate. Il s'est alors débarrassé du carton qui contenait l'oiseau et s'est enfui. Bien entendu, il est allé tout droit se plaindre à celui qui a l'habitude de tout arranger pour lui : son frère Davis.

Davis perdit la tête. Il récupéra sur une table un chandelier en argent massif, le brandit et avança vers Rook :

— Tu la fermes, Stevens, ou je te casse la tête.

Margaret réagit en levant son arme, mais cette fois, c'était son complice qu'elle visait.

— Ne bougez pas !

— Voyons, Margaret, vous n'allez quand même pas croire à ces mensonges ?

Rook s'écarta de la ligne de mire de Margaret et ricana :

— Ah, Davis, vous commencez à comprendre où je veux en venir, hein ? Votre rôle devient plus clair, non ? Jeremy n'a pas poignardé Harold. L'assassin, c'est vous. Vous l'avez poignardé parce que vous étiez enragé qu'il ait cocufié votre petit frère. Malheureusement, vous ignoriez à ce moment-là que Jeremy avait rapporté – et abandonné – la statue de résine. Vous l'avez appris plus tard, quand Jeremy vous a confessé être retourné chez Harold la chercher. Et là, il est tombé sur moi, il s'est battu avec moi. Vous n'avez pas dû apprécier ! La seule chose qui m'échappe encore, c'est le rôle de Sadonna dans cette histoire.

La gorge enrouée, il faillit tousser et se rattrapa de justesse, une main pressée contre son flanc. Son hémorragie paraissait s'être aggravée, son tee-shirt était désormais imbibé de sang. Sans trop savoir ce que Margaret avait surpris de sa conversation avec Dante, Rook misait sa stratégie sur le fait qu'elle ignorait que la police avait la statue – et les diamants cachés à l'intérieur.

Pourquoi diable croyait-elle le faucon chez Archie ? Et pourquoi Rook était-il censé en connaître la cachette ?

Visant toujours Davis, Margaret répondit à mi-voix :

— Sadonna savait qu'il y avait des diamants dans l'oiseau. Quand elle a débuté au cinéma, Bluthenthal était son agent. Il buvait beaucoup et une fois saoul, il se vantait volontiers de ses anciens coups et des trésors qu'il avait mis de côté pour les jours sombres. Une fois, il lui a parlé du faucon. C'est elle qui a poussé Harold à participer aux enchères de cette maudite statue. Ils devaient partager à trois – Davis, Sadonna et Harold –, mais cette garce nous a tous doublés en t'envoyant récupérer la statue, Rook.

La trahison de Sadonna aurait dû le toucher, pensa Rook, mais au fond, elle n'avait fait que taire l'existence des diamants. Peut-être même comptait-elle partager avec lui une fois le vol accompli. Pour le moment, mieux valait qu'il se concentre sur Margaret et Davis. Et puis, parler de Sadonna distrayait trop sa tante. Il décida de la remettre en douceur sur le bon chemin.

— J'ignore où se trouve cette statue ! lança-t-il. Vous imaginez bien que si j'avais mis la main sur ces diamants, je ne serais plus là ! Pourquoi supporter plus longtemps Archie et ses conneries, hein ? Je doute fort que Sadonna ait caché le faucon au château, quelqu'un l'aurait vu. Une horreur pareille est difficile à manquer, non ? En fait, le seul à avoir manipulé la vraie statue, c'est Davis. Il peut très bien avoir envoyé Jeremy chez Harold avec un carton déjà scellé, sachant parfaitement qu'en cas de problème, Harold ferait un parfait bouc émissaire. Et même si j'avais attaqué la maison Natterly en justice pour erreur de délivrance, l'affaire ne serait pas jugée avant des mois, sinon des années. D'ici là, les deux frères auraient filé depuis longtemps.

Rook sourit, puis enchaîna :

— Alors, où est la statue ? C'est Davis qui l'a. Après que Jeremy est venu se plaindre à lui, Davis est allé chez Harold, il l'a poignardé pour avoir trompé son frère. Ensuite, il joue l'innocent, Margaret, il prétend ne rien savoir, mais il cache l'oiseau en lieu sûr. Il n'a plus qu'à attendre votre arrestation pour disparaître avec les diamants… et le sang de Harold sur les mains.

Rook espérait que ses arguments suffiraient pour que Margaret se retourne contre son complice. Il ajouta cependant :

— Plus tard, vous avez tué Vicks, Davis, parce qu'il vous avait surpris chez Jennifer Martinez. Et elle devait mourir parce qu'elle a pu vous voir chez Harold. En fait, vous avez éliminé tous ceux qui étaient au courant de vos liens avec Harold. Et Margaret fait partie du lot.

Si Margaret avait été furieuse auparavant, elle était à présent enragée, aveugle à tout ce qui n'était pas celui qu'elle voyait comme son pire ennemi. Elle braqua son arme sur Davis. Affolé, il lui jeta à la tête le chandelier qu'il tenait encore, la rata et fracassa une vitrine derrière elle. Dans un fracas tonitruant, les lambris arrachés s'écroulèrent, les vitres tombèrent sur les marches et se brisèrent en une multitude de tessons. Rook plongea sur le côté, les doigts serrés sur sa blessure sanguinolente. De sa main libre, il tenta d'attraper le bras de Margaret, mais elle fut trop rapide pour lui et s'écarta avec un sourire reptilien.

À nouveau, elle visa, appuya sur la gâchette et fit feu.

En montant les marches du château Martin, Dante entendit la détonation. Terrifié, il sortit son arme et se précipita en avant, prêt à forcer la porte.

Quand il y donna un coup d'épaule, le loquet était ouvert – le lourd panneau alla violemment frapper le mur.

Du sang maculait le marbre et Rook gisait sur le côté, lové contre un pilier lourdement sculpté. Le cœur de Dante cessa de battre. Si de la glace coulait dans ses veines, ses émotions devinrent aussi brûlantes qu'un feu liquide. Il tenta de les contrôler, mais elles lui échappèrent et se déversèrent, risquant d'occulter sa raison. Il n'osa pas regarder Rook. Il ne le pouvait pas s'il voulait garder la tête froide et gérer la situation. En revanche, il étudia le grand hall et les deux personnes qui s'y trouvaient. On aurait cru qu'une bombe venait d'exploser chez Archie ! Il y avait un affreux chandelier massif près de la porte de la bibliothèque, un monceau de bouts de verre, de débris de bois et de métal s'entassait sur le sol, une marche de l'escalier était fendue.

Du coin de l'œil, Dante vit Rook bouger et lui adresser un sourire assorti d'un clin d'œil. Le poids qui lui écrasait les tripes commença à fondre. Tout ensanglanté, Rook se traîna douloureusement et se redressa le long du mur. Pour être vraiment rassuré, Dante avait besoin d'entendre sa voix.

— *Cuervo* ? Ça va ?

— À peu près, répondit son amant d'une voix relativement calme. Je crains d'avoir fait sauter quelques-uns de mes points de suture. Je suis content de te voir, bébé.

Il termina avec un rire rauque et bref.

— Moi aussi !

Dante avança, essayant de comprendre. Il avait instantanément reconnu la mère de Harold, mais il lui fallut une bonne seconde pour réaliser que l'homme qui s'appuyait contre un meuble, tout tremblant et serrant contre lui son bras ensanglanté, était Davis Natterly. Il paraissait avoir été touché à l'épaule, mais sans risque vital dans l'immédiat. Après lui avoir accordé un bref coup d'œil, Dante concentra son attention sur l'arme que Margaret tenait. À en croire le carnage de la vitrine qui lui faisait face, Margaret avait dû s'y acharner, les vitres étaient brisées, les objets à l'intérieur pour la plupart détruits. De la porcelaine couverte d'éclaboussures sanglantes était répandue sur le marbre.

L'air égaré de Margaret Martin était des plus alarmants

— Je suis soulagé de vous trouver en vie, Margaret, déclara Dante d'un ton prudent. Nous étions inquiets pour vous.

Il ne baissa pas son arme. Si un des frères Natterly était au château, l'autre devait également s'y trouver. Dante ne tenait pas à prendre des risques.

— Mme Martin ? Que s'est-il passé ? Qui d'autre est avec vous, à part Davis ? Sauriez-vous si…

Il s'interrompit en voyant Margaret agiter son arme et désigner Davis :

— C'est lui ! Il a tué mon fils ! Rook a tout compris… Il m'a expliqué… Oh, mon Dieu, j'ai été aveugle ! Davis Natterly a tué Harold et il m'a laissé croire que le coupable était son frère, son propre frère, ce sinistre idiot de Jeremy, ce débile !

— Non ! cria Davis.

Il montra les dents et leva le menton, arrogant malgré la douleur qui crispait ses traits. Le sang dégouttait de son épaule et assombrissait le tissu de sa manche. Il paraissait ne pas s'en soucier.

Dans le silence retombé après son éclat, il se mit à hurler :

— Rook ment, Margaret, vous ne pouvez croire à ce qu'il dit. Rappelez-vous ce que vous m'avez confié, votre sœur Béatrice couchait avec ses professeurs pour obtenir de bonnes notes en classe, n'est-ce pas ? Son fils est aussi manipulateur, il est prêt à tout pour éviter d'aller en prison, même à se taper un fichu flic, un misérable mexicain sans le sou ! Franchement ? Jamais le petit-fils d'Archie Martin ne s'abaisserait à ce point sans une raison valable !

Rook ne put le supporter plus longtemps.

— Ta gueule, Davis ! cria-t-il.

Il se redressa et vacilla vers Davis Natterly. La fureur brûlait dans ses yeux vairons et un rictus méprisant lui tordait la bouche, il était ainsi le sosie d'Archie en plus jeune. Il tenait à peine debout, son tee-shirt était imbibé de sang, mais il avança obstinément jusqu'à Margaret avant de s'arrêter.

— Je me fiche de ce qu'on dit de moi, mais je ne laisserai personne insulter Dante ! Je vais te casser la gueule, Davis !

Dante secoua la tête, surveillant toujours Margaret – la seule à part lui à être armée.

— Bébé, s'il te plaît, recule. Ne reste pas à côté d'elle.

Rook comprit que son intervention gênait plus Dante qu'elle ne l'aidait, aussi s'écarta-t-il de sa ligne de mire avec une lenteur prudente. Dante fit quelques pas en avant, décidé à désarmer Margaret.

— Margaret, baissez votre arme, ordonna-t-il avec autorité. Je me chargerai de Davis Natterly. Autant éviter un bain de sang. Je ne veux pas avoir à vous le répéter : baissez votre arme.

— Que je… baisse mon arme ? bredouilla-t-elle. Pourquoi ?

Elle était ivre, mais aussi dangereuse qu'un volcan juste avant l'éruption. Et son haleine était toxique. Dante dut cligner des yeux pour y échapper.

Margaret reprit avec une colère renouvelée :

— Ça aurait dû être si simple ! Nous avions tout prévu ! Harold était censé acquérir ce ridicule oiseau, mais non, il a fallu que Rook intervienne et surenchérisse au dernier moment. Pourquoi devrait-il tout avoir ? Pourquoi a-t-il refusé de laisser sa chance à Harold ? *Au moins une fois* ! Tout est de sa faute et de celle des Natterly ! Ils n'avaient qu'à garder le faucon !

Furieux de cette accusation, Davis se mit à invectiver son ancienne complice :

— Espèce de garce alcoolique et sans cervelle ! Il *fallait* que j'envoie une statue à Rook Stevens ! Il avait gagné des enchères publiques, si je refusais de lui livrer son lot, je mettais en cause ma réputation et ma maison. Pourquoi aurais-je tout risqué pour deux minables comme vous et votre stupide fils ! Mes parents nous ont abandonnés sans un sou, Jeremy et moi, il m'a fallu des années pour nous rebâtir une vie. Et comment pouvais-je tout miser sur ces diamants ? Personne ne savait avec certitude s'ils existaient vraiment. Sadonna Swann est une menteuse patentée !

Parfois, Dante trouvait son métier bien difficile. Inspecteur aux Homicides, il ne lui arrivait que trop souvent de devoir annoncer une tragique nouvelle à une veuve, un conjoint, ou des parents, des malheureux sous le choc qui s'accrochaient à lui d'une main tremblante. Il avait dû leur tendre un million de mouchoirs pour sécher des larmes intarissables. Il comprenait Margaret, sa douleur d'avoir perdu son fils unique, son horreur, sa colère. Ces émotions lui étaient aussi familières que son amour pour Rook. Sur le visage de la mère éplorée s'écrivait une vérité sinistre : elle avait tout perdu, son univers ne serait plus jamais le même parce qu'un assassin – Davis Natterly – avait poignardé Harold. Jamais Margaret ne s'en remettrait, jamais rien ne comblerait en elle le vide atroce de cette disparition.

Chaque jour écoulé serait dur pour elle, sinon catastrophique. Margaret Martin souffrirait aussi longtemps qu'elle vivrait. Femme aigrie et difficile à aimer, surtout après la façon dont elle s'en prenait à Rook, elle avait cependant aimé son fils de tout son être. À présent, il ne lui restait plus qu'un fantôme et des souvenirs pour l'aider à vivre.

Tuer Davis ne changerait rien. Dante le savait, mais Margaret était au-delà de tout raisonnement. Elle ne comptait pas l'écouter ou se laisser dévier de son objectif. Quand elle leva de nouveau son arme, prête à mettre une balle entre les yeux du meurtrier de son fils, Dante soupira. Il allait devoir intervenir, ne serait-ce que pour sauver le peu d'âme qui restait à cette femme.

Il n'eut pas le temps de tirer, car Rook se jeta sur Margaret.

Il la prit par derrière au niveau des genoux. Tous deux tombèrent et glissèrent sur le marbre du sol. Instinctivement, Margaret serra les doigts, un coup de feu retentit. Le lustre à pendeloques explosa, des éclats de cristal crépitèrent en tombant comme de petits grêlons. Rook et Margaret, toujours à terre, se battaient pour le pistolet. Margaret tenta de frapper son neveu au flanc, là où il était déjà blessé. Par chance, sa position ne lui permettait pas de bien ajuster ses coups. Puis du pied, elle accrocha celui d'une petite table, qui bascula sur elle. Pour éviter d'être assommée, Margaret lâcha Rook et roula sur elle-même, se rapprochant de Davis. Elle se redressa et se mit à genoux. Il brandit le second chandelier en argent de la paire et la frappa à la volée. Atteinte en pleine tête, elle cria et tomba, les mains en avant, Du sang coulait d'une entaille à son cuir chevelu.

Davis releva son arme improvisée.

Dante s'interposa :

— Natterly ! Lâchez ça ! Ne m'obligez pas à tirer.

Il jura en voyant que Natterly l'ignorait, manifestement décidé à achever sa complice. Quant à Rook, il ne bougeait plus, le visage tordu de douleur. Et Margaret n'était plus en état de se défendre. Toujours à quatre pattes, la tête pendante, elle gémissait plaintivement. Davis la regarda, les yeux fous. Ses muscles se crispaient, il allait frapper. Cette fois, il ne la raterait pas. Ce serait un carnage.

Le pistolet de Margaret était tombé à sa portée, presque à ses pieds. Les yeux pâles de l'assassin s'illuminèrent en le remarquant. Sans doute pensait-il encore pouvoir s'en tirer, quitte à laisser trois cadavres de plus derrière lui. Davis abaissa son chandelier…

Dante tira, les dents serrées. Il n'avait pas d'autre option.

Il abattit celui qui avait cherché à le séparer de Rook.

ÉPILOGUE

C'ÉTAIT UNE fête, en quelque sorte, une fête de la dernière minute à la fortune du pot. Les lavabos étaient remplis de glace et de bière, une foule dense s'entassait dans la maison et le jardin, la cohue était telle que tous les invités étaient au coude à coude, mais c'était le genre de réunion « normale » chez Dante. La musique d'ambiance douce et triste était mexicaine, mais dans le brouhaha des bavardages et des rires, elle s'entendait à peine. Cette fête avait été lancée pour célébrer le fait d'être encore en vie après une journée difficile, alors si un des invités cassait un verre ou vomissait dans les buissons, Dante n'en prendrait pas ombrage. Il se sentait étonnamment à sa place au milieu de ce mélange hétéroclite de drag-queens, de flics et de gens bizarres ; certains même étaient normaux – dont son partenaire Hank et sa femme.

Manny gérait le grill installé derrière la maison.

— Où est Rook ? cria-t-il. Je le croyais avec toi.

Il portait un tablier blanc à volants que Dante lui avait offert quelques années plus tôt, en guise de plaisanterie. Comme son oncle le portait chaque fois qu'il lançait un barbecue, le tablier était taché de graisse et de sauce, brulé à quelques endroits et jauni par la javel. Il ressemblait désormais à un chiffon utilisé pour nettoyer une scène de crime. La *carne asada* sentait bon, mais Dante n'avait pas faim, malgré deux jours sans dormir, le mauvais café du poste de Central et de la paperasserie par-dessus la tête.

— Je ne sais pas, répondit-il, haussant le ton pour se faire entendre. J'espérais le trouver dehors justement. Book vient de téléphoner. Quand je suis revenu, Rook avait disparu.

Il avait peu vu son amant depuis le drame chez Archie. Il restait entre eux des non-dits, des émotions et des arguments à gérer. Dante sentait bien qu'une explication était nécessaire. *Ce soir*, décida-t-il. C'était le moment de tout mettre à plat, de réparer ce qu'il avait brisé. Le capitaine avait appelé alors que Rook arrivait au bungalow. Dante avait à peine eu le temps de lui dire bonjour avant de s'enfermer dans le bureau pour écouter ce que lui voulait Book. Quand il en avait émergé, quelques minutes après, son salon

215

était archiplein. En revanche, la seule personne qu'il tenait à voir ne s'y trouvait pas.

Il arpenta donc la maison, serrant les mains et frappant les épaules, ne s'arrêtant que le temps de saluer ses invités. Il croisa Hank qui le prit par le bras et le tira dans le couloir, un peu plus calme. Dante connaissait suffisamment son partenaire pour deviner son inquiétude.

— Quoi ?

— Tu es consigné, c'est vrai ? Tu vas devoir rester au poste pendant que les Affaires Internes étudient ton dossier ? Pourquoi ne m'as-tu rien dit ?

Il parlait bas pour éviter que leur conversation soit surprise par ceux qui sortaient du salon pour se rendre au jardin. Ou l'inverse.

— Je viens d'avoir Book au téléphone, répondit Dante.

— Ah, nous verrons tout ça lundi, alors, Montoya. Demain, je suis de repos et mes gosses m'ont déjà prévu une journée chargée. Désolé, mec, mais je ne peux pas me défiler pour t'aider. Je risquerais ma peau.

Dante lui envoya une bourrade amicale.

— Bien sûr ! Ça peut attendre. De toute façon, les AI m'ont exempté, Book vient de me le dire. Il attend juste le rapport officiel. Je serai sans doute réintégré dans mes fonctions lundi. Je suis étonné que ce soit allé aussi vite !

— Voyons, c'est bien normal, tu as tiré parce que tu ne pouvais pas agir autrement. J'étais là, j'ai bien cru qu'il allait la tuer, il a bien failli réussir avec ce premier coup ! Bon, d'accord, elle ne tournait pas très rond, mais elle a quand même une sacrée entaille à la tête. Peut-être même une fracture. Elle n'aurait pas supporté un second round.

Dante secoua la tête, plus perturbé qu'il voulait l'admettre par le soutien de son partenaire.

— Oui, je sais, admit-il, mais j'ai tué, Camden. En entrant dans la police, j'ai prêté serment, je suis censé protéger mes concitoyens, pas les abattre ! Je…

Camden le prit par l'épaule et le secoua légèrement.

— J'aurais agi comme toi, Montoya ! Tu le sais. Dans une situation difficile, tu as pris la décision qu'il fallait. Margaret est maintenant à l'hôpital, elle a bien besoin d'être soignée, physiquement et mentalement. Sadonna n'a plus à craindre que Davis la tue. Il avait déjà trois meurtres à son actif, il était prêt à tuer encore et encore. Sadonna va s'en sortir. Quant à savoir si elle sera poursuivie pour complicité… nous verrons, le procureur n'en a pas encore décidé. Rook a été recousu, il n'a rien de sérieux malgré le sang perdu. La vie est belle. Il nous reste plus qu'à coffrer Jeremy Natterly.

— Non, Book vient de me dire qu'il ne sera pas poursuivi.

— Quoi ? protesta Hank, outré.

— Il n'y a aucune preuve contre lui. Ce fameux soir, chez Harold, il est passé rapporter la statue *en plâtre*, il la croyait authentique vu qu'il ignorait l'existence d'une copie. C'est Sadonna qui avait intercepté l'oiseau en résine et mis toute cette histoire en branle. Depuis le début, elle gardait le faucon aux diamants et elle a utilisé Rook pour doubler ses complices. Si Rook avait récupéré la fausse statue, comme prévu, les Natterly étaient dégagés de toute responsabilité. D'accord, ils auraient perdu les diamants que Sadonna avait déjà cachés, mais il n'y aurait pas eu tous ces morts.

— Ça, tu n'en sais rien ! trancha Hank. Margaret et Harold étaient sacrément bizarres. À mon avis, tout ça vient du fait qu'Archie s'est acharné à monter les Martin les uns contre les autres. Peut-être pas *tout*, mais reconnait que le vieux n'a pas la main légère avec son clan. Et pourtant, je l'aime bien. J'ai surpris une conversation entre lui, Alex et James quand nous sommes passés au château prendre la déclaration de Rook. Le patriarche a enfin reconnu ses torts, il va tenter de desserrer sa poigne. Tu veux savoir ce que je pense ?

— Même si je réponds non, tu me le diras quand même, ricana Dante.

— C'est exact. Bref, les Martin feraient bien d'apprendre à se débrouiller seuls sans dépendre d'Archie. Rook vivait autrefois de ses vols, d'accord, mais depuis qu'il s'est rangé, il s'en sort plutôt bien. Quant à Alex, il a la librairie de ses parents et son seul luxe est le bolide qu'il conduit. Ce n'est pas parce qu'ils sont riches que les Martin sont tordus, c'est parce qu'ils considèrent que *tout* leur est dû, richesse y compris. Il y a une différence.

Dante soupira.

— Je suis d'accord avec toi, mais je suis tombé sur le Martin écureuil qui cache ses provisions en prévision de la famine hivernale. C'est comme vivre avec Scrat [15], tu sais, celui des films d'animation ? Il passe son temps à courir derrière son gland – sans mauvais jeu de mots. Bon, en parlant de Rook, il faut que je mette la main sur lui. Avec le chaos de ces derniers jours, j'ai à peine eu le temps de le voir.

Du menton, Hank désigna la porte d'entrée.

_____

15 Écureuil des films *L'Âge de glace*.

— Je l'ai croisé quand il sortait, il y a une dizaine de minutes. Je crois que ma femme me réclame, ajouta-t-il en regardant par-dessus l'épaule de Dante. Elle a sans doute faim. Je vais me remplir une assiette, elle piochera dedans en me parlant de son régime.

Dante fronça les sourcils.

— Ne serait-il pas plus facile que tu prépares *deux* assiettes ? Il y a largement assez, tu sais. Manny a prévu de quoi nourrir un régiment. Il a même racheté des couverts !

Son partenaire le prit dans ses bras et le serra à l'étouffer. Après l'avoir lâché, il lui tapota l'épaule.

— Montoya, la vie de couple a des subtilités qui t'échappent complètement. Ma femme *adore* piquer dans mon assiette, je ne compte pas l'en empêcher. Mieux vaut savoir choisir ses batailles, crois-moi. Quand on aime vraiment, on accepte l'autre avec ses qualités, ses défauts et ses petites manies, aussi ridicules qu'elles paraissent au premier coup d'œil. Ton amant ne mange peut-être pas dans ton assiette, mais il tombe sur un cadavre tous les quatre matins, ensuite, il est suspecté de meurtre et il se fait tirer dessus. Pour être franc, je ne considère pas être le plus mal loti. Va chercher ton homme. Je vais nourrir ma femme.

DANTE TROUVA Rook dans le jardin, assis à califourchon sur un banc près de la maison, ses longues jambes étendues devant lui, ses talons fermement plantés dans le gravier. Il était au téléphone. Dante écouta un moment et conclut que c'était avec Archie. Rook lui tournait le dos, aussi Dante veilla-t-il à annoncer son arrivée en claquant des pieds. Rook l'entendit et se retourna. À sa vue, les étranges yeux vairons s'écarquillèrent, renvoyant la lumière. Les cheveux caramel étaient tout ébouriffés. Dante devina que Rook avait dû y passer une main impatiente, frustré sans doute de sa conversation avec son grand-père.

Il contourna le banc et l'enjamba pour s'asseoir face à Rook, veillant à ne pas toucher ses genoux. D'ailleurs, Rook releva les jambes pour lui faire de la place. Il écoutait le monologue d'Archie et quand Dante lui posa les mains sur les cuisses, il sourit.

Ce fut ce sourire si rare, si doux, si secret – ce sourire que Rook n'adressait qu'à lui – qui mit Dante à genoux. Il évoqua la première fois où il avait reçu ce sourire, un soir, dans un club… Il était passé chercher un plan Q pour oublier son obsession concernant Rook Stevens, ce voleur rusé qui lui échappait depuis bientôt un an. Dans l'ombre du club, Dante avait été attiré par une mince silhouette musclée, sa souplesse, sa façon de bouger. Mais quand les lumières s'étaient rallumées, révélant le visage de sa conquête, Dante s'était trouvé face à face avec celui qu'il pourchassait. Sous l'ironie, du sort, il avait éclaté de rire à en avoir les larmes aux yeux.

Rook s'était contenté de sourire.

Ce sourire.

Et Dante était tombé amoureux d'un homme qu'il n'aurait jamais dû regarder. Plus tard, après plusieurs meurtres, des accusations, des complications et une campagne de séduction des moins orthodoxes, il avait pu constater que son premier élan n'était pas un feu de paille : il était bel et bien raide dingue d'un ex-voleur aux yeux dépareillés.

Le soleil était encore haut, la nuit ne tomberait pas avant deux bonnes heures, pourtant Los Angeles portait déjà ses couleurs du soir. Cette lumière tamisée adoucissait les traits acérés de Rook, atténuait la méfiance innée de son expression. Quelqu'un – Manny sans doute – avait allumé les lampes extérieures et les guirlandes que les deux hommes avaient récemment installées dans les hautes haies bordant la propriété. Leur éclat caressait Rook et donnait un ton chaud et doré à sa peau pâle.

Dante gloussa en voyant son amant lever les yeux au ciel.

— Archie, je vais très bien ! Oui, bien sûr Montoya est ici. Où veux-tu qu'il soit ? C'est sa maison. Bon, je vais devoir te laisser, maintenant. Non, je doute que nous revenions au château ce soir.

Il y eut un silence, puis Rook soupira.

— Non, je ne sais pas encore où je vais dormir. Je verrais. Écoute, vieillard, moi aussi, je t'aime, d'accord ? Ne l'oublie pas, parce que je ne compte pas le répéter tous les quatre matins. Je passerai te voir demain. Nous ferons ce que tu veux, nous regarderons un film et nous réclamerons à Rosa ces cochonneries sucrées qui la font tellement râler. Je prendrai Alex au passage.

Encore un silence, puis Rook sourit.

— Oui, si tu veux, demande aux autres de venir. Je serai là. Prépare la fanfare !

Incapable de résister plus longtemps, Dante se pencha pour l'embrasser. Il ne fut pas surpris que son amant le rencontre à mi-chemin. Leur baiser fut doux, rapide, juste un effleurement de lèvres. Puis Rook pointa la langue et s'écarta, brisant la connexion. La bouche de Dante avait un goût de sucre et de fruit, sans doute Rook avait-il mangé des bonbons.

Il semblait ne pas pouvoir se passer de sucreries, de café et de pop-corn. Et son parfum était paradisiaque : il embaumait l'été et le soleil avec un zeste de citron, plus le musc de sa peau.

Dante respira un grand coup et se racla la gorge avant de lâcher enfin ce qui pesait entre eux depuis son coup de fil, quelques jours plus tôt :

— *Cuervo*, il est temps que nous parlions, toi et moi.

— BON, D'ACCORD.

Soudain, Rook respirait mieux. Il avait eu l'impression de retenir son souffle depuis que Dante avait tiré sur Natterly et que Margaret avait piqué une crise de nerfs. C'était comme s'il portait en lui un abcès qui lui empuantissait l'âme et le cœur. Il se redressa et carra ses épaules, puis grimaça quand une vive douleur lui rappela ses nouveaux points – il avait encore été recousu après sa brutale confrontation avec Margaret. Il tenta de se préparer à ce que Dante avait à dire.

Il avait évité son flic ces derniers jours. En son for intérieur, il reconnaissait qu'il n'avait pas eu le courage d'affronter la situation. C'était dans sa nature, il en était conscient : en cas de difficulté, il avait plus tendance à fuir qu'à s'expliquer. Avant de connaître Dante, Rook avait passé sa vie à esquiver aussi bien les Forces de l'Ordre que les relations sérieuses. Planter des racines à un endroit précis équivalait, à ses yeux, à s'impliquer dans la vie d'autrui et il ne se sentait pas prêt à le faire.

Le cœur endolori et la peur au ventre, il dévisagea Dante assis en face de lui sur le banc. Une vérité indéniable le frappa tout à coup : non seulement il n'était pas prêt, mais jamais il n'aurait dû se risquer à tomber amoureux. Que diable lui avait-il pris ?

Décidé à se prémunir contre une éventuelle accusation, il murmura :

— Je ne t'ai pas menti ! J'ignorais que le faucon…

Dante l'interrompit en se penchant en avant pour prendre ses mains dans les siennes.

— Je sais, *cuervo*. Je te crois. Sur le moment, je n'ai pas su quoi penser, mais après tout ce qui s'est passé, maintenant que j'ai eu le temps de peser tes paroles, tes actes, ton passé, je comprends mieux ce que tu as subi. Rien n'a été facile pour toi. Alors voilà, je voulais te dire…

Rook se raidit, s'attendant au pire,

— … c'est juste entre toi et moi, d'accord ? ajouta Dante. Je ne suis pas un flic, seulement celui qui t'aime. Tu n'as pas besoin d'avocat. Tout ce que tu diras restera entre nous, je t'en donne ma parole. Je t'écouterai sans porter de jugement, mais je veux de toi une totale franchise.

Rook acquiesça.

— Oui, bien sûr.

D'instinct, il fouilla sa mémoire pour vérifier s'il n'avait pas encore une ou deux bricoles susceptibles de l'envoyer derrière les barreaux. Il ne trouva rien. Il avait été très prudent et surveillé ses faits et gestes dans l'objectif de pouvoir un jour vivre sans devoir surveiller ses arrières. Les diamants de Travis Bluthenthal avaient été le dernier écho de son ancienne vie. Un lien que Rook avait hésité à briser, mais qui ne faisait pas le poids face à Dante Montoya – cet homme si beau qui l'appelait « corbeau », qui lui tenait les mains et qui l'embrassait sous des guirlandes de lumières féériques.

— Mais je ne comprends pas, reprit Rook. Tu dis que tu ne me jugeras pas… De quoi parles-tu ?

— De ces bijoux que tu as rendus…

Rook se mit à secouer la tête, prêt à nier.

Dante émit un petit bruit de langue réprobateur.

— Bébé, nous avons dépassé le stade des fausses allégations. D'accord ?

— Je sais, mais les mauvaises habitudes ont la vie dure. Bon, d'accord, tu veux parler des bijoux. Hé, c'est du passé, hein ? Je les considérais comme… mon assurance-vie au cas où j'aurais dû tout recommencer, après avoir tout perdu, *Potter's Field*, Archie, tout. Je les avais cachés bien avant de te rencontrer, Charlene a tué pour les récupérer, ensuite, je… je…

Il n'avait plus de souffle, un grand froid montait en lui, une terreur devant le gouffre qui s'ouvrait sous ses pieds. Il tremblait, mais il continua malgré tout :

— J'ai dû choisir, Montoya. Je savais que je devais tourner le dos au passé pour avoir une chance de t'avoir… de t'aimer… alors, il a fallu que je lâche… tout, même mon filet de sécurité. Parce que si je m'y accrochais, cela m'aurait forcé à renoncer à… toi.

— Il y avait des millions de dollars en bijoux dans ce sac.

Rook ricana et caressa les mains de Dante.

— Oh, inutile de me le rappeler. Je connais la valeur *exacte* du contenu de ce sac. Il a fallu que je choisisse, répéta-t-il. Je t'ai choisi, même si le pari était risqué. Franchement ? *Jamais* je n'aurais imaginé que je tomberais amoureux, surtout d'un flic ! Mais un matin, je me suis réveillé à côté de toi et j'ai réalisé que ces bijoux n'avaient plus la même importance à mes yeux. C'était juste des cailloux qui pesaient lourd autour de mon cou. Si je ne m'en séparais pas, ils allaient m'entraîner au fond et je me noierais. Et je tuerais ce que nous avons.

Dante le prit dans ses bras, l'enveloppa et le serra fort.

— *Rien* ne tuera jamais ce que nous avons, Rook ! Je te le promets. Rien.

Leurs jambes s'emmêlèrent et la torsion de son torse contre Dante fut pour Rook un tantinet inconfortable. Aussi bougea-t-il pour se placer sur les genoux de son flic, face au mur de la maison. Dante posa les mains sur ses hanches et chercha sa bouche, lui offrant un long baiser passionné. Rook se sentit enfin soulagé et heureux, seul avec son homme sous les lumières de la fête, sa bouche sur celle de Dante. Quand ils se séparèrent, ils avaient le souffle court et les lèvres brûlantes.

— Je t'aime, *cuervo*, chuchota Dante.

— *Je sais*, répondit Rook, taquin. Aie !

Dante venait de glisser la main sous la ceinture de son jean pour lui pincer les fesses.

— Non, mais ça ne va pas ? protesta Rook. N'abime pas la marchandise, bébé. Je t'aime aussi, mais le cinéma, c'est mon truc, va falloir t'y faire. Merde, quoi !

— Nous avons encore quelques ponts de détails à régler. Désolé d'insister, bébé, mais… je dois savoir si tu as d'autres butins sous le coude. N'importe quoi…

Il avait pris son visage de flic, fermé et suspicieux. Une expression à laquelle Rook réagit instantanément. Il s'en voulut, mais son ventre se serra, la peur lui remonta le long de la colonne vertébrale. Il tenta de rassembler ses pensées. Déjà, Dante s'était adouci. Ses mains caressantes faisaient des va-et-vient sur le dos de Rook apaisant sa tension.

— Écoute, ce n'est pas toi le problème. C'est moi, je…

— Arrête ! grogna Rook, boudeur. Les conversations qui commencent de cette façon se terminent en général assez mal !

Dante lui adressa un sourire penaud.

— Non, non. Ce n'est pas ce que je voulais dire. Ça me gêne un peu d'être aussi exigeant vis-à-vis de toi. Je te demande de me révéler si tu as d'autres vols et recels cachés quelque part, je te demande de ne pas bouger de chez Archie, je te demande de me faire confiance, mais je doute de tout ce que tu me confies. Bref, je m'en veux.

— Hé, Montoya, je te rappelle que j'étais un cambrioleur, j'entrais par effraction chez les nantis pour leur piquer les bijoux ! Même si je n'ai jamais été pris et inculpé, je n'ai rien du citoyen modèle à présenter fièrement à Manny.

Il avait mis autant de sarcasme que possible dans ses paroles, pourtant son message ne semblait pas être passé.

Dante recula un peu la tête pour mieux le dévisager.

— C'est là que tu te trompes, *cuervo*. Ou alors tu as raison, je ne sais pas. Quand tout a commencé entre nous, je savais qui tu étais. Je savais aussi que ce sac de bijoux venait de toi. Je n'ai pas eu besoin que tu me le dises. Tes anciens vols sont prescrits, pourtant, j'insiste encore pour savoir qu'il te reste des casseroles. Je ne peux pas continuer à réclamer que tu suives mes règles sans te laisser libre de vivre comme tu l'entends.

Rook lui caressa la joue, puis se frappa la poitrine.

— Je suis un cambrioleur – un ex-cambrioleur, admettons – et tu es flic. C'est normal que tu sois addict aux lois et aux règlements. Moi, j'ai… euh, rien, aucune règle particulière. Suivre tes règles m'est parfois un peu difficile, mais moi aussi, je savais depuis le début dans quoi je m'embarquais. En plus, je suis clean maintenant, clean à 100 %. J'ai acquis le faucon tout ce qu'il a de plus légalement, dans des enchères publiques. Si les flics et la justice considèrent que je suis le légitime propriétaire du butin caché dedans, eh bien, je ne dirai pas non. Je t'aime, bébé, mais je vais être franc avec toi : ça m'a tué de rendre mon sac de bijoux. Pourtant, si c'était à refaire, je le referais.

Dante se mit à rire.

— Voleur un jour, voleur toujours.

Rook haussa les épaules, puis passa les bras autour du cou de Dante et joua avec les cheveux de sa nuque.

— Oui, c'est comme une addiction. Ou alors c'est dans ma nature, je n'en sais rien. Mais j'ai trouvé d'autres façons de m'occuper : *Potter's Field*, Archie, *toi*.

La voix de Dante se fit plus rauque, enrouée par le désir.

— Je suis impatient de t'occuper, *cuervo*. Dès que tu seras guéri. Tu n'aurais jamais dû sauter sur Margaret…

Le soleil avait disparu, la pénombre cachait presque la maison. Les lumières des guirlandes ne jetaient qu'une douce lueur dorée sur les deux amants enlacés.

Une voix féminine qui venait de derrière Rook les interrompit :

— Dante ? C'est toi ?

Dante se raidit. Sans prononcer un mot, il se dégagea doucement de Rook, puis il se leva, quitta le banc et resta immobile, comme un monolithe muet devant la... menace ? qui approchait.

Étonné, Rook se retourna. Une femme d'un certain âge venait d'apparaître dans le cercle de lumière du porche. De petite taille, la taille épaisse, elle portait une robe fleurie de coquelicots et des ballerines de la même teinte. Le rouge à lèvres rouge vif contrastait avec la peau blafarde. Malgré les longs cheveux noirs striés d'argent tirés en queue de cheval, le visage rond marqué de rides profondes qui encadraient la bouche pleine ressemblait incroyablement à celui de Manny. Les yeux d'ambres, cependant, bordés de cils épais, étaient ceux de Dante,

L'inconnue s'avança et faillit trébucher, elle se rattrapa en posant la main contre la maison. Elle lâcha la valise mauve qu'elle avait portée jusque-là et garda serré contre elle son sac assorti.

Elle fit face aux deux hommes et leva le menton – encore un geste d'une étrange familiarité –, puis demanda :

— *Mijo*, qui... qui est cet homme ?

Dante tressaillit et baissa les yeux vers Rook, toujours assis sur le banc. Il le regarda comme s'il le voyait pour la première fois.

Rook déglutit, pris entre le marteau et l'enclume. Jamais il ne se serait attendu ce soir à une situation aussi abracadabrante. Il s'apprêta à se lever et à disparaître après une vague excuse – n'importe laquelle –, mais son flic l'en empêcha en lui prenant la main. Il l'aida à se redresser et le serra dans ses bras.

Dante esquissa un sourire triste, résigné même, mais le feu dans ses yeux était féroce, même dans la pénombre.

Il déglutit et parla enfin :

— *Hola, mama.* Je te présente Rook, l'homme que j'espère épouser un jour.

R HYS F ORD est un auteur dont plusieurs séries ont été primées. Elle s'exprime dans tous les genres : LGBT, policier, thriller, paranormal et fantasy. Elle a été finaliste du LAMBDA 2016 avec son roman *Meurtre et complications* et a reçu les médailles d'or et d'argent en 2017 de Florida Authors and Publishers President's Book Awards. Elle est publiée chez Dreamspinner Press et DSP Publications.

Elle apprécie peu les présentations sans une touche personnelle. Franchement, qui pourrait ne pas mentionner ses chats, chiens et voitures dans sa biographie ? Elle partage la maison avec Harley, un chat gris et fou ainsi qu'un matou roux écossais et terroriste nommé Gus. Rhys est l'esclave fidèle d'une Pontiac Firebird de 1979 qui réclame beaucoup d'entretien. Elle aime assassiner les personnages nés de son imagination.

Vous pouvez la contacter :
Sur son blog : www.rhysford.com
Sur Facebook : www.facebook.com/rhys.ford.author
Ou sur Twitter : @Rhys_Ford

RHYS FORD

MEURTRE ET COMPLICATIONS

Série Meurtre et complications, tome 1

Seuls les cadavres ne parlent pas.

Cambrioleur réformé, Rook Stevens a jadis volé d'innombrables objets de valeur inestimable, mais jamais il n'avait encore été accusé de meurtre – jusqu'à aujourd'hui. Déjà surpris de découvrir une de ses anciennes complices à Potter's Field, sa boutique dédiée aux collectionneurs et fans du cinéma, Rook l'est encore plus de constater qu'elle a été assassinée.

L'inspecteur Dante Montoya pensait ne jamais revoir Rook Stevens – surtout après une douteuse affaire de falsification de preuve commise par son ancien partenaire pour piéger le voleur. Aussi, quand il intercepte un suspect couvert de sang fuyant la scène d'un crime, est-il choqué de reconnaître celui qu'il avait tant voulu mettre en prison quelques années plus tôt. Et comme autrefois, Rook Stevens lui enflamme le sang.

Rook, malgré son attirance inexplicable pour l'inspecteur cubano-mexicain qui vient de l'arrêter, est déterminé à se disculper. Malheureusement, les cadavres ne cessent de s'accumuler autour de lui. Quand sa vie est menacée, Rook est obligé d'accepter l'aide d'un flic qu'il n'aurait jamais cru capable de croire à son innocence : Dante, le seul homme qu'il ait dans la peau.

www.dreamspinner-fr.com

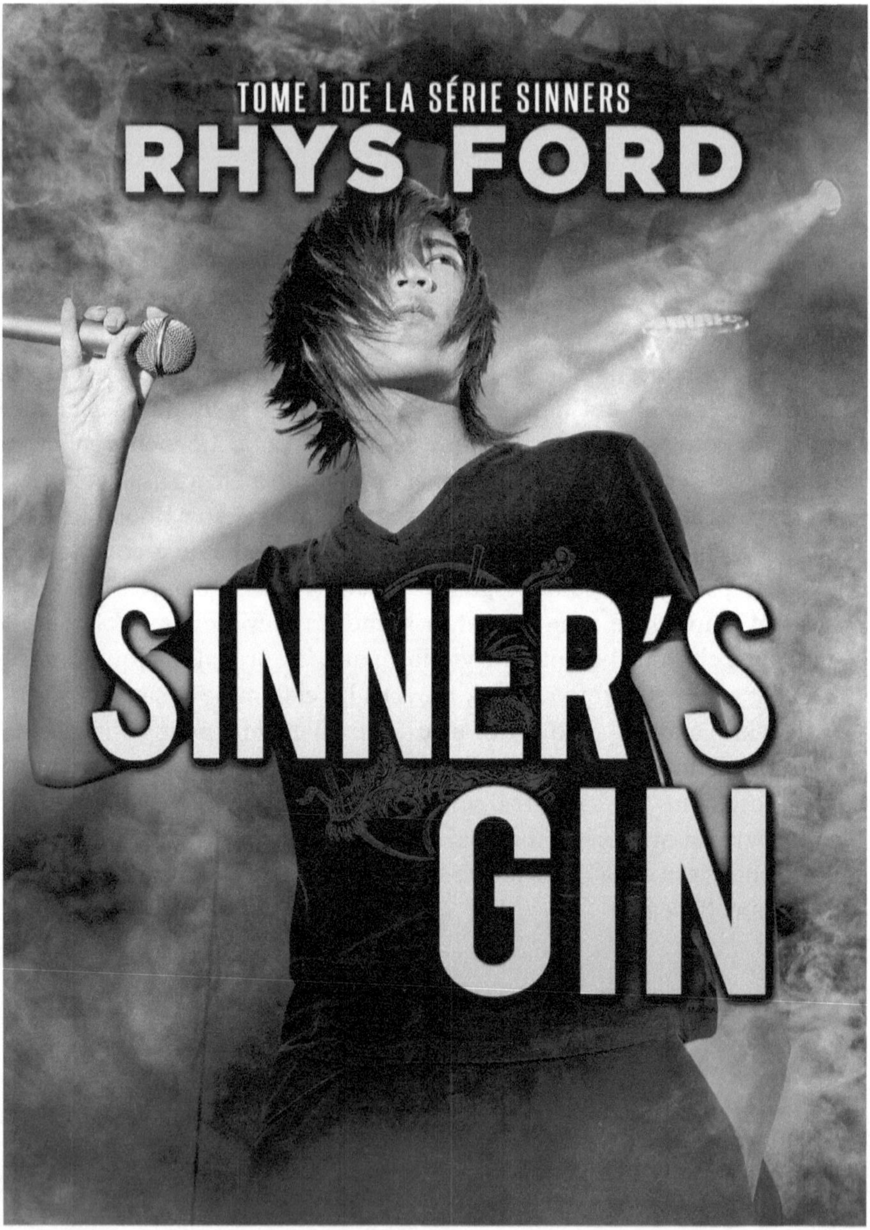
TOME 1 DE LA SÉRIE SINNERS
RHYS FORD
SINNER'S
GIN

Série Sinners, tome 1

Il y a un homme mort dans la Pontiac GTO Vintage de Miki St John et ce dernier n'a aucune idée de la manière dont il a pu arriver là.

Après avoir survécu au tragique accident qui a tué son meilleur ami et les autres membres de leur groupe Sinner's Gin, tout ce que Miki veut, c'est se cacher du monde dans l'entrepôt rénové qu'il a acheté avant leur dernière tournée. Mais quand l'homme qui l'a agressé sexuellement dans son enfance est tué, et que son corps est retrouvé dans sa voiture, il redoute que la mort n'en ait pas encore fini avec lui.

Kane Morgan, un inspecteur de la police départementale de San Francisco qui loue un atelier à la coopérative d'art à côté, suspecte tout d'abord Miki d'être impliqué dans l'assassinat, mais il se rend vite compte que ce dernier est autant une victime que l'homme écorché vif à l'intérieur de la GTO. Alors que le nombre de corps imputable à l'assassin augmente, l'attirance entre Miki et Kane s'enflamme. Aucun d'eux ne sait si une relation entre eux a la moindre chance de réussir, mais en dépit des traumatismes émotionnels de Miki, Kane est déterminé à lui apprendre à aimer et à être aimé… à condition, bien sûr, que Kane puisse attraper le tueur avant que Miki ne devienne sa prochaine victime.

www.dreamspinner-fr.com

TOME 2 DE LA SÉRIE SINNERS

RHYS FORD

WHISKEY AND WRY

Suite de *Sinner's Gin*
Série Sinners, tome 2

Il était mort. Et c'était le plus odieux des meurtres. Si effacer l'existence d'un homme pouvait être considéré comme un meurtre.

Lorsque Damien Mitchell reprend connaissance, il n'a plus de vie, plus de nom. Les médecins de l'asile du Montana lui affirment qu'il est délirant et que ses souvenirs ne sont que des mensonges : il est vraiment Stephen Thompson et il a basculé dans la folie, obsédé par une rock star morte dans un violent accident. Sa chance de pouvoir s'échapper pour retrouver sa vie survient quand sa prison brûle, mais un homme armé l'attend, déterminé à ce que, ni Stephen Thompson, ni Damien Mitchell n'y survivent.

Avec un assassin sur les talons, Damien s'enfuit jusqu'à la *Ville sur la baie*, où il fait profil bas, seule façon pour lui de survivre pendant qu'il cherche son meilleur ami, Miki St John, dans les rues de San Francisco. Retournant à ce qui lui permettait de se nourrir avant qu'il ne devienne connu, Damien chante devant le Finnegan, un pub irlandais sur la jetée, pour avoir de quoi manger, et il tombe bientôt sur le propriétaire, Sionn Murphy. Damien n'a pas besoin d'une complication tel que Sionn et, pour aggraver les choses, le tireur – qui ne se soucie pas de faire face à Sionn, ou à n'importe qui d'autre, si cela lui permet de tuer Damien – resurgit pour finir ce qu'il a commencé.

www.dreamspinner-fr.com

Par RHYS FORD

MEURTRE ET COMPLICATIONS
Meurtre et complications
Amants et voleurs

SINNERS
Sinner's Gin
Whiskey and Wry
Tequila Mockingbird
Sloe Ride

Publié par DREAMSPINNER PRESS
www.dreamspinner-fr.com

www.ingramcontent.com/pod-product-compliance
Lightning Source LLC
Chambersburg PA
CBHW022110240626
47153CB00007B/2307